엄마가 아니어도

엄마가 아니어도

서수진 장편소설

문학동네

차
례

프롤로그

볼이 통통해서 나이보다 어려 보이는 묵은 학부모총회를 앞두고 화장대 앞에서 오랜 시간을 보낸다. 대학 졸업 사진을 찍을 때 입었던 정장을 걸치고 아이라인을 짙게 그렸는데도 여전히 학생 같기만 하다. 초등학교 3학년 학부모니 사십대가 많을 테고, 어려 봤자 삼십대일 텐데 묵은 거울 속 자신이 제 나이인 스물다섯으로조차 보이지 않아 걱정이 된다.

이모 옷을 빌리려 방 밖으로 나온 묵은 소파에서 벌리를 끌어안고 잠든 이모를 발견하고 한숨을 쉰다. 텔레비전에서는 뉴스가 흘러나온다. 삼 주 전에 발발한 우크라이나 전쟁 관련 뉴스다. 이모가 사두었던 미국 주식이 떨어졌다고 투덜거린 것만 기억할 뿐 묵은 별다른 관심이 없었다. 화면에서는 폭발

장면에 이어 배가 한껏 부른 여자들이 줄줄이 누워 있는 병상을 비추고 있다. 리모컨을 집어든 묵은 전원 버튼에 손을 얹은 채로 바닥에 앉는다. 우크라이나 수도 키예프의 아파트 지하에 마련된 방공호라고 한다. 대리모들이 신생아 열아홉 명과 함께 갇혀 있다는 리포터의 설명이 이어진다. 우크라이나는 대리모 출산 1위 국가로, 현재 전 세계에서 우크라이나 대리모의 출산을 기다리는 사람이 팔백 명이나 된다고 한다.

묵은 이모가 뒤척이는 소리에 흠칫 놀라며 자신이 이제껏 숨죽이고 있었다는 걸 안다. 다행히 이모와 벌리는 아직 곤히 잠들어 있는 듯하다. 묵은 둘이 깰까봐 걱정하면서도 회색 콘크리트 벽에 기대 아기를 끌어안고 울먹이는 대리모에게서 눈을 떼지 못한다.

1부
인우

1

인우는 몸을 구부려 초음파 사진을 끼워놓은 액자를 집어들었다. 삼 주 전에 찍은 정밀 초음파 사진 속, 코가 오뚝한 아기의 옆얼굴이 선명하게 보였다. 액자를 들고 냉장고로 향했다. 메일에 함께 첨부되어 있던 다른 사진들이 냉장고 문에 빼곡히 붙어 있었다.

아기의 손가락 열 개, 발가락 열 개. 왼쪽 귀와 오른쪽 귀. 콧구멍. 무지개처럼 휘어 있는 척추. 엉덩이. 심장의 좌심실과 우심실, 좌심방과 우심방. 활짝 핀 꽃 모양의 뇌.

사진을 하나씩 쓰다듬다가 인우는 다시 노트북을 열었다.

아직도 메일이 오지 않았다. 인우는 아기가 다리를 접었다 폈다 하는 영상과 손을 빨고 있는 영상을 연달아 보았다.

아기의 심장 소리를 틀어놓고 임신 일지를 펼쳤다. 공책 한쪽에는 임신 주차별 신체 변화에 대한 설명이 적혀 있었다.

24주부터 태아의 피부는 불그스름하게 변하며 폐가 발달해 자발적으로 호흡을 하기 시작한다. 태아의 청각이 완성되어 소리 자극에 반응한다.

인우는 나지막이 흥얼거렸다.

"엄마가 섬 그늘에 굴 따러 가면 아기가 혼자 남아……"

아기가 심장을 쿵쿵 울리며 인우의 노래에 화답했다. 빗소리가 들렸고, 인우는 스피커의 볼륨을 올렸다. 아기의 심장 소리가 온 집을 가득 채웠다.

임신 24주 차의 엄마는 한눈에 봐도 배가 불러 있고, 배꼽이 튀어나온다. 요통이 있고, 다리가 붓는다. 튼살이 생길 수 있으니 크림을 잘 발라줘야 하며, 염분 제한과 식이 조절로 체중이 급격하게 늘지 않도록 주의해야 한다.

인우는 자신의 홀쭉한 배를 어루만지면서 펜을 바쁘게 움직였다.

아가야, 지금도 네가 발로 쿵쿵 차는 게 느껴져. 엄마는 평생 말라서 살 좀 찌우란 소리를 듣고 살았는데 이렇게 나온 배가 신기하기만 해. 배가 부풀어오를수록 허리도 아프고 다리도 붓고 힘들지만 너의 태동을 느낄 때면 이 모든 게 아무렇지도 않아. 아니, 도리어 감사하지. 아가야, 고마워. 내게 와줘서.

창문을 두드리는 빗소리가 조금씩 커지더니 아기의 심장 소리에 끼어들었다. 인우는 소파 가장자리에 놓여 있던 쿠션을 들어 원피스 아래로 넣고 커튼을 열었다. 청회색의 바다와 백사장 위로 비가 쏟아지고 있었다. 한낮에 가득했던 인파는 모두 어디로 사라졌는지 보이지 않았다.

여름 내내 사람이 바글거릴 게 분명한 해수욕장 인근의 아파트로 온 건 인우의 선택이었다. 혹시라도 여름휴가를 온 지인을 마주칠까 두려워 밖에 나가지 못했지만, 창문을 열면 파도 소리를 들을 수 있다는 사실이 여전히 흡족했다. 인우는 매일 창문을 열어놓고 바다가 이리저리 움직이는 소리를 들었다. 바다 건너 자신의 아기가 무럭무럭 자라는 모습을 상상했다. 창밖으로 휴대폰을 내밀어 녹음한 파도 소리를 대리모에게 전해달라고 김실장에게 부탁하기도 했다.

인우는 커튼을 닫고 김실장에게 메시지를 보냈다.

아직도 메일을 받지 못해서요. 확인 부탁드립니다.

그날은 금요일이었다. 이제까지는 매주 수요일, 늦어도 목요일에는 대리모의 정기검진 결과를 메일로 받아왔다. 김실장은 계약서를 쓸 때부터 정기검진 메일이 늦더라도 너무 예민하게 받아들이지 말라고 경고했었다. 하루이틀 늦는 건 늘 있는 일이고, 클리닉과 대리모의 사정에 따른 거지 자신을 쫀다고 해결되는 게 아니라고. 그러나 임신 24주 차에 이르기까지 메일이 목요일을 넘기는 경우는 없었다. 금요일이 되어서도 메일이 없다니. 인우는 김실장의 말을 기억하면서도 메시지를 보낼 수밖에 없었다.

오후 네시에 보낸 메시지에 일곱시 반까지 답이 없었다. 태국 시각으로 다섯시 반. 방콕의 클리닉이 문을 닫기까지 삼십분이 남아 있었다. 이대로 클리닉이 문을 닫으면 다음주 월요일까지 인우는 사흘이나 더 기다려야 했다.

김실장은 전화도 받지 않았다. 인우가 클리닉에 직접 전화해봤지만, 연결되지 않았다. 태국어 안내음을 녹음해서 통역기에 돌리니 응답 신호가 없다는 말이 나왔다. 전화가 끊겨 있는 것 같았다. 몇 번이고 다시 전화를 걸었지만 같은 안내음이 흘러나왔다.

구글 맵에는 분명 영업중으로 나오는 클리닉 전화가 왜 연결되지 않을까. 인우는 휴대폰을 한참 쏘아보았다. 무슨 일인지 알 수 없었다. 태국어 안내음만 반복해서 듣고 있으려니 어지러웠다. 브로커인 김실장과 연락이 닿지 않고, 대리모 시술을 진행한 난임 클리닉은 영업시간에 전화를 받지 않는다. 도대체 무슨 일일까. 인우가 대리모를 구해보겠다고 했을 때 사기를 운운하며 반대하던 지석의 말이 떠올랐다.

인우는 대리모 신상 명세가 적힌 파일을 꺼내서 전화번호를 찾았다. 대리모와의 연락이 금지된데다가 언어가 통하지도 않으므로 직접 전화한 적은 없었다. 그러나 지금은 그런 규칙 따위를 신경쓸 여력이 없었다.

인우는 태국어 통역기를 켠 채로 전화를 걸었다. 조금 전과 같은 안내음이 흘러나왔다. 전원이 꺼져 있는 게 틀림없었다. 다리에 힘이 풀려서 자리에 주저앉았다. 아기를 데리고 도주한 대리모가 등장하는 저급 할리우드 영화들이 인우의 머릿속을 헤집었다. 숨이 가빠왔다. 인우는 양손으로 가슴을 누르고 크게 숨을 쉬었다.

얼마나 시간이 지났을까. 창밖이 깜깜했다. 어둠 속에서도 빗줄기는 여전히 거세게 창문을 때렸다. 인우는 캐리어를 꺼내 짐을 챙기기 시작했다. 원피스 안에 쿠션을 집어넣고 허리

에 단단히 묶었다. 캐리어를 끌고 아파트를 나서면서 서울 집
에 머무르고 있는 지석에게 문자를 보냈다.

나 당장 태국에 가야겠어. 지금 서울 가.

2

인우의 남편 지석은 대리모에 반대했다. 공장에서 아기를
만드는 느낌이라고 했고, 한국도 아니고 바다 건너 태국이라
니 고민할 가치도 없다고 했다. 사실 인우도 생각이 크게 다르
지 않았다.

자궁 적출 수술을 받은 후 난임 카페에 올린 글을 보고 대리
모 브로커가 쪽지를 보내왔을 때 인우는 마약이나 총기 구매를
권유받은 것처럼 충격을 받았다. 대리모라니. 그것도 피부색
도 다르고 말도 통하지 않는 태국 대리모라니. 지석의 말처럼
고민할 가치조차 없었다. 그러나 인우는 답장을 보냈다. 말도
안 된다고 생각하면서도 어떻게 진행되는 거냐고 질문했다.

우선 브로커를 만나보겠다고 하자 지석은 인우가 제정신이
아니라고 했다. 인우는 지석의 말이 맞다고 생각했다. 팔
년간 난임을 겪고, 자궁을 적출한 지금 인우는 제정신이 아니

었다.

*

　브로커는 약속 시각보다 일찍 나와 있었다. 공항 출국장의
커피숍. 사십대 후반으로 보이는 여자가 캐리어를 옆에 두고
인우를 향해 크게 손을 흔들었다. 인우가 맞은편에 앉으며 고
개를 숙이자 브로커가 밝게 인사를 건넸다.
　"차 안 막혔어요? 오늘 공항에 사람이 많네요."
　브로커는 눈을 찡그리며 웃다가 이내 미간을 찌푸리더니,
눈을 치켜뜨면서 한숨을 쉬었다. 표정이 바뀔 때마다 얼굴에
진 주름 모양이 달라졌다. 인우가 경계를 풀지 않고 별다른 반
응을 보이지 않자 브로커는 양쪽 입꼬리를 바짝 올리며 끄덕
였다.
　"대리모를 구한다는 게 참…… 그렇죠?"
　브로커가 인우의 눈을 지그시 바라보았다. 인우는 시선을
피했다.
　"다들 그렇잖아요. 할리우드 배우들이나 배부르기 싫어서
대리모를 구한다고들 생각하니까. 그런데 우리는 알죠, 다른
옵션이 하나라도 있으면 이거 안 한다는 거. 우리 에이전시에
시험관 시술 한두 번 하고 오는 의뢰인은 없어요. 스무 번 넘

게 한 의뢰인도 있었고, 유산만 일곱 번 한 의뢰인도 있었어요. 난임 십오 년 겪은 의뢰인도 있었고요. 고객님처럼 자궁 적출 하시거나 자궁 기형이 있는 경우는 수도 없이 겪었어요. 대리모라는 옵션까지 떠올릴 때는 막다른 골목에서 만신창이로 오는 경우가 대부분이에요."

브로커가 아무렇지 않게 말한 '자궁 적출'이라는 단어가 심장을 툭 하고 떨어뜨렸다. 브로커는 인우가 자궁 적출을 했다는 글을 올리자마자 쪽지를 보내왔다. 난임 카페에서 '자궁 적출' '유산' '포기' 등의 키워드를 구독하고 있는 게 틀림없었다.

브로커는 레몬색 리넨 재킷 주머니에서 휴대폰을 꺼냈다. 휴대폰에 달린 진주 끈이 유리 테이블에 부딪혀 요란한 소리를 냈다.

"고객님이 힘들게 오셨으니까 저부터 오픈할게요."

브로커는 미간에 깊은 주름을 만들며 눈을 찡긋했다. 그러고는 휴대폰 화면을 인우의 눈앞에 들이밀었다. 잠금화면에 서너 살로 보이는 여자아이 사진이 있었다. 아이는 노란 원피스를 입고 활짝 웃고 있었다.

"대리모를 통해서 얻은 아이예요. 저는 십이 년간 난임을 겪었거든요."

브로커는 진주 끈을 짤랑거리며 휴대폰을 가져가더니 다른 사진을 보여주었다. 파란 수술모에 파란 수술복을 입은 그녀가 하얀 수건으로 꽁꽁 싼 얼굴이 빨간 아기를 안고 있는 사진이었다. 브로커가 화면을 옆으로 넘기자 태국인으로 보이는 여자가 나타났다. 여자는 분홍색 원피스형 병원복을 입고 병실 침대에서 몸을 반쯤 일으킨 채 웃고 있었고, 그 옆에 브로커가 아기를 안고 서 있었다.

"이때는 하나부터 열까지 제가 다 했어요. 유명한 난임 클리닉을 물어물어 알아내고, 대리모를 찾고, 통역사를 구하고⋯⋯ 출산 병원 예약부터 변호사 통해서 대리모 친권 포기시키는 것까지 제가 다 했어요. 그래서 이 일에 뛰어든 거예요. 얼마나 힘든지 아니까. 난임으로 이미 너덜너덜해진 엄마들을 더 고생시키지 말고 내가 도와야겠다는 생각이 들더라고요. 그걸 다 직접 겪은 내가 아니면 누가 돕겠나 싶어서."

브로커가 인우를 향해 몸을 기울였다. 달콤한 향수 냄새가 훅 끼쳐서 인우는 흠칫 뒤로 몸을 뺐다.

"저는 대리모 구하는 의뢰인들 마음을 진심으로, 정말 진심으로 이해하거든요. 수없이 실패하고, 절망하고, 자책하고⋯⋯ 남편하고 관계도 망가지고. 외국인 대리모를 쓰겠다고 결심하기까지 보통 마음으로는 못 오지. 그걸 나만큼 잘 아는 사람이 없습니다."

브로커는 모든 문장의 말끝을 올리는 습관이 있는 듯했다. 아니면 모든 말에 인우의 동의를 구하는 건지도. 그러나 인우는 잠자코 있었다. 브로커가 미간을 찌푸리고 인우를 가만히 쳐다보다가 휴대폰을 점퍼 주머니에 넣고는 명함을 꺼냈다.

분포크롱 실장 김이진

인우의 손에 쥐어진 명함 앞면에는 한국어가, 뒷면에는 태국어로 금박으로 새겨져 있었다.

"분포크롱이 회사 이름이에요. 태국어로 공덕으로 보호받는다는 뜻이죠. 회사 소속 대리모가 직접 지은 거예요. 태국이 불교 국가잖아요."

บุญปกครอง

인우는 김실장이 가리키는 양각된 태국어를 만져보았다. 공덕. 누구의 공덕일까. 어떤 공덕일까. 인우는 금빛으로 반짝이는 공덕을 한참 들여다보았다.

"자, 그럼 우리 시작해볼까요?"

김실장은 연극적으로 손뼉을 치고는 눈썹을 위로 올리면서 미소를 지었다. 그리고 옆에 놓인 주황색 쇼퍼 백에서 두꺼운 파일 하나를 꺼냈다. 사용감이 느껴지는 파란색 파일의 첫 장에는 의뢰인용 계약서가 끼워져 있었다. 김실장은 한 부를 빼내서 인우 쪽으로 밀었다.

"살펴보시고 이대로 진행하시겠다는 의사를 밝혀주시면, 바로 대리모 명단 보내드릴 거예요. 우리는 대리모 병원 기록을 철저하게 봐요. 건강한 임신 출산 이력이 필수니까요. 제왕절개나 유산, 임신 중독증, 조산, 미숙아 출산 이런 거 기본으로 걸러내니까 걱정 안 하셔도 돼요."

김실장은 비만과 흡연, 항우울제 복용, 성형 수술, 수혈 기록까지 확인한다고 강조했다. 그 모든 것이 임신과 관련이 있다는 거였다. 대리모가 건강한 자녀를 출산했다는 것을 증명하기 위해 자녀의 병원 기록도 제공된다고 했다.

"그리고 이건 특별 서비스 같은 건데 우리 에이전시는 대리모 범죄 경력 조회서도 받아요. 태교도 해야 되는데 범죄 경력 있는 사람 싫잖아요, 그죠? 여기 지난주에 계약한 대리모 신상 명세 서류 한번 보세요."

김실장은 파일의 다른 장에서 서류 한 뭉치를 꺼냈다.

눈이 커다랗고 코가 동그란 여자의 사진이 맨 앞장에 붙어 있었고, 사진 아래로 여자의 키와 몸무게, 가족관계와 학력, 경력 등의 신상 명세가 쓰여 있었다. 뒷장에는 구직용 자기소개서처럼 대리모를 히려는 이유가 적혀 있었다. 그 뒤로 최근의 생리 주기를 포함한 병원 기록과 자궁 검사지, 범죄 경력 조회서가 이어졌고, 자녀의 사진도 붙어 있었다.

인우는 서류를 뒤집어 옆으로 치웠다. 보지 말아야 할 것을 본 것 같았고, 있지 말아야 할 곳에 있는 것 같았다. 도망치고 싶었다. 잘못 생각했다고, 실수였다고 사과하고 그 자리를 빠져나가 다시는 돌아오고 싶지 않았다. 그러나 인우는 도망칠 곳이 없었다. 인우가 머뭇거리는 사이, 앞에 또다른 서류가 놓였다.

"대리모용 계약서도 한번 보세요. 우리는 이런 거 다 투명하게 하거든요. 양쪽에 계약서 다르게 보여주고 돈 떼어먹는 업체들 많은 거 아시죠? 우리는 그래서 대리모용 계약서에도 의뢰인 사인을 받아요."

김실장은 계약 이후의 과정도 설명했다.

인우와 지석은 방콕에서 제일 유명한 난임 클리닉에 가게 될 것이다. 둘의 난자와 정자를 채취해서 배아를 수정시킨다. 여기까지는 전 세계 여느 난임 병원의 과정과 동일하다. 그러나 수정 결과를 보고받을 때, 다른 나라에는 없는 태국만의 특별 서비스가 있다. 수정체 성별을 선택할 수 있다는 거였다. 성별 선택에 드는 추가 요금은 삼백만원. 그렇게 선택된 배아는 인우와 배란 주기를 맞추기 위해 호르몬을 맞아온 대리모의 자궁으로 이식된다. 인우와 지석은 그들의 배아가 대리모의 몸속으로 들어가는 장면을 직접 관찰할 것이다.

김실장은 계약서 두번째 장을 펼쳤다. 한 장을 꽉 채우고 있는 표는 온갖 숫자로 가득했다. 김실장은 표의 상단을 큐빅이 붙은 검지 손톱으로 동그라미를 쳤다.

계약금	임신 5주 차	12주 차	출산시	합계
30,000,000	10,000,000	10,000,000	20,000,000	70,000,000

"보통 이렇게들 많이 하세요. 일시불의 부담을 덜어드리는 거죠. 아무래도 불안해들 하시니까. 성공 보수처럼 나누어 받아서 의뢰인 분들 안심하시도록."

김실장의 말꼬리를 올리는 습관은 모든 문장을 질문으로 바꿨다. 보통 이렇게들 많이 하세요? 일시불의 부담을 덜어드리는 거죠? 아무래도 불안해들 하시니까? 성공 보수처럼 나누어 받아서 의뢰인 분들 안심하시도록? 그건 모두 인우가 묻고 싶었던 것이라서 그녀는 김실장이 자신의 질문을 빼앗는 것 같다고 느꼈다.

"그런데 분할 납부가 번거롭다는 분들도 계시죠. 그래서 여기 패키지 금액이 있습니다. 패키지로 한꺼번에 지불하시면 당연히 저희가 할인 혜택을 드리죠. 여기, 대리모 시작부터 출산까지 다 들어가 있는 기본 패키지 금액이고요. 난자 제공까지 들어 있는 패키지는 여기. 고객님들이 제일 선호하시는 건 임신 보장 패키지인데, 임신이 될 때까지 시술을 무제한으로 제공해드리는 거예요. 고객님이랑 사이클 맞춰서 대리모들 여럿을 대기시켜놓는 거죠. 패키지에 포함 안 되는 부수적인 비용은 여기 있으니까 집에 가서 쭉 한번 보세요. 쌍둥이를 낳으면 오백만원 추가 금액이 붙고, 대리모가 자궁 적출을 해야 하는 경우에는 위로금 삼백만원 지불하셔야 하고, 자궁외임신이 되면 수술비가 이백만원이고 위로금 백만원 추가로 주셔야 하고요. 이런 응급 상황에 대한 추가 비용까지 모두 커버가 되는 패키지가 여기 있는데……"

"아뇨, 패키지는 됐어요."

인우는 더이상 참을 수 없어 끼어들었다.

"아, 그럴 수 있죠. 패키지로 안 하셔도 돼요."

김실장이 인우의 눈을 응시하며 다 안다는 듯 씩 웃었다. 인우는 그녀의 눈을 피하려 고개를 떨구면서 다시 시야에 들어온 계약서를 옆으로 밀쳤다.

"우리 에이전시 장점은 금액이 아니라 관리에 있다는 말씀을 안 드렸네요. 우리가 대리모 관리를 직접 하거든요. 매주 검진 후에 병원 공식 결과지를 바로 보내드리는데, 검사하러 병원 갈 때마다 우리가 데려다주고 데려오고 다 해요. 그리고 뭐 필요하다 그러면 다 처리해주고. 대리모가 편안하게 지내야 태아도 건강하게 자라잖아요. 그걸 우리가 다 보장하는 거죠. 2009년에 '구글 베이비'라고 인도 대리모 다큐멘터리 나온 거 보셨어요? 거기는 그냥 아기 공장이라고 보시면 돼요. 말이 대리모 기숙사지 무슨 돼지우리 같은 데다 몇십 명씩 밀어넣고 사육을 했더라니까요. 진짜 끔찍합니다. 태국은 인도하고는 달라요. 대리모를 가두지도 않고, 깨끗하고 자유롭게. 믿으셔도 돼요."

인우는 인도 대리모에 대해서는 생각조차 해본 적이 없었지만 김실장의 말을 끊지 않았다. 자신과 상관없는 이야기가 분명한데도 모든 단어가 날아와 꽂혔다. 아기 공장, 대리모 기숙사, 사육. 이런 말들이 인우의 머릿속에서 어지럽게 맴돌았다.

"꼭 그거 아니어도 인도가 태국보다 훨씬 멀어서 비행기 타고 왔다갔다하는 비용 생각하면 그 돈이 그 돈이에요. 태국은 태교 여행으로도 많이들 가잖아요. 얼마나 편해. 그냥 여행하듯이 스윽 다녀오면 아기가 생기는 거예요. 그만큼 의뢰인분들이 아무 걱정 안 하게 우리가 다 시스템을 만들어놨습니다."

김실장은 계약서를 한 장 더 넘기며 설명을 이어갔다. 이번에는 대리모의 출산 과정에 대해서였다.

내로라하는 방콕의 대형 종합병원에서 제왕절개로 진행된다. 자연 분만을 하면서 겪는 고통을 통해 산모가 아기에게 애착을 가시게 된다는 연구 결과가 있기 때문에 그걸 사전에 차단하는 것이다. 아기가 태어나면 대리모가 아니라 의뢰인, 인우가 제일 먼저 안아본다. 이어지는 마지막 조항을 인우는 여러 번 읽었다.

대리모는 태어난 아기를 보지 못한다. 출산과 동시에 의뢰인과 대리모는 결별한다.

물론 출산 이후에도 대리모 업체의 서비스는 이어진다. 아기가 인우와 지석의 친자인지 확인하고, 지석과 대리모의 자녀로 출생 신고를 하고, 이후 대리모로부터 친권 포기 사인을 받는 것까지. 모든 과정이 업체와 계약된 전문 변호사와 대사관 직원을 통해 합법적으로 이루어진다.

행정 절차가 마무리되는 이 주 동안 인우는 아기와 함께, 역시 업체와 계약된 코사무이의 오성급 숙소에 머무르게 된다. 업체에서 알선한 유모가 아기를 보는 동안 옥색의 바다와 연결된 것처럼 보이는 인피티니 수영장에서 수영을 하고, 울창한 야자수로 둘러싸인 방갈로에서 열대 과일이 가득 담긴 바구니를 룸서비스로 받는다.

"고객님, 이건 내가 대리모로 내 애를 낳아봤으니까 아는 건데, 갑자기 갓난아기를 받아들면 얼마나 무서운지 알아요? 애는 너무 작고, 계속 울고. 머리가 하얘진다니까요. 그때 리조트에서 우리가 보내주는 유모랑 지내면서 아기 재우는 거, 분유 먹이는 거 천천히 배우면 되는 거예요. 우리 에이전시에서 특별히 제공해드리는 산후조리원이라고 생각하세요."

김실장에게서 브로슈어를 건네받은 인우는 아름다운 코사무이의 리조트를 가만히 바라보았다.

지상낙원에서의 산후조리

전문 유모 24시간 대기

그건 인우의 난자와 지석의 정자를 태국 대리모에게 주입해 그들의 아이를 얻는 것보다 더 판타지 같았다. 휴양지 리조트에서 산후조리를 하는 산모가 어디 있단 말인가.

브로슈어를 내려놓고 인우는 어렵게 말을 시작했다.

"사실 결정을 하고 나온 건 아니에요. 남편이 반대하기도 하고요. 대리모 자체에 반대하는 것도 있지만 그것보다 태국에서는 불법이 아니냐고…… 정 하고 싶으면 합법인 미국에 가라고 하더라고요. 그러면 미국 국적도 얻으니 더 좋지 않냐고……"

인우의 말에 김실장의 얼굴이 굳었다가 빠르게 펴졌다.

"고객님. 내가 딱 잘라서 말씀드릴게요. 우리는 총비용으로 팔천만원 생각하시면 돼요. 태국 오가는 비행기랑 출산 후에 묵는 5성급 숙소까지 다 포함된 거예요. 그런데 미국이랑 캐나다는 시작이 일억이에요. 이런저런 비용 따지면 두 배가 넘죠."

"비용은 저희한테 큰 문제가 아니에요."

인우는 대리모를 고민하면서 엄마에게 증여받은 성수동의 아파트를 내놓았다. 지석에게 손 벌리고 싶지 않아서였다.

"알아요. 먹고살기 어려운데 대리모 하는 사람 없죠. 그런데 내가 대리모 해봐서 하는 얘긴데, 이게 돈이 계속 들어요. 이런 거는 처음부터 말 안 하는데…… 고객님, 난임을 오래 겪어서 알잖아요. 인공수정 까다로운 거. 한 번에 되는 경우 거의 없어요. 그리고 화유니 초기 유산이니 진짜 출산으로 이어지는 게 얼마나 힘들어요? 미국 비용이면 태국에서 대리모 두 명씩 두 번을 해요. 이게 무슨 말이냐. 그만큼 더 임신율이 높아진다는 거예요. 미국이든 태국이든 중요한 건 임신을 하는 거잖아요. 안 그래요? 애는 어차피 내 애인데 대리모가 백인인지 동양인인지는 하나도 중요한 게 아니라니까요?"

김실장의 목소리가 높아졌다. 인우는 얼굴이 달아오르는 것을 느끼며 손을 휘저었다.

"대리모 인종을 따지는 게 아니라요. 대리모가 합법인 곳에서 진행하고 싶다는 거예요. 불법으로 아기를 얻는다는 게 마음에 걸려서……"

"누가 들으면 천막에서 야매로 시술하는 줄 알겠네. 방콕이 의료 관광의 중심지인 거는 아시죠? 의사들도 세계적 수준이고 병원 시설은 한국보다 나아요. 방콕에서 제일 유명한 난임 클리닉에서 한다니까요? 여기 계약서에 클리닉 이름이랑 주소 다 있으니까 한번 구글로 확인해보세요. 그리고 법은 한국이랑 똑같아요. 대리모를 구체적으로 규제하는 법이 없어요. 그러니까 불법도 아닌 거지. 합법적으로 운영하는 클리닉에서 시술받고, 방콕에서 제일 큰 종합병원 가서 출산하고. 대사관 가서 출생 신고서 받고. 다 깔끔하게 진행해요. 계약서를 보시면 남편분도 잘 아실 텐데……"

인우가 붉어진 얼굴로 고개를 끄덕이는 걸 보고는 김실장의 목소리가 조금 누그러졌다.

"고객님, 더 솔직히 말해줄까요? 사실 우리는 이 바닥이 어떻게 굴러가는지 잘 알잖아요. 미국 대리모들은 관리가 안 돼요. 여기 대리모용 계약서에 나와 있는 것들 다 지켜지질 않아요."

김실장이 테이블에 펼쳐진 여러 종이 중에 하나를 톡톡 두드렸다. 대리모용 계약서 한국어 사본이었다. 김실장의 손톱, 반짝이는 큐빅이 멈춘 곳은 볼드체로 강조된 문장이었다.

대리모는 계약이 체결된 시점부터 출산까지 카페인과 술, 마약 섭취와 흡연이 금지되고 배우자를 비롯한 모든 관계에서의 성교 역시 금한다.

"미국에서 대리모를 할 정도로 돈이 궁한 애들이 어떤 애들일 거 같아요? 태국은 가난한 나라라서 그렇다고 쳐도 돈 많은 나라 미국에서 몸 건강하고 앞길 창창한 젊은 여자가 대리모를 왜 할까요? 정상적인 애들이 아닌 거지. 까놓고 말할게요. 미국 대리모들은 돈 받아서 마약 해요. 못 믿겠죠? 내가 그런 경우를 몇 번이나 봤어요."

인우의 머릿속에서 미국 드라마의 여러 장면이 스쳐지나갔다. 김실장은 인우의 생각을 읽었다는 듯이 고개를 끄덕이며 한쪽 입꼬리를 올렸다. 이제 김실장의 목소리는 원래대로 돌아와 있었다. 인우는 안도감을 느꼈다.

김실장은 테이블 위로 몸을 구부려 인우에게 바짝 다가왔다. 진한 향수 냄새가 다시 풍겼지만 이번에는 몸을 빼지 않았다.

"그래요, 우리 고객님한테는 이게 큰돈이 아닐 수도 있어요. 그런데 태국에서는? 시골에선 집을 살 수 있는 돈이에요. 한 가족의 삶이 완전히 바뀌는 돈이죠. 내가 우리 에이전시가 데리고 있는 대리모들 사정을 다 아는데, 이 돈 받아서 애랑 같이 살 집 짓고, 애 좋은 학교 보내고 다들 그래요. 고객님은 아이를 얻으면서 동시에 가난한 태국 애들 돕는 거예요."

김실장은 테이블에 올려져 있던 의뢰인용 계약서를 반듯하게 두 번 접어서 봉투에 넣었다. 그리고 인우를 향해 내밀었다.

"아기가 없는 사람한테 아기를 주고, 돈이 없는 사람한테 돈을 주고. 서로 돕는 거죠. 가치 있는 일이지. 공덕이란 회사 이름이 괜히 나온 게 아니에요. 다 공덕을 쌓는 거예요."

인우는 봉투를 받아들며 김실장을 향해 다시 한번 고개를 끄덕여 보였다. 제정신이 아닌 게 틀림없다고, 속으로 중얼거렸다.

3

지석은 계약서를 내미는 인우를 뜨악한 얼굴로 보았다.

"정말 이렇게까지 해야겠어?"

"어, 이렇게까지 해야겠어."

마음을 굳힌 인우는 지석을 똑바로 올려다보았다.

"우선 읽어보고 말해. 물어볼 거 있으면 물어보고. 아니면 사인해, 여기."

"이건 진짜 아닌 것 같아."

"읽어보고 말하라니까? 네가 생각하는 그런 거 아냐."

"인우야, 그게 아니라……"

지석의 목소리가 갈라졌다.

"나는 정말 그만하고 싶어."

인우는 길게 한숨을 쉬었다. 지석이 무슨 말을 할지 알고 있었다. 그들은 같은 대화를 몇 년째 되풀이하고 있었다.

"우리 할 만큼 했잖아."

지석의 말에 인우는 입을 다물었다. 물론 할말이 많았다. 다만 팔 년간 반복한 말들을 쏟아내면서 지석과 해묵은 싸움을 다시 시작하고 싶지 않았다. 지금은 대리모 계약이 먼저였다.

"마지막이야."

인우는 지석의 손에 계약서를 쥐여주고는 그의 손을 양손으로 감쌌다. 그리고 둘의 손 위로 고개를 숙였다.

"약속할게, 마지막이야. 이번에 안 되면 정말 그만하자."

"너 저번에도……"

"알아, 알아. 근데 나 이제 임신하고 싶어도 못해. 알잖아."

"……"

"그러니까 대리모가 유일한 기회고, 이게 정말 마지막이야. 부탁이야."

지석이 일그러진 얼굴로 인우의 손을 부드럽게 뿌리쳤다. 그리고 계약서를 들고 서재로 들어갔다. 인우는 쓰러지듯 소파에 몸을 던졌다. 이제부터가 진짜 시작이라는 다짐을 하면서.

*

대리모 차논과는 방콕의 난임 클리닉 상담실에서 처음 만났다.

태국 국왕의 사진을 끼워둔 금색 액자 아래 하얀 소파가 놓여 있었고, 차논과 남편, 딸이 나란히 앉아 있었다. 차논은 비즈가 박힌 티셔츠에 붙는 청바지를 입고 두 손을 가지런히 모은 채였다. 서류 사진보다 조금 더 통통해 보였는데 인우는 그게 마음에 들었다. 차논의 딸은 바비가 그려진 하늘색 티셔츠에 프릴이 달린 치마를 입고 다리를 앞뒤로 흔들며 진료실의 이곳저곳을 바라보았다. 남편은 깨끗하게 다림질된 흰색 와이셔츠를 입고 딸의 손을 꼭 잡고 있었다. 미소 짓고 있었지만 긴장한 기색이 역력했다.

"이쪽이 대리모 차논 씨. 그리고 아이와 남편분. 제가 둘 다 데려오라고 했습니다. 대리모에게 건강한 아이가 있다는 걸 고객님께 직접 확인시켜드리고 싶어서요. 남편분은 계약에 함께 참여하는 당사자라고 보시는 게 좋아요. 남편이 대리모 계약을 정확히 알고 지원을 해주는 게 정말 중요하거든요. 그래서 저희는 싱글맘을 받지 않아요. 남편이 친자녀를 잘 봐주어야 대리모가 임신에 집중할 수 있으니까요."

인우와 차논 사이에 앉은 김실장이 활기차게 말했다.

"출생신고에 문제가 없도록 서류상으로 이혼을 했지만요. 누구보다 사이좋은 부부예요. 제가 보장해요."

남편이 인우와 눈을 마주칠 때마다 부자연스럽게 고개를 돌리거나 숙이는 것에 비해 차논은 인우의 눈을 피하지 않았다. 쌍꺼풀이 짙게 진 차논의 눈은 커다랗고 맑았다. 인우는 까맣고 반짝이는 눈동자를 보았다. 이 여자가 내 아이를 낳아줄 여자다. 인우는 차논과 눈을 마주친 채 마음속으로 되뇌었다. 가슴에 파도가 치는 것처럼 벅찬 감정이 밀려들었다.

인우와 차논은 생일이 같았다. 그리고 차논은 인우보다 열두 살이 어렸다. 다시 말해 띠와 생일이 같았다. 인우는 사주팔자를 믿지 않았지만, 차논의 생년월일을 보았을 때 운명이라고 생각했다. 다른 사람들에게는 미신처럼 들릴 게 틀림없으므로 아무에게도 말하지 않았지만 인우는 차논이 자신의 아이를 낳아줄 사람이라고 확신했다. 그리고 상담실에 차논이 들어서자마자 그 확신이 잘못되지 않았다는 것을 알았다.

"이제 인사들 하시고, 계약서에 사인하셔야죠."

김실장이 하는 말을 통역사가 차논에게 전하니 차논이 합장하고 고개를 숙이며 처음으로 입을 열었다.

"아파트를 구해주셔서 감사해요."

김실장을 통해 듣기로 차논은 주변에 대리모를 하는 사실을 알리지 않을 것이고, 그러기 위해서는 원래 살던 곳에서 나와야 한다고 했다. 대리모에게 달마다 지급하는 생활비에 방콕 시내 아파트 월세를 더해 주겠다고 먼저 제안한 건 인우였다.

"몸은 좀 괜찮아요?"

인우의 말에 차논은 미소를 지으며 고개를 끄덕여 보였다. 차논은 인우와 배란 주기를 맞추기 위해 이 주 전부터 호르몬 주사를 맞았고, 오늘은 인우와 지석의 배아를 이식하는 날이었다. 둘을 만나기 전에 차논은 이미 자궁 내막의 두께를 측정했고, 배아 이식을 하기 최적이라는 의사의 말을 듣고 왔다고 했다.

　"이혼 증명서 확인하시고요."

　금 테두리를 두른 하얀색 대리석 테이블에는 차논이 미리 사인한 대리모용 계약서와 함께 다른 서류가 한 장 더 놓여 있었다. 날개를 펼친 가루다 문양이 찍힌 종이였다. 통역사가 실제 이혼 증명서가 맞는다고 확인해주었다. 이제 차논의 배에서 자라게 될 아이는 태국 정부에 차논과 지석의 아이로 등록될 것이다.

　인우는 이혼 증명서를 옆으로 밀어두고 차논이 사인한 계약서를 집어들었다. 태국어로 쓰여 있어서 알아볼 수 없는데도 인우는 내용을 들춰보았다. 볼드체로 강조된 부분에 얼마간 머무르기도 했다. 인우가 전에 받아보았던 한글로 작성된 대리모용 계약서에는 의료 절차에 관한 조항이 볼드체로 강조되어 있었다. 얼마나 많이 읽었는지 보지 않고도 읊을 수 있는 정도였다.

대리모는 처방받은 호르몬 주사를 맞고, 인공수정 시술을 받아야 한다.

대리모는 주기적으로 혈액검사와 소변검사, 양수 검사, 복강경 검사, 초음파검사를 받아야 한다.

대리모는 다태 임신의 경우 선택적 유산에 동의해야 한다. 태아 기형이 발견되거나 의뢰인 부모가 원하는 경우 자궁 내 태아 수술과 중절 수술에 동의해야 한다. 제왕절개로 출산할 것에 동의해야 한다.

대리모는 의사가 처방하는 약과 영양제를 섭취해야 하고, 그 외에 의사의 동의 없이 어떤 약이라도 섭취해서는 안 된다.

출산한 아기가 저체중인 경우, 혹은 산모의 흡연이 의심되는 경우에 대리모는 흡연 검사에 응해야 한다. 대리모의 흡연이 사실로 밝혀질 경우 계약 위반에 해당하여 보수 전액을 반환해야 하며 내규에 따른 위약금을 지불해야 한다.

대리모는 계약이 체결된 시점부터 출산까지 카페인과 술, 마약 섭취와 흡연이 금지되고 배우자를 비롯한 모든 관계에서의 성교 역시 금한다.

"계약서 조항 중 임신 기간에 살림을 하지 않는다는 것이 있어요."

인우는 대리모용 계약서를 든 채로 차논의 남편을 보고 말했다. 통역사가 그 말을 전달하자 차논의 남편이 얼른 고개를 끄덕였다.

"남편이 살림을 할 거예요."

차논의 말에 인우는 고개를 저었다.

"저는 대리모가 깨끗한 집에서 건강한 음식을 먹었으면 좋겠어요. 가정부를 붙여줄게요. 대신 가정부를 자르는 일이 있어서는 안 돼요."

김실장이 끼어들어 관대한 의뢰인을 만나서 대리모가 운이 좋다며 입에 발린 말을 늘어놓았다. 차논은 다시 한번 합장하고 고개를 숙였다.

"그리고 흡연에 대한 부분인데……"

인우는 옆에 앉은 지석을 흘긋 돌아보았다. 지석은 무표정하게 천장을 올려다보고 있었다.

"간접흡연이 직접 흡연만큼 태아에게 위험하다는 건 아시죠? 남편분도 금연을 해주셨으면 해요. 대리모분이랑 남편분이 불시 소변 검사에 언제든 응하겠다는 조항을 계약서에 추가하고 싶어요."

차논의 남편은 당황한 눈치로 차논에게 속삭였다. 차논과 남편이 한동안 실랑이를 벌이는 것을 지켜보다 인우가 손을 들었다.

"추가 비용을 드릴게요. 원하시는 금액을 이야기해주세요."

차논은 잠시 고개를 숙이고 침묵하다가 인우를 향해 몸을 고쳐 앉고서 눈을 똑바로 마주하고 분명한 어조로 말을 시작했다. 한 문장을 마치면 통역사에게 틈을 주었고, 바로 다음 문장을 이어서 말했다. 바쁘게 통역을 하느라 문장이 단순해지고 짧아졌다. 어쩌면 애초 차논의 문장이 그렇게 단순하고 짧았는지도 몰랐다.

"실례지만, 당신이 알아야 할 게 있어요."

"저는 중산층 가정에서 태어났어요. 부족함을 모르고 자랐어요."

"부모님은 저를 대학까지 보내려고 했지만 안 갔어요. 공부가 싫었어요."

"제 딸은 달라요. 제 딸은 똑똑해요. 의사가 되고 싶다고 해요."

"저는 하나뿐인 딸을 국제학교에 보낼 거예요. 그러니까 돈이 필요해요."

"그래서 이 일을 해요. 돈 때문이에요."

"우리 부모님은 여전히 돈이 많아요. 나를 도와줄 수 있어요."

"하지만 부모님에게 도와달라고 하고 싶지 않아요. 부모님은 제가 대학에 안 가서 속상해하셨어요. 지금 남편을 만나서 이렇게 사는 것도 속상해하세요."

차논은 잠시 말을 멈추고 심호흡을 했다. 차논의 남편은 고개를 숙인 채 아무 말도 하지 않았다.

"나는 돈을 위해서 이 일을 해요. 추가 비용을 주면 감사히 받겠습니다. 하지만 돈으로 나를……"

통역사는 잠시 말을 멈추었다. 단어를 고민하는 것 같았다.

"……착취하려고 하지 마세요."

그 단어가 적절하게 통역된 것인지를 따지기도 전에 인우는 차논을 향해 양손을 흔들어 보였다.

"그럴 마음은 없어요. 돈이면 다 된다고 생각하지도 않고요. 그저 어려운 부탁을 하는 거니 추가 비용을 드린다는 거예요."

인우가 말을 마치기도 전에 지석이 벌떡 일어나 상담실을 나갔다. 김실장이 끼어들어 차논과 한참 이야기를 나눴다. 추가 비용을 주는데 무슨 착취냐고, 이렇게 후한 의뢰인 만나기 쉬운 줄 아냐고, 돈을 받으려면 정신 차리라고 꾸짖었다. 차논은 지지 않고 쏘아붙였다. 통역사는 바쁘게 둘의 말을 옮겼다. 인우는 차마 끼어들지도, 지석을 붙잡으러 나가지도 못하고 초조하게 셋의 대화를 지켜보았다. 기다림이 길어졌다.

인우는 김실장을 향한 차논의 굳은 얼굴을 보면서 대리모 신상 명세 서류를 떠올렸다. 서류의 두번째 페이지에는 대리모 지원 사유가 쓰여 있었다.

차논은 두 가지 이유를 댔다. 하나는 돈을 벌어서 딸을 공부시키겠다는 거였고, 다른 하나는 아기를 갖지 못하는 사람을 위해 아기를 가짐으로써 공덕을 쌓겠다는 거였다.

공덕.

인우는 회사 이름에 맞춰 쓴 거겠거니 하며 아무 생각 없이 지나친 그 단어를 새삼 다시 떠올렸다.

"남편이 집 밖에서만 담배를 피울 거라고 해요. 그리고 차논은 언제든 흡연 검사에 응하겠다고 했어요. 추가 비용은 감사히 받겠다네요."

통역사가 전달한 차논의 최종 결정에 김실장이 덧붙였다.

"고객님, 이 정도에서 받아들이시는 게 좋아요. 저쪽도 많이 양보한 겁니다. 대리모가 기분이 좋아야 아기도 건강하게 크는 거니까 웬만하면 대리모측 요구를 들어주시는 게 좋아요. 서로서로요."

인우는 힘없이 끄덕였다.

남편의 금연 외에도 대리모에게 요구할 것이 많았다. 염색이나 파마, 매니큐어를 삼갔으면 했고, 패스트푸드나 인스턴트 대신 유기농 채소와 과일을 먹었으면 했다. 가스레인지나 전자레인지 근처에 가지 않기를 바랐고, 세면 용품과 화장품, 세제까지 모두 식물성으로 바꾸길 바랐다. 임신 중기부터는 인우가 선택한 음악들과 구연동화를 들었으면 했고, 매일 통화하며 인우의 목소리를 뱃속 태아에게 직접 들려주었으면 했다. 이 모든 요구에 얼마든지 추가 비용을 지불하려고 했다.

그러나 인우는 계획했던 말들을 하지 못했다. 그렇게 대리모와의 첫 만남이 끝났다.

4

"임신했대."

인우는 지난 팔 년간 이 순간을 진저리나게 기다려왔다. 임신 소식을 전하며 지석과 부둥켜안고 우는 순간. 서로에게, 그리고 자신에게 내온 상처가 단번에 치유되는 순간.

너무 오래 상상해서인지 실제로 그 순간이 다가왔을 때는 눈물이 나오지 않았다. 인우는 담담하게 말했고 지석 역시 무표정하게 고개를 한 번 끄덕이고는 식사를 계속했다. 그러나 인우는 지석의 젓가락이 미세하게 떨리는 것을 보았다. 지석이 간신히 참고 있는 것을 알았기에 인우도 고개를 숙이고 아무 맛이 나지 않는 음식을 입안으로 밀어넣었다.

임신 실패를 몇 번이나 겪었을까. 자연 임신을 시도하겠다고 배란일 테스트기를 쓰던 시기부터 시험관 시술에 이르기까지. 팔 년간 인우와 지석은 몇 번이나 좌절했을까. 너무 기대하지 말자고 서로를 다독이면서도 늘 초조하게 결과를 기다리다 얼마나 많이 절망했을까.

지난달에 김실장이 임신에 실패했다고 연락해왔을 때 인우는 그 말을 지석에게 전했고, 지석은 그럴 줄 알았다는 듯 실망한 기색을 내비치지 않았다. 실패를 예상한 건 인우도 마찬가지였다. 팔 년간 매달 겪은 실패의 경험이 지금까지도 인우와 지석을 지배하고 있었다. 기쁨과 환희는 낯설었고, 자조와 체념이 익숙했다.

　임신 소식을 들은 날 밤, 침대에 나란히 누워 잠을 청하면서 지석이 인우의 손을 잡았다. 인우는 다시 한번 폭발하려는 낯선 감정을 간신히 눌렀다. 심장이 일렁였다. 심장을 가득 채운 무언가가 금방이라도 쏟아질 것 같았다.

　인우는 꿈을 꾸었다. 시골 냇가를 걷고 있었다. 냇물에 햇빛이 닿아 반짝였다. 인우는 잠시 망설이다가 신발과 양말을 벗고 바지를 접어올렸다. 차갑고 투명한 냇물에 발을 담그고 한참을 서 있었다. 발목에 무언가 닿았다. 내려다보니 작은 망고였다. 푸른빛이 도는 망고가 인우의 두 발목 사이에 걸려 있었다. 인우는 망고를 집어올려 물기를 닦고 주머니에 넣었다.

　아침에 일어나 인우는 김실장에게 차논의 메일 주소를 알려달라고 했다. 김실장은 의뢰인이 대리모와 직접 연락할 수 없다는 조항을 상기시켰다.

"이게 다 고객님을 위한 거예요. 의뢰인이랑 가까워지면 대리모는 바로 돈부터 요구하거든요. 대리모와는 거리를 두고 저희 에이전시를 통해서 의사소통하시는 게 가장 좋습니다."

인우는 차논의 말, 돈으로 자신을 착취하지 말라고 했던 말이 떠올랐지만 애써 지웠다.

"벌써 메일을 쓰셨으면 이번만 전달해드릴게요. 에이전시에서 번역까지 해드리지는 않고요. 대리모가 알아서 읽을 테니 오해가 생길 수도 있다는 거 알아두시고……"

말꼬리를 올리는 김실장의 말투는 상대를 놀리는 것 같은 느낌을 주었다. 인우는 서둘러 전화를 끊었다.

차논 씨

첫 만남에서 기분이 상했다면 미안합니다. 제 마음은 그렇지 않았는데, 표현이 서툴러서 차논 씨를 불쾌하게 한 건 아닐까 걱정이 되네요.

임신 소식을 들었습니다. 저와 제 남편은 무척 기쁘고 아주 감사해하고 있어요. 정말 감사합니다.

한국에는 태몽이라는 게 있어요. 아기를 가졌을 때 꾸는 꿈이에요. 어젯밤 저는 깨끗한 냇물에서 망고를 건지는 꿈을 꿨어요. 그 망고를 주머니에 넣었는데, 아침에 일어나 잠이 덜 깬 채로 주머니를 뒤져보았어요. 그러다 피식 웃었는데, 기분이 정말로, 정말로 좋았어요. 이렇게 상쾌하고 기분좋은 아침을 마지막으로 맞았던 게 언제였는지 기억이 잘 나지 않아요. 차논 씨가 제 삶을 바꿔주었어요.

저는 차논 씨가 편하고 행복하게 지냈으면 해요. 부드러운 소파에 누워 좋아하는 음악을 듣고, 그러다 졸리면 낮잠을 자고, 남이 차려준 맛있는 음식을 먹고, 매일 반신욕을 하면서 보냈으면 해요. 건강하고 평화롭게 하루하루를 보낼 수 있도록 제가 도울 수 있는 게 있다면 알려주세요. 저는 차논 씨를 위해 무엇이라도 할 준비가 되어 있습니다.

김실장님을 통해 언제든 연락주세요.

진심으로 감사합니다.

인우 드림

차논은 답장을 보내지 않았다. 인우는 김실장이 메일을 전달하지 않은 건 아닐까 잠시 의심했지만 그래도 상관없었다. 인우는 차논을 직접 보러 갈 계획이었다.

*

12월 30일은 임신 7주 차 검사 날이었다. 태아의 심장 소리를 들을 수 있다고 했다.

인우는 방콕 클리닉의 검사실에 앉아 양손을 모으고 기도

하듯 깍지를 꼈다. 차논은 침대에 누워 배에 초록색 천을 덮은 채 무릎을 세웠다. 인우는 차논의 다리 앞에 앉은 의사와 차논을 번갈아 바라보며 몸을 웅크렸다.

초음파 화면이 커지자 인우와 통역사가 고개를 들어 천장의 화면을 바라보았다. 차논은 화면을 보지 않고 인우의 반대편 벽을 향해 고개를 돌렸다.

"까만 건 양수, 하얀 건 태아예요."

의사가 영어로 말했다. 통역사는 그 말을 한국어나 태국어로 번역하지 않았다. 인우가 영어를 할 줄 안다는 것과 차논이 영어를 할 줄 모른다는 것을 알고 있었다. 의사는 계속해서 차논이 알아듣지 못하는 영어로 태아에 대해 설명했고, 차논은 여전히 고개를 벽 쪽으로 돌린 채 아무 말도 하지 않았다.

난황에 대한 의사의 설명을 들으며 초음파 화면을 들여다보던 인우는 화면 상단에 자신의 이름이 써 있는 걸 뒤늦게 발견했다.

Inwoo Jung/Chanon Jaidee

인우의 이름이 먼저, 차논의 이름이 다음이었다.

"이게 심장입니다."

태아의 하얀 몸에서 작은 별빛이 일렁이는 것처럼 움직이는 부분을 가리키며 의사가 말했다. 이제 겨우 일 센티미터인 아기의 몸에서 심장이 발딱발딱 뛰었다.

"심장박동을 들을게요."

의사의 말과 함께 심장박동이 검사실 가득히 울렸다. 누군가 다급하게 문을 두드리는 것처럼, 화가 나서 발을 구르는 것처럼 빠른 박동이었다. 인우는 양 주먹을 쥐고 아랫입술을 깨물어 울음이 터지려는 것을 간신히 참았다.

의사는 양수의 양이 어떠한지, 아기집 모양이 어떠한지 말해주다가 자궁에 피가 고여 있다고 했다. 그게 유산의 가능성을 뜻한다는 걸 아는 인우는 괜찮은 거냐고 물었다.

"대부분 자연적으로 흡수가 돼요."

의사는 여전히 초음파 화면에 시선을 고정한 채로 읊조리듯 말했다.

"유산을 방지하는 프로게스테론 주사를 계속 맞을 거예요."

진료실로 자리를 옮긴 뒤 의사는 차논에게 간단한 질문을 했다. 차논이 대답하는 동안 인우는 그들 뒤편에서 통역사가 전하는 말에 귀를 기울였다.

"피곤하고 변비가 생겼지만 전에도 겪었던 거라서 괜찮아요."

구부정한 차논의 뒷모습을 보면서 통역사가 바쁘게 속삭였다.

"그런데 이상한 건 잠이 오지 않아요. 딸을 가졌을 때는 잠이 쏟아졌었는데, 원래 임신 증상이 그렇잖아요. 그런데 밤에도 잠이 잘 안 와서 혼자 깨 있어요."

인우는 아기가 자신을 닮았다고 생각했다. 기억하는 가장 어린 시절부터 인우는 잠을 자는 게 어려웠다. 온 가족이 잠든 이후에도 혼자 깨어 있는 시간이 많았다.

"그리고 조금이라도 배고프면 구역질이 심하게 나요. 그래서 자꾸 먹는데 먹으면 제대로 소화도 안 되고 힘들어요. 안 그래도 변비가 심한데……"

의사가 지금은 먹고 싶은 대로 먹으라고 했다. 20주부터만 조심하면 된다고. 아무것도 아니라는 듯한 무심한 태도가 인우에게 안도감을 주었다.

하얀색 대리석 바닥 위에 하얀 소파가 일렬로 놓인 클리닉 대기실. 인우와 차논, 통역사는 수납을 위해 순서를 기다렸다. 소파 앞 대리석 테이블에는 인우가 한국에서 사 온 천연 화장품과 튼살 크림, 엽산을 비롯한 임산부용 영양제가 든 커다란 쇼핑백이 놓여 있었다.

"말하고 싶은 게 있었어요."

차논이 못다 한 말이 생각났다는 듯이 입을 열었다.

"지난주부터 계속 딸기를 먹고 싶었어요. 그래서 태국 딸기를 사 먹었는데 맛이 없는 거예요. 결국 한국 딸기를 조금만 사봤어요. 한국 딸기는 비싸거든요. 한입을 먹자마자 알았어요. 내가 먹고 싶었던 게 딱 그거였어요. 매일매일 한국 딸기만 먹고 싶어요. 나는 한국 딸기는 먹어본 적도 없고, 딸기 자체를 좋아했던 적이 없는데……"

차논의 말에 인우는 자기도 모르게 두 손을 입으로 가져갔다.

"저도 딸기를 밥처럼 먹을 때가 많아요. 어렸을 땐 할머니가 딸기 귀신이라고 불렀어요. 진짜예요."

"그럴 것 같았어요. 이 아기는 당신의 아기니까."

차논이 심드렁한 표정으로 뱉은 말에 인우는 울컥했다.

"제가 딸기를 사 줄게요. 같이 마트에 가요."

인우는 클리닉 옆 마트로 가 진열된 한국 딸기를 전부 집어 들었다. 차논은 별말 없이 딸기 팩으로 가득찬 비닐봉지를 받았다. 인우는 봉투에 들어가지 않는 딸기 팩 두 개를 따로 담아 통역사에게 건넸다.

마트에서 나와 차논은 클리닉 앞 도로에 주차되어 있던 분홍색 오토바이에 올랐다. 인우는 화들짝 놀라 차논의 팔을 붙잡았다.

"에이전시에서 데리러 오는 거 아니에요? 병원을 오갈 때 에이전시에서 동행한다고 했는데……"

"올 때도 혼자 왔어요. 그게 편해요. 가깝거든요."

"그렇다고…… 오토바이를 타요?"

"네, 집에 가야죠."

"택시를 타세요. 택시비를 드릴게요."

"오토바이를 여기 두고 가라고요?"

"저한테 파세요. 제가 그 오토바이를 살게요. 앞으로 오토바이를 타지 마세요."

차논이 인우를 빤히 보았다. 무슨 말을 할지 뻔했다. 인우는 얼른 말을 이었다.

"임신부한테 오토바이는 너무 위험해요."

"나는 딸을 임신했을 때도 오토바이를 탔어요. 괜찮아요."

"안 돼요."

"그럼 나는 어디에도 갈 수 없어요."

"내가 차를 사 주는 건 어떨까요? 차 운전할 수 있어요?"

차논은 오토바이 손잡이에 묶어둔 분홍색 헬멧을 머리에 썼다. 그리고 천천히 인우의 눈을 보며 말했다. 통역사가 번역하기 전인데도 차논의 말이 들리는 듯했다. 나는 당신의 아기를 가지고 있을 뿐이에요. 당신은 내 몸과 내 삶, 그 어떤 것도 지배할 수 없습니다. 나를 착취하려고 하지 마세요. 그러나 실제로 통역사가 한 말은 딜랐다.

"그런 내용은 계약에 없어요. 나는 오토바이를 탈 거예요. 하지만 차를 사 준다면 감사히 받겠습니다."

차논은 그대로 오토바이를 타고 수십 대의 오토바이가 늘어선 도로 사이로 사라져버렸다. 인우는 차논이 사라져간 쪽을 멍하니 바라보았다.

*

인우는 방콕에 이틀 더 머물렀다. 지석과 연말을 보내고 싶지 않았다. 태국에 지석이 동행하지 않겠다고 해서 다툰 후, 아직 화해하지 않았다.

12월 31일, 인우는 시내를 걸었다. 사람이 많았다. 빨간색 티셔츠를 입고 빨간색 모자를 쓴 사람들이 빨간색 플래카드를 들고 지나갔다. 한 중년 남자의 사진이 붙은 플래카드도 자주 눈에 띄었다. 집회 행렬이겠거니 싶어서 몸을 피해 다른 쪽으로 걸으면 다른 집회와 또 마주쳤다. 온 도시가 집회를 하는 것만 같았다. 이번엔 노란색 티셔츠를 입고 노란색 띠를 이마에 두른 사람들이 도로를 점거하고 앉아 있었다.

인우는 그들에게서 도망치듯 아무 건물로 들어갔다. 안쪽으로 깊숙이 들어가 외부가 보이지 않는 식당을 찾았다. 태국어가 가득한 메뉴판에서 제일 위에 있는 음식을 주문한 뒤에 인터넷을 뒤졌다.

붉은 셔츠를 입은 사람들은 탁신 정부를 지지하는 농민과

저소득층이라고 했고, 노란 셔츠를 입은 사람들은 탁신 정부에 반대하며 왕실과 군부 통치를 지지하는 지식인과 보수층이라고 했다. 2006년 탁신 정부가 군부 쿠데타로 실각한 이후 아직까지 역풍과 분열이 그치지 않는 모양이었다. 인우는 탁신이나 그의 정부에 대해 알지 못했고, 왕실과 군대와의 관계도 알지 못했다. 그저 그녀의 아기가 태어날 나라에 쿠데타니 내란이니 하는 불편한 단어들이 끼어드는 것이 싫었다.

거대한 생선찜을 받은 인우는 불온한 말들로 가득한 휴대폰 화면을 꺼버렸다. 이어폰을 꺼내 귀에 꽂고 태교 음악을 찾아 틀었다. 생선찜은 건드리지도 않은 채 옆 카페로 옮겨서 몇 시간을 기다리다 해가 다 졌을 때에야 건물 밖으로 나갔다. 시끄럽게 분열을 조장하는 무리는 사라졌다. 밝은 얼굴의 사람들이 거리를 오갔다. 불꽃놀이가 열리는 자정에 가까워질수록 경쾌한 인파가 늘어났다.

기분이 한결 나아진 인우는 축제 기운이 감도는 거리를 빠르게 걸었다. 전면 창으로 노란 불빛이 쏟아져나오는 건물들을 지나쳤고, 색이 수시로 바뀌는 전등을 휘감은 가로수를 지나쳤다. 아직 철거하지 않은 크리스마스트리를 지나쳤고, 점멸하는 조명이 든 풍선을 파는 노점상을 지나쳤고, 야광 머리띠를 하고 다니는 사람들을 지나쳤다. 도로에서 오토바이 소리가 들릴 때마다 혹시나 싶어 돌아봤지만 차논을 찾을 수 없었다. 위쪽은 노란색, 아래쪽은 초록색으로 칠한 택시, 꽃과 조명을 매단 툭툭, 오렌지색 버스가 쉼없이 인우를 지나쳐갔다.

밤 열한시 오십구분, 센트럴월드 앞. 태국어로 카운트다운이 이어지다 폭죽이 터지기 시작했다. 다정하고 힘찬 노래가 흘러나오는 가운데 불꽃이 무시무시하게 피어올랐다. 빨간색, 노란색, 초록색이 번갈아가며 하늘에서 터지는 동안 인우는 인파에 끼어서 아기의 심장 소리를 들었다. 폭죽 소리가 아기의 심장 소리와 뒤섞였다.

"해피 뉴 이어!"

연기가 가득한 밤하늘을 향해 휴대폰을 들어올리는 사람들 틈에서 인우는 눈을 꼭 감았다. 조명을 흔들며 해피 2014를 외치는 그 모든 사람이 인우의 임신을 축하해주는 듯했다.

*

돌아오는 비행기에서부터 인우는 쉼없이 먹기 시작했다. 잠시라도 속이 비면 울렁거려서 토할 것만 같았다. 공항에 내려서도 입국장의 카페에 들러 쿠키를 집어들었다. 집 앞의 마트에서는 딸기 두 상자를 샀다. 태국에서 본 딸기보다 더 크고 반짝거려서 차논에게 이 딸기를 줄 수 없는 것이 안타까웠다.

인우는 크고 단 딸기를 낮이고 밤이고 먹으며 차논의 뱃속에서 자라는 자신의 아기에 대해 생각했다. 자신을 닮아 딸기를 좋아하고 밤에 잠을 이루지 못하는, 겨우 손가락 마디 하나만한 아이를 생각했다. 그 아이가 거기 없다는 걸 알면서도 인우는 자신의 배를 가만히 쓰다듬어보곤 했다. 그러면 놀랍게도 아이의 기척이 느껴졌다.

임신도 하지 않은 배가 요동치는 듯한 느낌이 들었고, 가슴이 단단해졌으며 유두가 옷에 쓸려서 쓰라렸다. 평소엔 가만히 누워 있기만 했다. 딸기가 떨어졌을 때 동네 마트에 다녀온 것을 제외하고는 밖에 나가지 않았고, 집안에서도 천천히 걸었다. 잠이 안 올 때 한 잔씩 마시던 와인을 끊었고, 커피도 마시지 않았다. 지석에게 아이를 출산할 때까지 섹스를 하지 않겠다고 선언한 이후로 손님용으로 꾸며놓은 방에서 지냈다.

올리브색 시트를 깔아놓은 손님방 침대에 누워 차논에 대해서 생각했다.

차논이 요즘도 딸기만 먹는 건 아닌지, 그러면 안 되는데. 잠이 안 온다고 술을 마시는 건 아닌지, 그러면 진짜 안 되는데. 잠이 안 온다는 게 커피를 마셔서 그런 건 아닌지. 가정부가 장을 보러 간 사이 무릎을 꿇고 걸레질을 하는 건 아닌지. 몸을 구부려 자신의 딸을 들어올리는 건 아닌지. 오토바이를 타고 복잡한 시내를 오가며 온갖 매연을 들이마시는 건 아닌지. 그러다 사고라도 당하는 건 아닌지.

차논의 뱃속에 있는 아이에 대한 걱정과 염려로 잠을 이루지 못하는 밤이 많아졌다.

태아의 성장과 산모의 변화에 대해서는 아무리 공부해도 끝이 없었다. 인우는 엄마가 되기 위한 책을 읽으면서 그 모든 것을 차논에게 전하고 싶었다. 21주 차 정밀 초음파 검사 때 다시 태국에 가기로 했지만 그때까지 기다릴 수 없을 것 같았다. 방콕행 비행기를 알아보던 중 인우는 김실장에게서 전화를 받았다.

"대리모가 유산을 했습니다."

김실장은 언제나처럼 마치 질문하듯 말끝을 올렸다.

대리모가 유산을 했습니다?

인우가 되묻고, 김실장이 같은 문장을 반복한 이후에야 김실장이 질문을 하는 것도, 놀리는 것도 아니라는 걸 알았다. 심장 소리를 들은 지 고작 열흘이 지났을 때였다.

5

"딱 한 번만 더 해보자."

"너 지난번에도 그렇게 말했어."

"그래서 임신이 됐었잖아."

"나, 임신 소식 듣고도 하나도 안 기뻤어. 공장에서 우리 애를 만든다는 것처럼 이상한 기분이 들었다고."

"거짓말하지 마. 너도 좋아했잖아. 네 그런 얼굴을 본 게 얼마 만인지 기억도 안 나."

"네가 그렇게 보고 싶었던 거겠지. 나는 진짜처럼 느껴지지 않았어. 어떻게 남의 말만 듣고 바로 내 아이다 생각해?"

"네가 초음파 검사에 같이 안 가서 그래. 우리 아기 심장 소리를 들었으면……"

"그랬으면 더 괴로웠을 거야. 그래서 안 갔어. 완전히 무너지고 싶지 않았어."

"그때부터 이미 아기가 유산될 거라고 생각한 거야?"

"그런 게 아니야, 그게 아니라…… 나는 기대하고 실망하고 그런 과정이 너무 힘들어. 그냥 이제…… 너무 지쳐."

"이제 마지막이야. 그러니까……"

"그렇게 몇 년을 우리가 허비했는지 봐. 몇 년간 조금만 더 해보자, 한 번만 더 해보자, 이러면서 계속 버텼잖아. 이제는 받아들일 때가 된 거야."

"맹세해. 정말 마지막으로 딱 한 번만."

"인우야, 그냥 우리 둘이 잘살면 안 되는 거야?"

"그 얘기는 충분히 했잖아."

"아기를 가지자고 한 이후로 행복한 적이 없어. 네 잘못이 아닌데도 너는 항상 우울해하고, 내 잘못이 아닌데도 나는 죄책감이 들고. 누구 잘못도 아닌데 계속 싸우고."

"이제 그러지 않아도 돼. 이번엔 진짜로 된다니까? 다 왔는데 여기서 포기하는 게 말이 돼?"

"뭐가 다 왔다는 거야? 처음부터 다시 시작하자는 거잖아."

"다시 시작하는 게 뭐. 네가 할 일이 뭐가 있다고 이렇게 반대를 해? 넌 정자도 얼려놓고 와서 태국에 다시 갈 필요도 없는데."

"네가 태국까지 왔다갔다하면서 애쓰는 게 싫어."

"그럼 같이 가든가."

"같이 가면 뭐가 달라져? 너 유산 소식 듣고 밥도 안 먹고 울기만 했잖아."

"그게 왜? 우리 아기를 유산해서 슬퍼하는 게 뭐가 문젠데? 넌 제대로 위로조차 안 했으면서."

"내가 말하려는 게 그거야. 네가 그렇게 슬퍼하는데 내 기분이 어땠는지 알아? 지긋지긋했어. 진짜야. 네가 우는 게 지겨웠다고. 이건 정상이 아니잖아."

"진심이야?"

"지금 너랑 또 싸우고 있는 것도 정말 지긋지긋해. 아기를 갖자고 한 이후로 너랑 싸운 기억밖에 없어. 나 진짜 더는 못하겠어."

"그럼 안 싸우면 되잖아. 너는 아예 신경도 쓰지 마. 어차피 네가 할 일도 없어."

"인우야, 우리 충분히 노력했어. 할 만큼 했어. 아니, 그 이상 했어. 이제는 포기하자."

"자꾸 네가 뭘 했다고 그래? 넌 사정하는 게 다였잖아. 병원에 다니고 약 먹고 주사 맞고, 다 나 혼자 했어. 주사 맞아서 뭉친 배에다 또 주사를 놓고, 멍든 데다 또 주사를 놓으면서 내가 얼마나……"

"그러니까 그만하자고. 네가 그렇게 아프고 힘들고 이런 거 그만하자고."

"대리모 하면 내가 안 아파도 돼. 호르몬제도 안 먹으니까 감정이 널뛰지도 않을 거고……"

"대리모가 임신했을 때 네가 임신한 것처럼 굴었잖아. 각방 쓰면서 말도 못 걸게 하고……"

"이번엔 안 그럴게. 약속해."

"인우야, 나 진짜 이렇게까지 하면서 아이를 가져야 하는 이유를 더이상 모르겠어. 행복해지려고 아이를 갖는 건데, 불행하기만 하잖아."

"아이를 갖고 싶다고 한 건 너였어. 나를 닮은 아이를 갖고 싶다고 했잖아. 난 너를 위해서……"

"아, 그만해. 진짜 부탁이다."

"넌 들으려고조차 안 하지."

"수백 번을 들었으니까. 그리고 그때마다 사과했잖아. 다시 사과할 수도 있어. 평생 사과할게. 그렇게 말해서 미안해. 내가 아이를 갖고 싶다고 말해서 너를 오랫동안 아프게 했고…… 진짜 내가 잘못했어. 그러니까 그만하자, 우리."

"정말 미안하니?"

"어, 정말 미안해. 그러니까……"

"뭐가 미안해? 그 말 때문에 내가 몇 년이나 호르몬을 맞은 거? 호르몬 때문에 자궁에 혹이 커진 거? 그래서 자궁을 들어낸 거?"

"정인우, 너는 나를 고문하고 싶은 거지. 나를 괴롭혀서 네가 얻는 게 뭔데?"

"아니, 나는 그냥 사실을 말하는 거야. 내 사실이 너한테는 고문인가보구나?"

"인우야, 제발……"

"사실을 더 말해줘? 나한테는 자궁이 없어. 나는 이게 무슨 장애처럼 느껴져. 팔이나 다리가 없는 것처럼. 배에 무슨 구멍이 뚫려 있는 것 같다고. 이마에는 불임이라는 딱지가 붙은 거 같고."

"그러지 마. 그런 게 아니란 건 네가 더 잘 알잖아."

"왜 아닌데? 가지고 싶은 아이를 가질 생각조차 못 하는 게 어떻게 장애가 아니라는 거야?"

"그래서 지금 하고 싶은 말이 뭔데? 내가 너를 장애인으로 만들었다는 거야?"

"아니, 나는 너를 탓하는 게 아니라 나를 탓하는 거야. 내가 너무 쓸모없이 느껴져. 내 자신이 너무 싫고…… 그런데 나, 대리모를 구하고는 그런 적 없었어. 우리 아기를 가졌잖아. 내가 불임이 아니란 걸 증명한 거야."

"그런 증명이 왜 필요해?"

"내가 너무 혐오스러워서 죽고 싶었으니까. 그런데 아기가 생기고 그렇지 않았어."

"인우야……"

"나 이제 알았어. 나도 아기를 가질 수 있고, 내 아이를 키울 수 있어. 심장 소리를 듣는데 정말 나, 내 인생을 아기한테 다 걸어야겠다고 생각했어."

"그 아이가 죽었잖아!"

지석이 소리쳤다. 둘 사이에 침묵이 흘렀다. 인우는 지석을 노려보았다. 지석은 인우의 눈을 피했다.

"제발 그만하자고, 제발. 그만하자."

"나는 그만할 생각 없어. 이제 시작이야."

"우리 지금 같은 얘기만 계속하고 있어. 알아? 나는 그만하고 싶고, 더 할 말 없어."

"난 네 동의 없이도 할 거야. 어차피 사인은 내가 하는 거니까."

지석은 물끄러미 인우를 보았다. 인우는 계속해서 온 힘을 다해 지석을 노려보았다. 눈이 뜨겁고 아팠다. 이번에도 지석이 먼저 눈을 피했다.

창밖에 눈이 날렸다. 눈발이 조금씩 굵어지는 동안 둘은 거실에 아무 말 없이 서 있었다. 지석은 방으로 들어가면서 혼잣말처럼 우리 관계에는 더이상 아무것도 남아 있지 않다고 중얼거렸다. 인우는 다리에 힘이 풀려 바닥에 주저앉았다. 어느새 함박눈이 내리고 있었다. 그날 밤 지석은 짐을 싸서 집을 나갔다.

*

인우는 혼자서 방콕을 찾았다. 지석의 냉동 정자가 남아 있었으나 인우의 난자는 남아 있지 않았다. 매일같이 클리닉을 찾아 과배란 주사를 맞았는데도 난포가 쉽게 자라지 않았다. 인우로서는 생각지도 못했던 여러 방법을 시도해야 했다.

김실장이 이번에는 조금 더 공격적으로 이식을 해보자고 제안했다. 두 명의 대리모에게 각각 두 개의 배아를 이식하자는 거였다. 둘 다 임신을 하면 한 명을 선택해서 유산시키면 된다

고 했다. 선택적 유산 같은 단어가 예전처럼 끔찍하게 들리지
않았다.

대기중인 대리모 후보는 많았다. 인우는 방콕에 머물면서
두 명의 새로운 대리모를 만났다. 둘 다 이십대 후반으로 선한
인상에 미소를 띠고 있었고, 목소리가 부드럽고 밝았다.

"차논과 다시 할 수는 없어요?"

인우의 말에 김실장은 그러면 한 달을 기다려야 한다고 난
색을 표했다.

"더 오래 기다려도 괜찮아요."

인우는 자신이 이상한 고집을 부리고 있다는 걸 알았지만
신경쓰지 않았다. 차논의 생일이 자신과 같아서만은 아니었
다. 처음 만난 순간 느꼈던, 차논이 자신의 아이를 가지리란
확신이 맞았다는 걸 증명하고 싶어서도 아니었다. 친절하지
않은 차논의 태도가 계속 마음에 남았다. 인우를 똑바로 마주
보던 눈이 떠올랐다. 돈으로 나를 착취하려고 하지 말라던 말
이, 그런 내용은 계약에 없다던 말이 자꾸 맴돌았다. 무엇보다
차논이 한국 딸기를 먹고 싶어했던 것이, 이 아기는 당신의 아
기라고 심드렁하게 말했던 것이 인우를 붙잡았다.

인우는 한국에 돌아왔고, 3월 첫 주에 차논이 다시 임신했
다는 소식을 들었다. 인우는 기뻐하지 않기 위해 노력했다. 심
장 소리를 들으러 태국에 가지 않았고, 엽산이나 철분제를 보

내지도 않았다. 매일 아침 커피를 마셨고, 낮에는 공원을 뛰었다. 밤이면 와인을 마시고 잠에 들었다. 태몽이라 할 법한 꿈도 꾸지 않았고, 배가 요동치지도 가슴이 단단해지지도 않았다. 그러는 동안 차논의 뱃속에선 아기가 꾸준히 자랐다.

인우는 대리모의 임신 사실을 지석에게 숨겼다. 그리 어렵지는 않았다. 지석은 친구의 집에서 지냈고, 인우와는 사나흘에 한 번 정도 수화기 너머로 서로의 안부를 묻는 게 다였다. 시간이 지나면서 지석의 목소리는 많이 부드러워졌다. 그렇게 갑자기 집을 나와서 미안하다는 말도 했다.

"너만 괜찮으면 곧 들어갈게."

인우는 천천히 들어와도 된다고 대답했다.

"이렇게 떨어져 지내는 것도 좋네."

인우가 담담하게 내뱉는 말에 지석은 웃음을 터뜨렸다. 둘은 대학 때 만나 십칠 년을 같이 지냈다. 교양과목 팀 프로젝트로 처음 만났을 때부터 인우는 지석을 잘 안다고 생각했다. 그가 원하는 것과 원하지 않는 것, 지석이 인우와의 관계에서 느껴지는 안정감을 무척이나 소중하게 생각하며 그것을 깨뜨리고 싶어하지 않는다는 걸 인우는 잘 알았다. 둘은 많이 다퉜고, 그때마다 다시는 안 볼 것처럼 굴었지만 지석은 늘 돌아왔다. 이번에도 그러리라는 걸 인우는 알았다.

지석에게 임신 소식을 알린 건 12주 차에 들어섰을 때였다. 정기검진 메일을 받은 후에 인우는 심호흡을 크게 하고 지석에게 전화를 걸었다. 지석은 전화를 받지 않았고, 인우는 잠시 기다리다가 지석의 어머니에게 전화를 했다.

지석의 어머니가 몹시 기뻐하리란 건 알았지만 울 줄은 몰랐다. 인우는 그 울음소리를 잠자코 들었다. "그간 너무 고생했다. 애썼다"라는 말에도 아무런 대답을 하지 않고 듣기만 했다.

내가 얼마나 많은 시간을 혼자 울었는지 알까? 얼마나 많은 약을 주입했고, 얼마나 많이 수술대에 누웠으며, 얼마나 아팠는지 알까? 그 오랜 시간을 견디고 버티며 몸과 마음이 완전히 망가져버렸다는 걸 알까? 상상이나 할 수 있을까?

지석의 어머니와 통화를 마치고 얼마 지나지 않아 지석에게 전화가 왔다.

"뭐가 어떻게 된 거야?"

지석은 대뜸 소리를 질렀다.

"엄마가 너 임신했다는데 무슨 소리야? 너 진짜 혼자 태국 가서 대리모 한 거야?"

지석은 계속 소리쳤고, 인우는 이번에도 잠자코 들었다. 뭐 하나 보태준 것도 없는 인간들이 울고불고 악을 쓰고 정말 난리가 났구나, 생각하면서 그의 말을 흘려들었다. 지석은 인우를 도저히 용서할 수 없다고 했다. 용서가 어느 맥락에서 나온 말인지 알 수 없었지만 묻지 않았다.

지석은 혼자 화를 내다 전화를 끊고 문자를 보냈다. 어머니에게 말할 거라는 내용이었다.

이대로 내버려둘 수 없어. 그게 내 아이라면 더더욱.

인우는 지석에게 다시 전화를 걸었다.

"네가 뭘 하든 상관없어. 집에 안 들어와도 되고, 아예 이사 나가도 돼. 애를 안 보겠다고 해도 상관없어. 다만 누구한테라도 대리모 얘기를 꺼내면 죽여버릴 거야."

인우는 차분한 목소리로 빠르게 말을 이었다.

"네 가족이나 친구는 물론이고, 우리 엄마한테도 말하지 마. 익명의 공간에도 말하지 마. 그냥 너도 잊어."

"너 장모님도 속였어?"

"어차피 우리 엄마는 관심 없어."

인우의 엄마는 딸이 자궁 적출 수술을 받은 사실도 알지 못했다. 몇 년간 시험관 시술을 받는 동안에도 산부인과에 다닌다는 정도로만 알았다. 엄마는 더 물어보지 않았고, 인우도 더 말하지 않았다.

인우는 할머니 손에 자라서 엄마에게 애틋한 정이 없다.

인우가 대학에 가고 할머니가 할일을 다했다는 듯이 돌아가신 이후에 엄마는 인우에게 집을 구해주었다. 대학 등록금을 내주었고 용돈도 넉넉하게 부쳐주었다. 인우가 결혼할 때는 성수동 아파트와 서교동의 건물 한 채를 증여해주었다. 엄마는 법적인 가족으로서 해야 할 일을 했다. 상견례를 예의 있게 치렀고, 결혼식에서 혼주석에 앉았다.

인우는 자신이 엄마가 없는 고아라고는 생각하지 않았지만, 엄마가 있다고도 생각하지 않았다. 어린 딸의 얼굴에 생채기가 나면 세상이 무너진 것처럼 유난을 떠는 엄마, 학교 갈 채비를 하는 딸의 뒤를 따라다니며 과일 한 쪽이라도 더 먹이려는 엄마, 딸의 시험 전날 잠을 못 이루는 엄마, 딸과 팔짱을 끼고 같이 쇼핑하는 엄마, 딸의 결혼식에서 눈물을 흘리는 엄마, 딸이 시댁에 밉보일까 전전긍긍하는 엄마, 너를 닮은 아이를 낳으면 얼마나 좋겠냐고 딸을 재촉하는 엄마. 그런 엄마는 인우에게 없었다.

그래서였을 것이다. 인우는 가정에 대한 환상이 없었다. 오히려 그 반대였다. 가정을 이룰 자신이 없었다. 서로를 사랑하고 돌보고 서로를 위해 희생하는 가족을 경험해본 적이 없는데 어떻게 만들 수 있단 말인가. 가족. 그건 자신의 몫이 아니라 생각했다. 처음부터 주어지지 않았으니, 앞으로도 꿈꿔서는 안 된다고.

지석은 연애 초기부터 인우와 결혼하고 아이를 가지고 싶다는 말을 많이 했다. 꿈을 실현시켜줄 다른 여자를 찾아보라는 인우의 구박에도 지석은 굽히지 않았다.

사람들 앞에서 너와 한 가족이 되었다고 말하고 싶어. 평생 너를 책임지고 돌볼 거야. 너를 닮은 아이를 가지고 싶어. 너와 함께 아이가 크는 걸 바라보고 싶어. 아이를 보면서 너와 같이 늙어갈 거야. 내가 바라는 건 그거 하나야.

지석은 인우를 세뇌하듯이 같은 말을 반복했다. 인우는 됐다며 코웃음쳤지만 조금씩 일렁이는 마음은 어쩌지 못했다. 달콤한 말들이었다. 구전으로 전해오는 오래된 전설처럼, 터무니없는데도 잊히지 않고 사람을 잡아끄는 힘이 있었다.

인우가 아프면 지석은 이마를 짚어주고, 약을 사다주고, 차를 끓여주고, 이불을 올려 덮어주었다. 지석은 변함없이 인우를 걱정하고 챙기고 다정한 말을 해 주었다. 지석과는 다른 방식이었지만 인우도 지석을 사랑했다. 지석이 행정고시를 준비할 때 데이트 비용을 모두 부담하며 용돈까지 쥐여주었다. 그가 시험에 붙었을 때는 자기 일처럼 기뻐했다. 순전한 진심이었다. 얼마 지나지 않아 지석은 청혼했고, 인우는 승낙했다.

청첩장을 받아든 인우의 지인들은 모두 믿을 수 없어 했다.

네가? 결혼을?

그러게.

인우는 불쾌한 기색을 감추려 애쓰며 웃어 보였다. 내가 결혼하는 게 왜? 남들 다 하는 결혼이 너에게는 맞지 않는다고 말하는 듯한 주변 사람들의 반응에 인우는 상처받았고, 자신도 잘 해낼 수 있다는 것을 증명하고 싶었다.

나도 완벽한 가정을 이룰 수 있다. 나는 엄마와 다르다. 엄마는 자신이 낳은 자식을 포함한 그 누구도 사랑할 줄 몰랐던 고장난 사람이었다. 나 역시 그렇다고 생각했지만 지석을 만나며 변했다. 사랑받은 경험이 생겼고, 사랑하는 법을 배웠다. 지석은 사랑이 넘치는 사람이니, 내게 그랬던 것처럼 아이에게도 조건 없는 사랑을 베풀 것이다. 우리의 아이는 나와 다르게 커갈 것이다. 사랑을 듬뿍 받아 빛나고, 그래서 누구나 사랑하지 않을 수 없는 아이로 자랄 것이다. 우리는 함께 사랑을 주고받으며 완전해질 것이다.

"그래서 진짜 아무한테도 말을 안 하겠다고?"

지석의 목소리에는 더이상 인우를 향한 절대적인 사랑이 남아 있지 않았다. 그러나 인우는 그것이 사라지지 않았다고 믿었다. 아이가 태어나면 되돌아올 것이다. 전처럼. 아니 전보다 더 충만하게.

"어, 안 해. 내가 임신한 거야. 그렇게 알아."

"도대체 언제까지 숨길 건데? 배에 쿠션이라도 넣어서 다니게?"

"네 일 아니니까 상관 마. 내가 다 알아서 해."

"뭘 어떻게 알아서 한다는 거야? 애를 낳고 나서 얘기하면 더 이상해져. 그냥 지금이라도……"

"아니, 나는 애 낳고도 얘기 안 할 거야. 우리 애한테도 말 안 할 거고. 우리 애는 태국이니 대리모니 그런 건 전혀 모르고 클 거야."

"정인우, 너 지금 정상적인 사고가 안 되는 것 같은데, 출생신고를 태국에서 한다며. 계약서에 그렇게 쓰여 있던 거 잊었어? 기록이 남는데 무슨 수로 대리모 사실을 숨겨?"

"태국에서 출생증명서 안 받을 거야. 한국으로 대리모 데려와서 출산시킬 거야. 외국인 산모 제왕절개 해주고 내 이름으로 등록해주는 지방 병원 다 알아놨어. 산후조리원에 나랑 아기랑 들어가서 가족들부터 친척들까지 다 초대할 거야."

임신 10주 차를 지나며 인우는 현실적인 계획을 세우기 시작했다. 임신과 출산을 숨기는 동시에 알릴 방법을 고심하고 준비했다.

"미쳤어? 지금 태국 대리모를 한국에서 야매로 수술받게 한다는 거야?"

"야매 아니야. 정식 산부인과야. 규모도 꽤 큰 병원이고. 그냥 돈 조금 더 받고 산모 이름만 바꿔주는 거야."

"그러다 잘못되기라도 하면 어쩌려고 그래? 산모나 아기한테 문제가 생기면 어쩔 거야?"

"그러니까 큰 병원에서 수술받는다고 했잖아."

"돈 받고 이름 바꿔주는 게 제대로 된 병원일 리 없잖아. 출산이 장난도 아니고, 산모 이름을 바꿔치기한다니 무슨 말도 안 되는 소리야? 알아서 한다는 게 이런 거야?"

지석의 쇳소리가 수화기 너머에서 쨍쨍 울렸다.

"이제부터라도 다 오픈하고 제대로 준비할 테니까 그렇게 알아."

지석은 인우가 앞뒤 없이 엉망진창으로 일을 벌여놓았다고 소리쳤다. 아기를 얻기 위해 인우가 해야 했던 일들, 두려움을 무릅쓰고 브로커를 만나고, 아파트를 팔아 대리모를 구하고, 비행기로 태국을 오가며 임신을 진행시켜온 모든 일을 '제대로' 바로잡겠다고 했다.

"너는 어른들한테 어떻게 말할지나 생각해놔. 어른들은 대리모가 뭔지도 모르니까."

인우는 더 참지 못하고 비명을 질렀다.

"어른들이건 누구건 한마디만 해, 내가 죽는 꼴 보고 싶으면. 농담하는 거 같으면 어디 한번 해봐. 나 진짜 죽어버릴 테니까."

인우는 전화를 끊었다.

인우가 지석에게 하고 싶었던 말은 그게 아니었다. 네가 나를 닮은 아이를 가지고 싶다고 했던 것처럼 나도 너를 닮은 아이를 가지고 싶었다고 말하고 싶었다. 너를 닮아 웃음이 많고 사랑이 넘치는 아이를 낳으면 얼마나 행복할까 수백 번 수천 번 꿈꾸었다고 전하고 싶었다. 난임을 겪으면서 네 웃음이 점점 사라지고, 나에 대한 애정이 식는 걸 느끼며 그게 모두 임신을 하지 못해서라고 생각했다고, 그래서 더 임신하고 싶었다고 털어놓고 싶었다. 대리모가 임신했다는 소식을 들었을 때 우리가 완전히 하나가 되었다고 느끼지 않았느냐고, 그토록 원하던 가족이 되었다고 느끼지 않았느냐고 묻고 싶었다. 네 얼굴에서 사라진 웃음을 되찾고, 우리 안에 다시 넘치는 사랑을 가져올 방법은 그것뿐이라는 사실을 확신하게 되었다고 말하고 싶었다. 그러니 제발 나를 지켜봐달라고, 우리를 믿어 달라고 부탁하고 싶었다. 그러나 인우는 그런 말은 한마디도 꺼내지 못했다.

6

16주 차가 되고 인우는 자신이 선택한 성별을 시댁과 친정에 알렸다. 아들이었다. 앞으로 출산 때까지는 미국에 이민 간 친구 집에서 지내겠다고 양가에 전했다. 아들인 걸 알았으니

원정 출산을 한다는 핑계가 그럴듯하게 들릴 거라 생각했다.

"미국 손주가 생기는 거구나."

시어머니가 다정하게 말했다. 인우는 목에 흐르는 땀을 닦으며 웃어 보였다. 레깅스 허리춤에 옷을 구겨넣고 두꺼운 원피스를 걸친 채였다. 6월 초라 날이 더워지고 있었고, 레깅스 안에 넣은 옷은 금방 땀으로 젖었다.

"이거는…… 미국 손주 거."

시어머니는 주방 아일랜드 식탁 위에 보약 상자를 올려놓은 뒤 인우 쪽으로 밀었다.

결혼 초기부터 시어머니는 인우에게 수많은 보약을 지어주었다. 여자에게 좋은 보약이라고만 했지만 임신을 위한 약이라는 걸 인우는 모르지 않았다. 시어머니가 살이 찌는 보약을 건네며 부쩍 야위어서 걱정된다고 말했을 때, 그렇게 말라서 임신이 되겠느냐는 핀잔이었다는 것도 잘 알았다. 약이 잘 안 듣는가보다고 인우의 팔을 살갑게 쓰다듬으며 했던 말은 임신 소식이 왜 없냐는 질책이었다는 것도. 시어머니는 결혼 후 팔 년간 단 한 번도 임신을 직접적으로 언급하거나 보채지 않았지만 매 순간 인우가 부족한 탓이라는 것을 부드럽게 일깨웠고, 그 고상한 힐난이 인우를 숨막히게 했다.

인우는 보약을 받을 때마다 통째로 쓰레기통에 버리고 싶었다. 보란듯이 시댁 우편함 앞에 버려두고 가고 싶었다. 그러지 못했던 건 껍데기뿐인 예의를 갖추는 시어머니에게 똑같은 예의를 차리기 위해서가 아니었다. 혹시나 보약이 정말 임신에 도움이 될까 싶어서였다. 인우는 시어머니에 대한 분노를 느끼면서도 하루도 거르지 않고 보약을 챙겨 먹었다. 분노가 임신에 해가 될까봐 화를 누르며 보약을 삼켰다. 그러나 이번에는 달랐다. 인우는 시어머니에게 화가 나기는커녕 진심으로 감사하는 마음으로 보약 상자를 받았다.

"감사해요, 어머니. 임신부한테 좋은 거죠?"

인우는 시어머니가 할 말을 대신하며 활짝 웃었다.

"얘 얼굴 봐라, 빛이 난다."

시어머니는 인우가 지석과 함께 집에 들어섰을 때 했던 말을 다시 했다. 시누이도 옆에서 거들었다.

"그러게, 언니는 임신이 체질인가봐요."

인우 역시 그렇게 느끼고 있었다. 거울을 볼 때마다 얼굴에 조금씩 살이 붙으면서 둥그레지는 것 같았고, 전에 없던 생기가 보인다고 생각했다.

"그래도 아직 말랐어. 보약 잘 먹고 더 쪄야지."

"네, 열심히 챙겨 먹을게요."

보약은 차논에게 보낼 생각이었다. 12주가 지나면서 인우는 다시 차논에게 각종 영양제와 임신부에게 좋은 차를 보내기 시작했다. 주변에 임신 사실을 알린 후로 선물이 많이 들어왔고, 인우도 마음 놓고 임신을 기뻐하고 싶었기 때문이었다. 다행히 차논도 꺼리지 않는 것 같았다. 김실장을 통해 감사 인사를 전해오기도 했다.

시누이도 리본을 두른 상자를 내밀었다.

"튼살 크림을 샀는데 작은어머니랑 이모도 튼살 크림을 샀다지 뭐예요."

"쟁여놨다가 둘째 때도 쓰면 되죠."

인우의 농담에 시어머니는 손뼉을 치면서 즐거워했다.

인우와 시어머니, 시누이가 주방 식탁에 둘러앉아 태몽과 입덧, 태교 트렌드, 미국의 산후조리에 대해 이야기를 나누는 동안 지석은 거실의 소파에 앉아 아기 초음파 사진을 들여다보고 있었다. 인우가 시어머니와 시누이에게 보여주기 위해 김실장에게 받은 사진 파일을 미리 인화해둔 거였다.

지석은 어렸을 때부터 단란한 가정을 꿈꿨다고 했다. 지석의 아버지는 능력 있는 사업가였지만 폭력적이었고, 술을 마시고 차를 몰다 전봇대에 부딪혀 죽기까지 가족들을 오래 괴롭혔다. 어머니는 다정했지만 신경질적이었다. 예민해질 때면 아주 작은 일에도 화를 내며 지석과 동생에게 욕설을 내뱉거나 물건을 깨뜨려 부췄고 그게 다 너희 아버지 탓이라고 했다. 어린 시절 내내 그 말을 듣고 자란 지석은 아버지와 다른 사람이 되고 싶었다. 아내와 아이를 사랑하고 아끼면서 그것을 증명해내고 싶었다. 지석은 인우에게 청혼하면서 좋은 남편이자 좋은 아버지가 되겠다고 약속했다. 그러나 아이를 가지지 못했고, 아내와는 끝없이 다투다가 별거중이었다.

인우는 자신이 오랫동안 사랑한, 지금도 틀림없이 사랑하는 남자가 그의 아기 사진을 살펴보는 모습을 지켜보았다. 아기가 태어나면 그들이 지금 겪고 있는 갈등, 지석이 아직 헤어나오지 못한 괴로움이 해결되리라 생각했다. 지석은 좋은 아버지가 되어 자신을 오래 속박해온 감옥에서 빠져나올 것이고, 꿈꾸던 대로 단란한 가정에서 행복한 삶을 꾸려갈 수 있을 것이다.

"16주면 태동 느껴지기 시작할 때 아닌가?"

시누이는 인우의 배를 바라보며 말했다. 시어머니도 시누이의 시선을 따라 인우의 배를 보았다. 인우 역시 자신의 배를 내려다보면서 그들이 축하하고 있는 게 레깅스 안에 끼워넣은 옷가지라는 걸 모두가 알아채는 상상, 그들의 기쁨이 산산조각나는 상상을 했다.

"저는 아직이에요. 보통 초산은 태동 느끼는 게 조금 늦대요."

인우는 잠이 밀려온다고 웃으며 일어났다.

"요즘은 아무것도 안 해도 피곤해요."

그 말은 진짜였다. 인우는 갑자기 몹시 피곤해졌고, 당장 그 자리를 뜨고 싶었다.

　지하 주차장으로 내려가는 엘리베이터 안에 지석과 나란히
서서 인우는 그동안 가족 모임을 다녀올 때마다 그와 다퉜던
기억을 떠올렸다.

　지석의 사촌동생이 임신 소식을 전한 날 가족들은 인우의
눈치를 보았다. 그날 사촌동생 부부가 일찍 자리를 뜨자 남은
사람들이 인우에게 난임에 관한 숱한 지식을 늘어놓았다. 시
험관 시술을 그만두고 아기 갖는 걸 포기했더니 자연 임신한
사례. 유기농 채소와 천연 화장품의 효능과 귀농의 기적. 스트
레스를 멀리하라는 터무니없는 조언들.

　인우는 집으로 돌아와 그날 식사 자리에서 먹은 음식을 모
조리 게우고도 잠을 이루지 못해 먼저 잠든 지석을 깨워 다퉜
다. "너는 왜 그 자리에서 머저리처럼 아무 말도 안 하고 있
어? 나 이제 다시는 너네 가족 모임에 안 가. 알았어?"

　시누이 결혼식에 지석의 사촌동생이 이제 막 걷기 시작한
아이를 데려왔다. 먼 친척들이 지석과 인우가 추월당했다며,
분발하라고 우스갯소리를 했다. "지석이가 힘을 못 쓰나?" 불
쾌한 농담을 하기도 했고, "요즘 애 없이 사는 게 유행이라더
니 그런 건가보지" 말리는 척 부추기기도 했다. "병원 다닌다
고 들었어, 힘들지?" 귓속말로 쓸데없는 위로를 건네 인우의

얼굴을 화끈거리게도 했다.

돌아오는 차에서 인우는 그 말들을 복기하며 하나같이 수준 낮고 무례하다고 화를 내다가 꺽꺽 소리를 내며 울었다. 피로 연장에서 아이가 음악에 맞춰 엉덩이를 실룩거릴 때 가족들은 사진과 동영상을 찍고 손뼉을 치면서 깔깔 웃었다. 모두가 행복한 그 순간에 인우는 지옥에 떨어진 것만 같았다. 그때 함께 웃었던 지석을 떠올리자 인우는 더는 참을 수 없는 기분이 되어, 도로 한복판에 차를 멈춰 세우고 내려서 콜택시를 불렀다. 그날 밤 인우와 지석은 "그래, 이혼하자!"고 소리치며 싸웠다.

엘리베이터가 지하 주차장에 멈춰 섰다.

"나 지금 너무 행복해."

인우가 먼저 주차장으로 나서면서 말했다. 그런 뒤 각자의 차로 향했다.

*

그 주말, 지석이 집으로 들어오고 인우는 남해안의 아파트로 이사했다. 둘 다 연고가 없는 지역이었지만, 여름이고 관광지니 아는 사람을 만나지 않을 거라 장담할 수 없었다. 인우는 외출할 때 배에 둥근 쿠션을 끼우고 나갔다. 주차에 맞게 점점 큰 쿠션을 끼울수록 사람들이 그녀에게 더 친절해졌다. 인우의 장바구니를 들어주겠다고 나섰고, 음료수나 과일을 건네기도 했다. 할머니들과 아주머니들은 예정일이 언제냐고 묻고, 쿠션의 모양을 보며 아들인지 딸인지를 가늠했다. 몸이 무거워도 부지런히 걸어야 한다고 응원해주고, 큰일 한다고 등을 쓰다듬기도 했다.

한 번도 경험해보지 못한 세계였다. 사회가 나를 보살펴주고 아껴주는 느낌. 사회 전체가 나를 받아들이는 느낌. 드디어, 사회에 포함된 느낌.

매주 수요일이나 목요일, 아기가 잘 크고 있다는 메일을 받고 나면 아기 옷과 장난감, 책을 사서 지석이 머무는 서울의 집으로 보냈다. 지석은 택배를 받을 때마다 사진을 찍어서 인우에게 확인을 받았다. 지석과는 용건만 주고받는 냉전이 계속되고 있었는데, 택배 상자와 내용물을 찍은 사진만 봐도 감정의 변화가 조금씩 느껴졌다. 현관에서 손님방으로 배경이 바뀌었고, 아기 신발을 올려놓은 손에 애정이 담겨 있었다. 그러다 아기 용품 일체가 가지런히 정리된 초록색 책장 사진을 받았을 때 인우는 지석에게 전화해 책장을 버리라고 했다.

"그냥 상자 하나를 구해다가 거기다 모아놔."

인우의 말에 지석은 별말 없이 알겠다고 했다. 아기방을 꾸미지 말자는 말은 굳이 할 필요가 없었다. 같은 이유로 둘은 아기의 이름을 짓지 않고 있었다. 꼬물이나 복덩이 같은 태명도 없이 아기라고만 불렀다. 인우와 지석은 아기가 태어나는 것을 설레는 마음으로 준비하는 동시에 아기가 한순간에 사라질 수 있다는 것 역시 매 순간 상기했다. 별이 빼곡한 벽지를 뜯어낸 자국, 모빌이 달려 있던 자리에 남은 흉터 같은 것들이 그들을 할퀴지 않도록. 아기의 이름이 어디선가 들려와 그들을 한순간에 무너뜨리지 않도록.

하루는 창밖으로 휴대폰을 내밀어 파도 소리를 녹음해서 김 실장을 통해 차논에게 보냈다. 그날부터 인우는 시간이 날 때마다 발코니 창문에 기대앉아 파도 소리를 들었다. 냉장고에 붙여놓은 초음파 사진을 만져보다가 파도 소리가 들리면 태동을 느낀 것처럼 기뻤다. 아기가 있는 바다 건너편에서 파도가 계속해서 밀려와 인우에게 닿은 것처럼 느껴졌다.

아기의 존재감은 점점 강해졌다. 24주 차 정기검진 메일이 약속된 날짜에서 이틀이 지난 금요일 오후까지 오지 않았을 때도 그 연결은 끊어지지 않았다. 김실장은 물론 난임 클리닉과 대리모 차논까지 모두 전화가 닿지 않자 인우는 패닉에 빠졌지만 자신의 아기가 건강히 살아 있다는 것은 의심하지 않았다. 인우는 분명히 느꼈다. 바로 그 순간에도 아기는 무럭무럭 자라고 있었다. 인우는 자신의 아기를 데려와야 했다.

2부

해성

1

해성은 인우의 연락이 반갑지 않았지만 무시할 수는 없었다. 전화는 받지 않더라도 오늘 안에 문자를 보내야 할 것이다. 그마저도 최대한 피하고 싶었던 해성은 진동이 울리는 휴대폰을 가만히 바라보기만 했다.

전화 온 줄 몰랐네, 요즘 정신없이 바빠서. 해성은 두세 시간 후에 보낼 문자 내용을 머릿속에서 다듬었다. 이렇게 보내고 나면 며칠간 인우의 전화를 피할 수 있을 것이다. 인우가 제풀에 꺾여서 별일 아니었다고 말할 때까지.

인우는 해성과 친하지 않았지만 바로 그 이유로 해성의 가장 내밀한 부분을 속속들이 알고 있었다. 해성은 인터넷 속 익명의 누군가를 대하듯 인우를 대했고, 그래서 주변 누구에게도 할 수 없는 말들을 인우에게 털어놓았다.

인우가 해성의 비밀을 가지고 그대로 사라져주면 좋았을 텐데.

해성은 한숨을 쉬면서 계속해서 울리는 휴대폰을 보았다. 인우는 지치지도 않고 다섯 통째 전화를 걸어오고 있었다. 무슨 일이 있는 게 분명했다. 그게 좋은 소식일 리는 없었다. 인우와 해성은 좋은 소식을 알리기 위해 수도 없이 전화하는 사이는 아니었다.

*

해성은 인터넷 난임 카페에서 인우를 처음 만났다.

인우는 해성에게 오프라인에서 만날 수 있냐고 쪽지를 보내왔다. 세 번의 인공수정에 이어 체외수정에도 한 차례 실패한 뒤 병원을 옮기려 한다면서, 해성의 의견을 듣고 싶다고 했다. 해성은 최근에 올린 임신 성공 글에 달린 댓글이 시험관 시술 실패 후기에 비해 현저히 적어서 상심하던 차였다. 오랜 난임 이후 성공을 이룬 팁을 나누고 싶었을 뿐인데, 이런 자랑 글은 그만 보고 싶다는 날카로운 댓글이 달렸다. 자신의 진심을 어떻게 증명할 수 있을까 고민하던 차에 의견을 구하는 사람이 나타나다니. 해성은 인우의 제안을 흔쾌히 승낙했다.

집 근처로 가겠다는 인우의 말에 해성은 분위기 좋은 동네 커피숍 이름을 댔고, 인우는 같은 아파트 주민이었냐고 반색했다. 그 커피숍이 자신의 아파트 입구에 있다는 거였다. 해성은 그 아파트는 아니고 근처에 산다며 말을 얼버무렸다. 해성이 사는 연립주택은 인우의 아파트에서 걸어서 십오 분 거리였지만, 부동산 시세로 따지면 다섯 배 가까이 차이 나는 곳이었다.

인우가 걸치고 나온 캐시미어 코트의 가격 역시 해성이 입은 패딩과는 다섯 배 가까이 차이가 날 것 같았다. 게다가 에르메스 백. 해성은 차를 사겠다는 인우를 굳이 말리지 않았다.

해성은 카모마일 차를 마셨고, 인우는 아메리카노를 마셨다. 생리 이틀 차라 커피를 마시는 거라고 인우가 변명처럼 늘어놓았다. 난임을 겪은 사람끼리 그런 말은 안 해도 된다고 달랠 수 있었지만 해성은 그러지 않았다.

"만나주셔서 감사해요. 글 읽으면서 항상 만나 뵙고 싶었어요. 항상 숨김없이 글 올려주시잖아요. 정보도 많이 얻었지만 그것보다 솔직한 분 같다는 생각이 들었거든요. 공격적인 댓글들도 무시하지 않고 하나하나 대응하시는 것도 인상적이었고……"

인우는 하얗고 마른 손가락으로 김이 올라오는 잔을 붙잡고서 또다시 변명처럼 들리는 말을 이었다.

"궁금한 건 쪽지로 물어볼 수도 있지만, 어디서부터 어디까지 말해야 할지 막막하기도 하고 또 너무 개인적인 이야기라 인터넷으로 하기가 그래서요. 배란 촉진시키겠다고 걷는 거 빼고는 매일 집에만 있거든요. 임신 계획하면서 다니던 운동도 그만두고, 시술 시작한 이후로는 친구들도 안 만나게 되고…… 얼마 만에 사람을 만나는 건지 모르겠어요."

너는 일을 하지 않는구나. 해성은 희미한 질투를 느꼈다. 해성이 단 한 번도 휴직하지 않고 풀타임으로 일하면서 난임 치료를 받은 것은 카페에 여러 번 언급한 사실이었다. 자연히 직장생활과 난임 치료를 병행하는 사람들끼리 정보를 공유해온 터라 인우 역시 같은 부류일 거라고 예상했었다.

"재택근무를 하나보죠?"

해성은 의도가 뻔히 보인다는 걸 알면서도 그렇게 물었다.

"아뇨, 임신에 집중하려고 일을 안 하고 있어요. 벌써 이 년이나 됐는데 이것도 미칠 노릇이더라고요."

인우의 대답에 해성은 회사 화장실에서 배에 주사를 놓았던 일을 떠올렸다. 연차를 최소한으로 쓰기 위해 출근 전에 새벽 진료를 받았고, 반반차를 내 난자를 채취하고 다시 회사로 돌아가서 일을 했다. 몸이 힘든 건 아무렇지 않았다. 해성을 괴롭혔던 건 자신이 일을 하느라 임신이 안 되는 것 같다는 자책감이었다. 몸에 무리가 가는 난임 시술을 받는 동시에 과도한 업무에 시달리는 자신은 분명히 피해자였는데 욕심을 부려서 모든 걸 망치는 가해자가 된 것만 같았다. 과로에 몸이 피곤한 것도 내 잘못. 상사로부터 스트레스를 받는 것도 내 잘못. 인우는 그 모든 압박에서 자유로울 것이다.

"임신을 위해 할 수 있는 건 다 했는데 이번에도 피검 수치가 0이 나왔어요."

인우는 시술 이후 착상 여부를 확인하는 피검사에 대해 말하고 있었다.

"서른여섯이 되니까 더 불안하기도 하고……"

인우는 말을 끊고는 슬쩍 해성의 얼굴을 살폈다. 화장을 하지 않아서 나이가 더 적나라하게 드러날 터였다. 해성은 고개를 숙여 찻잔을 들었다. 혼수를 준비할 때 눈여겨보았지만 사지 못한 영국 명품 브랜드의 찻잔 세트였다. 인우의 집에 가면 이보다 더 좋은 브랜드 식기를 볼 수 있을 거라는 생각이 들었다.

"체외수정을 몇 차까지 했다고 하셨죠?"

인우가 물었다.

"저는 오차에 임신이 됐어요. 삼차하고 사차에서 화유가 되었고요."

해성은 보란듯이 배를 쓰다듬으면서 화학적 유산이라는 말을 쉽게 내뱉는 자신에게 놀랐다. 그리고 인우가 자신의 배를 응시하고 있는 것을 알아챘다.

"서른여섯이면 아직 시간이 많아요. 괜찮아요."

육 년 전. 해성이 인우의 나이였을 때 해성은 신혼이었다. 일 년간 임신이 되지 않자 남편이 난임 병원 이야기를 꺼냈지만 해성은 정색했다. 남편보다 연상이라는 이유로 결혼을 반대한 시부모님이 그 이야기를 들으면 그것 보라고 할 것 같았다. 그래서 내가 나이 많은 여자는 안 된다고 하지 않았니. 해성의 얼굴에 대고 그런 말들을 뱉을 것만 같았다. 아니라는 것을 증명하려 그후로도 이 년간 배란일을 체크하면서 자연 임신을 위해 노력했다. 그렇게 난소와 자궁이 노화될 때까지 버티고 버텼다. 좀더 일찍 난임 병원을 찾지 않은 것을 후회했을 때는 마흔에 가까워서였다.

해성은 일찍 난임 시술을 시작한 인우가 대단하다고 칭찬해주었다.

"난임은 시간 싸움이니까."

"주변에서 임신 소식을 알리면 너무 듣기 싫고 어디론가 사라져버리고 싶은데 이상하게 언니가 임신한 건 너무 기쁘더라고요. 저에게 희망이 되기도 하고요."

해성은 인우가 말하는 '언니'가 자신이라는 걸 뒤늦게 알아챘다.

"저도 임신할 수 있겠죠?"

"그럼요. 아직 어리잖아요."

해성은 그들이 나누고 있는 대화가 너무나 막연하고 어리석다는 걸 알았다. 만난 지 십 분밖에 되지 않은 사람에게 임신 가능성을 묻는 것도, 피검사 수치가 0이 나온 사람에게 대뜸 임신이 될 거라고 답하는 것도. 그것도 난임을 몇 년씩 겪어서 현실을 아는 사람들끼리.

"감사해요. 남편도 그렇고 다들 부정적이라……"

인우는 울음을 터뜨렸다. 해성은 생판 모르는 사람 앞에서 눈물을 쏟는 인우를 이해하면서도, 당황스러웠다. 만남에 응한 것이 후회되기 시작했다. 자신이 난임을 겪는 동안 구제받을 수 없는 우울을 겪고, 시도 때도 없이 화를 내고 공격하는 통에 친구를 다 잃어버린 것이 떠올랐다.

"남편은 포기하자고 해요. 그런데 저는 알잖아요. 그게 진심이 아니라는 걸. 지금 포기하면 그야말로 끝인데 어떻게 포기를 하겠어요."

인우가 코를 풀면서 해성을 간절한 눈빛으로 보았다. 앙상한 팔목이 두툼한 스웨터 밖으로 뾰족하게 튀어나와 있었다.

"포기야 언제든 할 수 있어요. 지금 시험관 시술 일차라고 했죠? 내가 그때 포기했으면 그냥 그렇게 끝났겠죠."

해성은 거리낌없이 자신의 난임 과정을 읊었다. 시험관 시술 삼차 후 화학적 유산이 되어 세 달을 기다렸고, 냉동 수정란으로 사차를 시도했다. 다시 화학적 유산을 하자 주변에서 유산도 습관성이라는데 그만하는 게 좋겠다고 말렸다. 의사는 유산이라기보다 생리를 늦게 하는 것뿐이라고 했다. 그 말에 매달려 오차를 진행했고, 임신에 성공했다. 임신한 후에 해성은 그만하는 게 좋겠다는 사람들의 말에 잠시 흔들렸던 자신을 떠올릴 때마다 소스라치고는 했다.

"이런 말이 어떻게 들릴지 모르겠지만…… 임테기에서 두 줄을 보기만이라도 했으면 좋겠어요. 남편한테 보여주면서 울고불고 진짜 고생했다, 서로 그러고 싶어요. 화유를 하더라도, 고작 하루이틀이라도 배를 만져보면서 여기 내 아기가 있구나 그런 생각을 해보고 싶어요."

해성은 화학적 유산은 착상에 실패한 거니 피검사 수치가 0인 것과 다르지 않다고 말했다. 그러나 화학적 유산까지라도 갔기에 오차까지 할 수 있었다는 말은 하지 않았다. 임신 테스트기에서 선명했던 두 줄이 다시 흐려지는 걸 보면 죽고 싶은 마음이 들었지만, 지나고 보면 한때나마 착상이 되었다는 사실이 가능성이자 희망으로 느껴졌던 것을 부정할 수 없었다.

"나는 처음부터 육차까지 할 생각이었어요. 시험관 시술 회차가 늘어날수록 성공률이 올라간다는 연구 결과가 있어요.

카페에도 올려놨는데, 필요하면 보내줄게요."

해성의 남편이 한 말이었다. 그때는 네가 주사 맞고 시술받는 거 아니니까 그런 소리 하는 거라고 화를 냈지만 그후로 여러 번 그 말을 곱씹으면서 용기를 냈다.

"저는 난소 수치 자체가 너무 낮아요."

인우는 고개를 저으면서 말을 이었다.

"저번에도 공난포가 나오니까 의사 선생님이 난자 공여 얘기를 하더라고요. 여자 형제가 없다고 하니까 저를 빤히 보면서 끄덕거리는 거예요. 난자도 없는데 자매도 없냐, 그러는 것처럼."

해성도 여자 형제가 있느냐는 질문을 받았었다. 사차 시술이 끝나고 병원을 옮긴 후에 난소 수치가 급격하게 떨어진 것을 확인했을 때였다. 의사는 여동생에게서 난자를 공여받아서 시험관 시술을 진행할 수 있다고 했고, 해성의 남편은 얼굴을 붉히며 그런 일은 없을 거라고 답했다. 그때 해성은 남편처럼 화를 냈던가, 아니면 수치스러워했던가. 자신에게 여동생이 없다는 사실에 안도했던가, 아니면 아쉬워했던가.

"진짜 그만해야 하나 하루에도 수십 번씩 생각해요. 남편하고도 매일같이 싸우고. 사는 것 같지가 않아요. 지난 몇 년간 그랬어요."

"난임 때 안 싸우는 부부가 어딨어요. 그게 다 아기를 가지는 과정이에요. 여기까지 왔는데 이제 포기하면 너무 아깝잖아요."

해성은 자신의 말이 얼마나 무책임한지 잘 알고 있었다. 그러나 자신이 아니면 그런 말을 해줄 사람이 없다는 것, 인우가 지금 가장 듣고 싶어하는 말이 그 말이라는 것 역시 너무 잘 알았다.

*

인우가 해성이 다니는 병원으로 옮겨서 체외수정 이차와 삼차를 시도하는 동안 해성의 뱃속에서 아기는 순조롭게 커갔다. 둘은 두 번 더 만났다. 인우가 삼차에 실패하고 만났을 때 해성은 만삭이었다.

얇은 옷소매 아래로 인우의 깡마른 팔이 여실히 드러났다. 인우는 해성과 처음 만났을 때도 말라 보였지만 이제는 피골이 상접하다는 표현을 써야 할 정도로 앙상해져 있었다. 선명히 드러난 광대, 움푹 들어간 볼, 퀭한 눈. 보고 있기 괴로울 정도로 엉망인 얼굴이었다. 주변에서는 애 가지려다가 사람 잡겠다고 말할 게 분명했다.

그게 마지막이었다. 사 년 뒤에 인우를 동네 마트에서 마주치기 전까지.

2

인우와 만나지 않은 사 년간 해성은 그녀를 완전히 잊은 채 바쁘게 지냈다. 출산을 했고, 육아를 했으며, 이혼소송을 했다.

해성은 제왕절개로 딸 서아를 낳았다. 마취에서 깨어나 입원실로 옮겨졌을 때 해성을 맞은 건 남편과 시어머니였다. 해성은 소변줄을 달고 있었고, 팬티에 오로 패드를 붙이고 있었다. 남편이 오로를 닦아주고 패드를 갈아줘야 한다고 간호사가 말하자 남편은 회사에 돌아가야 한다며 시어머니가 입원실을 지킬 거라고 말했다.

"나랑 얘기 좀 해."

해성이 남편을 향해 말했다. 마취가 풀리면서 찾아오는 고통에 얼굴을 찌푸리고 있었으니 그 말이 좋게 들렸을 리 없었다. 시어머니가 언짢은 표정을 감추지 못하고 병실을 나간 뒤, 해성은 당장 어머니를 집으로 보내라고 했다.

"보온병에 미역국까지 담아서 오셨어. 당신 돌봐준다고 오셨는데 어떻게 바로 돌려보내."

"그 미역국이 내 입맛에 맞을 거 같아? 당신 입맛대로 소태로 만드셨겠지. 그걸 끝까지 다 안 먹고 남기면 또 서운한 티를 팍팍 내실 거고. 나중에 아들 고생시키지 말고 지금 먹어두라고 하실 거야. 안 봐도 뻔해."

해성은 이제껏 할 만큼 했으며, 애를 낳은 지금은 시집살이를 당할 체력이나 정신력이 전혀 없다는 말도 덧보탰다.

"지금 당장 가시라고 해. 안 그러면 이혼이야."

그때만 해도 남편을 윽박지르기 위해 뱉은 말이었을 뿐 진짜 그렇게 될 거라고는 생각지 못했다.

삼 개월 간의 출산휴가 기간 동안 해성은 어린이집 0세 반과 입주 시터를 알아보았다. 집에서 오 분 거리인 어린이집에서 생후 백 일 전에도 입소가 가능하다는 말을 들었고, 입주 시터 몇 명과 통화를 했다.

남편은 둘 다 반대했다.

"어머니가 도와준다는데 왜 남의 손에 맡겨?"

"어머니 도움은 죽어도 안 받을 거니까 그렇게 알아."

악을 쓰며 우기던 해성도 막상 출산휴가가 끝날 때가 되니 뒤집기도 못하는 아기를 어디에 보내나 싶었다. 어린이집의 작은 방에서 몸을 버둥대는 다른 아기들과 열을 맞춰 누워 있는 딸 서아의 모습이 그려졌다. 점점 자라나는 해성의 상상 속에서 서아는 이제 아침 여덟시부터 밤 일곱시까지 장장 열한 시간을 부모가 버린 아이처럼 방치되기에 이르렀다.

입주 시터의 경우는 비용이 문제였다. 오랜 난임 시술로 해성과 남편에게는 여윳돈이 없었다. 결국 서아가 돌이 될 때까지만 시어머니가 집으로 와서 아이를 봐주기로 했다.

시어머니는 해성이 퇴근하면 현관에서부터 서아를 해성에게 넘기려 했다. 힘들어 죽겠다는 거였다. 해성은 죄송하다고 사과하고, 손만 씻겠다며 사정해야 했다. 해성이 급히 손을 씻고 옷을 갈아입는 동안 시어머니는 칭얼대는 서아를 어르며 해성이 들으라는 듯이 큰 소리로 말했다.

"그치, 너도 네 엄마한테 정이 없지? 애 엄마가 애보다 일을 좋아해서 어쩌니."

해성은 가슴 부분이 젖은 블라우스를 벗으며 이를 악물었다. 유축기를 가지고 다니는데도 외근을 나가거나 회의가 길어져 모유를 제때 짜지 못하는 날이 있었다.

시어머니는 일요일 저녁에 와서 금요일 저녁에 돌아갔다. 해성은 일요일 오후부터 두통에 시달렸고, 시어머니에게서 왜 이렇게 죽상을 하고 있냐는 말을 자주 들었다. 시어머니에게는 해성의 표정만이 문제가 아니었다. 그녀는 해성이 아기를 목욕시킨 후에 로션을 바르는 걸 책망했고, 우는 아기를 내버려두지 않고 안아줘서 버릇을 망친다고 꾸짖었으며, 육 개월 무렵 단유를 한 것에 기겁하며 소리쳤다. 잔소리야 무시할 수 있었지만 진짜 문제는 전근대적인 육아 방식이었다. 시어머니가 손도 씻지 않고 아기를 만지거나 토사물이 묻은 옷을 갈아입히지 않거나 누워 있는 아기한테 분유를 먹일 때는 그냥 넘어갈 수가 없었다.

매일같이 시어머니와 날 선 말을 주고받았고, 밤이면 같은 주제로 남편과 다퉜다. 시어머니가 자신과 딸에게 미치는 해악을 아무리 호소해도 남편은 같은 말만 반복했다.

"우리 애 봐준다고 고생하시는데 웬만하면 맞춰드려야지 별 수 있어?"

해성에게는 육아가 시어머니와 남편으로 이루어진 팀과 자신이 일 대 일로 치르는 전쟁처럼 느껴졌다.

서아가 구 개월이 되었을 무렵, 시어머니와 같이 지낸 반년간 팔 킬로그램이 빠지고 원형탈모까지 온 해성은 더 못 참겠다고 선언했다.

"나 입주 시터 구할 거야."

"아니, 그러지 말고……"

"비용 이미 다 계산해봤어. 당분간 아껴 쓰면 돼."

"그게 아니라……"

남편은 잠시 주저하다 해성이 전혀 예상치 못한 고백을 했다. 자신이 서아를 보겠다는 거였다.

"그게 무슨 소리야? 회사는 어쩌고."

"그만둘 거야. 사직서 이미 냈어."

해성은 단번에 알아듣지 못해 남편을 빤히 보았다.

"이직하려고."

남편의 설명은 그게 다였다. 남편이 승진에서 누락되어 스트레스를 받는다는 건 알고 있었다. 얼마 전에는 마시지도 못하는 술에 잔뜩 취해 들어오기도 했다. 옷을 벗겨주는 해성에게 남편은 미안하다고 중얼거렸지만, 퇴사나 이직에 대한 이야기는 꺼낸 적이 없었다.

"승진 안 돼서 그래?"

"아니, 일이 적성에 안 맞는 것 같아."

적성이라니. 아직 걸음도 못 뗀 아기를 두고 자기 꿈이라도 찾겠다는 건가.

"이직할 직장은 정해졌어?"

"이력서 쓰고 있어."

"대책도 없이 일을 그만뒀다는 거야? 너 마흔하나야. 서아 아빠이자 가장이고."

"알아, 더 늦기 전에 시작해야지. 피해 안 가게 할게."

남편은 크고 거친 손을 어색하게 해성의 어깨에 얹었다.

"서아 돌 될 때까지 삼 개월 정도 내가 볼게. 이직 준비하기에도 딱 적당한 시간이고, 어머니랑 부딪칠 일도 없을 테니까 너도 이제 스트레스 안 받을 거야. 다 좋아질 거라고."

남편이 딸을 보는 처음 몇 주간 해성은 마음의 평화를 찾은 자신을 발견하고 놀랐다. 두통은 어느샌가 없어졌고, 퇴근하고 집에 들어오는 길 도어 록을 누르기 전에 숨을 고르던 습관도 사라졌다. 밤중에 아기가 깨도 남편이 일어나다보니 아기가 우는 소리를 아예 듣지 못하고 푹 자게 되었다.

남편이 아기를 안고 분유를 주는 모습을 보면 마음이 편안해졌다. 해성은 자신이 바라던 삶이 이런 게 아니었을까 하는 생각이 들었다. 남편이 퇴직금을 넉넉하게 받아 일시적이었지만 경제적으로 도리어 나아진 느낌이었고, 자신이 연봉 협상에 성공하면 서아가 어느 정도 클 때까지 이렇게 살아도 괜찮겠다는 생각도 들었다. 그러니까, 해성이 생각한 불행의 변수는 연봉 협상 실패 정도였다.

시어머니를 안 본 지 반년여가 지난 평화로운 일요일, 남편이 서아에게 책을 읽어주는 모습을 흐뭇하게 보고 있는데 도어 록 비밀번호를 누르는 소리가 들렸다. 해성은 순간 온몸이 굳어 소파에 앉은 채로 꼼짝도 할 수 없었다.

시어머니는 발을 구르며 들어와 식탁에 분홍색 보자기로 싼 반찬 통을 내려놓으며 해성을 쏘아보았다.

"어쩜 한 번을 안 오니?"

오셨냐고 인사도 건네기 전이었다. 해성은 고개를 돌려 서아를 안고 있는 남편을 보았다. 얼굴을 찌푸리고 있었지만 놀란 기색은 아니었다.

"지난주에 들렀잖아. 다음주에도 간다니까 그래."

해성에게는 말하지 않았지만 남편이 시댁에 다닌다는 건 알고 있었다. 해성은 자신이 시어머니를 보지 않는 것에 만족했고, 남편이 이야기를 꺼내지 않는 걸 굳이 먼저 묻지 않았을 뿐이었다.

"내가 못 올 데 왔어? 왜 그렇게 봐?"

시어머니는 작정한 듯이 계속해서 고성을 쏟아냈다.

"아무리 자식이라도 그렇게 입 싹 닫는 경우가 도대체 어딨어?"

"아, 엄마. 조금만 기다려달라고 했잖아."

해성은 그녀가 없을 때 시어머니와 남편 사이에서 이루어졌을 대화를 그려낼 수 있었다. 시어머니는 남편을 볼 때마다 네 처는 어딨냐 찾았을 테고, 남편이 여러 변명을 둘러대면 그동안 손주 봐준 고생을 이렇게 갚냐고 서운해했을 것이다. 빚처럼 남은 서운함에 해성은 관여하고 싶지 않았다. 모르는 척 남편에게서 서아를 받아들고 방으로 들어가려는 차에 시어머니 목소리가 귀에 꽂혔다.

"아가, 너도 그러는 거 아니다. 네가 이렇게 편하게 지내는 게 누구 덕인데……"

시어머니가 참지 못하고 해성을 불렀지만, 해성은 말을 보태지 않고 바로 안방 문을 열었다.

"엄마, 나랑 얘기해."

"너 이럴 거면 바로 돈 갚아."

해성은 곧바로 방문을 닫지 못했다. 남편과 시어머니의 대화가 귓가에 쾅쾅 울렸다.

돈. 그랬다. 입주 시터를 쓰지 못했던 이유부터 씻지 않은 손으로 아기를 만져서 툭하면 병원에 가게 만드는 시어머니의 도움을 받아야 했던 이유는 모두 돈이었다. 초대하지 않은 손님이 현관문을 열고 들어와 마음껏 소리를 지를 수 있는 이유 역시 돈 때문이었던 것이다.

해성은 남편의 퇴직금이 시어머니에게서 나왔다는 걸 알게 되었다. 남편은 회사를 다니면서 퇴직금을 미리 끌어다 주식에 투자했다고 했다.

그날 밤 해성과 남편은 악을 쓰며 우는 서아를 가운데 두고 악을 쓰며 싸웠다. 다음날 해성은 바로 퇴직금 중간 정산을 신청했다. 퇴직금을 받자마자 시어머니 돈을 갚고 문자를 보낸 뒤 번호를 차단했다.

그로부터 이 년이 지나는 동안 해성의 남편은 여전히 일을 구하지 않았고, 서아를 어린이집에 보내지 않고 집에서 돌보았다. 남편과 싸우지 않는 날이 싸우는 날보다 적었다. 친인척의 경조사가 있을 때나 명절 때면 다툼이 격해져 당장 이혼하자며 소리쳤지만 실제로 이혼을 하지는 않았다. 서아에게서 아빠를 빼앗고 싶지 않았다. 서아는 아빠가 보이지 않으면 곧장 울음을 터뜨릴 정도로 아빠를 좋아했다.

　일 년을 더 버텼다. 점심을 싸서 다니고, 야근할 때는 저녁을 걸렀다. 아이에게 필요한 물건을 모두 중고로 구매하고, 자신의 옷은 한 벌도 사지 않으며 지냈다. 그렇게도 살아졌다. 주말이면 공원에 앉아 남편이 만든 샌드위치를 먹으면서 서아가 재잘대는 걸 보고 있으면 행복한 감정이 들기도 했다. 애 키우며 사는 게 이런 거지, 싶었다. 다들 힘들지만 애 크는 거 보면서 버티는 거지, 생각했다. 남편이 다시 시댁의 돈을 빌려서 주식을 한다는 걸 알게 되기 전까지는. 그걸 빌미로 시어머니가 해성에게 다시 막말을 퍼붓는 것을 남편이 가만히 지켜보기만 하기 전까지는.

　먼저 이혼을 하자고 한 건 남편이었다. 서아를 재우고 난 후 가장 고요한 순간에 그는 차분한 목소리로 그만하자고 말했다. 그날 저녁, 해성이 남편에게 무능한 너를 먹여 살리면서 무식한 시어머니한테 시달리기까지 할 수는 없다고 욕을 퍼부은 뒤였다.

　해성은 남편이 이혼을 먼저 말해준 것이 고마웠다. 이혼하면 남편은 정신을 차리고 일을 할 것이다. 서아를 끔찍이 여기니까 양육비를 주기 위해서라도 주식 따위는 그만두고 제대로 된 일을 구할 것이다. 시어머니야말로 어떤 식으로든 볼일이 없을 것이다. 한부모 가정이 되면 유치원 종일반 신청도 더 쉬워질 것이고, 무엇보다 엄마와 아빠가 서로를 죽일 듯이 싸우는 걸 그만 봐도 되니 서아도 정서적으로 안정이 될 것이다.

"그래, 그게 모두한테 좋은 결정 같네."

해성의 말에 남편은 고개를 끄덕였다. 그리고 다음날, 해성이 일을 마치고 돌아오자 남편은 시댁에 간다는 쪽지 하나를 남겨두고 옷과 아기용품을 모두 챙겨서 서아를 데리고 사라진 뒤였다. 해성은 쪽지를 들고 황망히 시댁으로 찾아갔지만 문을 열어주지 않았다. 경비가 올라와 주민 항의가 들어왔다며 이만 가시는 게 좋겠다고 해성을 말렸다.

변호사는 당장 데려올 수는 없다고 잘라 말했다.

"긴급한 경우에는 유아 인도 청구를 할 수 있는데, 그건 자녀를 신속히 인도받아야 하는 이유가 있어야 하거든요."

아이를 데려간 해성의 남편이 지난 삼 년간 주 양육자였으며, 함께 사는 시어머니가 아이를 돌봐준 경력이 있고, 현재 해성이 회사에 다니고 있어서 아이의 전적인 양육이 불가능한 상황이라 유아 인도 처분을 받기는 어렵다는 거였다.

"의뢰인분께 가능한 건 사전 처분으로 임시 양육자 지정을 신청하시는 거예요. 사전 처분에서 임시 양육자로 지정이 안 되면 바로 면접교섭권을 받으실 수 있습니다."

면접 교섭. 해성은 며칠 전까지 보드라운 얼굴을 비비던 다섯 살 딸을 이제 면접 교섭으로 만나야 한다는 사실을 믿을 수 없었다. 내 배에 주사를 찔러서, 내 배를 찢어서 낳은 딸을 달에 두 번만 볼 수 있다고 했다. 밤을 새워가며, 유축기로 짠 모유를 먹여가며 키운 딸을 법의 허락을 얻어 만나야 하는 것이다.

"사전 처분은 얼마나 걸리는데요?"

"이혼소송은 짧으면 육 개월, 길면 몇 년이 걸려요. 사전 처분 역시 이삼 개월은 기다려야 합니다."

해성은 서아를 보지 못한 지 이제 고작 사흘째인데도 그동안 밥도 거의 먹지 못하고 잠도 거의 자지 못하고 있었다.

"이혼소송시 양육권을 두고 다투시게 될 텐데 현재 누가 아이를 데리고 있느냐가 가장 중요합니다. 아이를 데리고 오지 못하시면 양육권에서 절대적으로 불리해져요."

완벽하게 드라이된 머리를 하고 자주색 정장을 입은 변호사는 법원이 보수적이라 종전의 양육 환경을 바꾸지 않으려고 한다고 덧붙이면서, 남편이 아이를 키워온 사실과 시댁의 원조가 가능한 상황을 다시 강조했다.

"제가 회사를 그만두면요? 그럼 좀더 유리해질까요?"

"양육권을 결정하는 데 있어서 경제적인 능력도 무시할 수가 없어요. 의뢰인분께서 퇴직을 하신 상황에서, 역으로 남편분이 취직하시고 시어머니가 아이를 봐주신다고 하면 오히려 더 불리해질 수 있습니다."

변호사의 말에 따르면 해성은 퇴직하고 전적으로 육아를 해오지 않았기 때문에 유아 인도를 받을 수 없으며, 사전 처분을 신청해도 임시 양육자가 되기 어렵고, 그에 따라 양육권도 뺏기게 될 가능성이 높았다. 승진이 누락되어 홧김에 일을 때려치운 게 분명한 남편 대신에 가장이 되어 일을 해왔다는 이유로 앞으로 서아를 한 달에 두 번만 볼 수 있게 되었다. 그게 해성에게 닥친 사건의 전말이었다.

방법이 없었다. 해성은 남편에게 이혼하지 말자고 사정하는 메시지를 보내기 시작했다.

내가 다 잘못했어.

내가 앞으로 잘할게.

너는 앞으로도 일하지 말고 서아만 봐. 다시는 그거로 문제 삼지 않을게.

집으로 돌아와. 서아도 엄마 보고 싶어할 거 아냐. 우리 같이 잘 살아보자.

남편은 제대로 대답하지 않았다. 결국 해성은 전화를 걸어 제발 아이만 보게 해달라고 울면서 매달렸다.

"서아한테는 엄마 멀리 여행 갔다고 했어."

남편은 서아가 잘 지내고 있다며 아이에게 괜한 혼란을 주지 않으려면 이혼이 마무리될 때까지 보지 않는 편이 더 나을 거라고 쏘아붙이곤 전화를 끊었다.

해성은 극한의 상황에서 중요한 것들이 드러난다고 믿었다. 남편이 이혼을 선언하고 아이까지 데리고 사라져버린 지금, 해성에게는 아이 외에는 어떤 것도 중요하지 않았다. 그래서였다. 반차를 내고 서아 유치원에 찾아갔던 것은. 변호사가 아이를 함부로 데려와서는 안 된다고 연거푸 말했음에도 그랬다. 어떻게 해서든 아이를 되찾아야 했다. 그게 아니면 아이를 영영 잃을 게 분명했다.

해성은 유치원 원장실로 인도되었다. 남편에게서 미리 언질을 받은 듯한 원장은 자신도 곤란하지만 어쩔 수 없다는 입장이었다. 이러면 경찰을 부를 수밖에 없다는 원장의 말에도 해성은 서아를 데리고 나올 때까지 꼼짝하지 않겠다고 버텼다. 한 시간도 안 되어 원장실에 나타난 건 서아가 아닌 남편이었다. 이혼 선언을 하고 아이를 훔쳐 도망간 후에 처음 보는 거였다. 해성은 남편에게 달려들어 옷이 찢어질 때까지 때리고 흔들었다.

결국 경찰에 의해 쫓겨난 해성이 향한 곳은 시댁이었다. 아파트 단지 인을 맴돌면서 남편이 서아를 데리고 나타나기를 기다렸다. 아파트 놀이터에 서아가 나타나기를, 남편이 서아를 두고 잠시 한눈을 팔기를, 그래서 자신이 서아를 낚아채고

뛸 수 있게 되기를 기다렸다. 그러나 한 시간도 안 되어 경비가 다가왔다.

"아주머니, 무슨 일인지는 모르겠지만…… 주민 신고가 들어왔어요. 여기 거주자 아니시죠?"

해성은 비거주자는 단지 안에 들어올 수도 없냐고 따졌다. 그리고 유치원에서 들었던 말을 다시 들었다.

"이러면 경찰을 부를 수밖에 없어요. 주민이 항의를 하는데 별수가 있나요."

모든 게 거짓말 같았다. 당장 며칠 전까지만 해도 해성의 목을 끌어안고 볼에 뽀뽀를 퍼붓던 서아가 감쪽같이 사라져버렸고, 세상 전부가 해성에게 서아를 다시 볼 수 없다고 말하고 있었다.

그 무렵이었다. 인우를 동네 마트에서 마주친 건. 인우가 드디어 임신했다며 축하해달라고 활짝 웃어 보인 건.

3

동네 마트에서 서아가 좋아하는 젤리를 멍하니 바라보고 있던 해성의 어깨를 누군가 두드렸다. 단박에 알아보지 못했다. 익숙한 얼굴이었지만 어딘가 낯설었다.

"언니, 저 인우예요. 요 앞 카페에서 만났었던."

두툼한 코트를 입고 있었는데도 해성은 인우가 살이 쪘다는 걸 알 수 있었다. 앙상하게 말라서 죽어가는 것처럼 보이던 얼굴에 보기 좋게 살이 올랐고, 볼에는 발그레한 생기가 돌았다.

"안 그래도 같은 동네 살면서 어쩜 한 번을 안 마주치나 했었는데……"

딸기 한 박스를 손에 든 인우가 밝은 목소리로 말을 이었다.

"실은 작년인가 언니 본 적 있는데 길 건너라서 인사를 못 했어요. 그때 언니 딸이 파란색 원피스 입고 아장아장 걷는데 너무 귀엽더라고요."

"어, 아직도 그 원피스 좋아해서 요즘은 티셔츠처럼 입어."

해성은 서아가 그 원피스를 입겠다고 우기면서 심각한 표정을 지었던 걸 떠올리며 미소를 지었다. 이혼소송이니 면접교섭권이니 하던 악몽에서 깨어나 옷을 두고 서아와 옥신각신하던 현실로 돌아온 것만 같았다.

"딸은 어린이집 갔어요? 이제 끝날 시간 안 됐나?"

"유치원 다녀. 응, 끝날 시간이네. 가봐야겠다."

"언니 딸 보고 싶은데 유치원 픽업 같이 갈까요? 이 근처죠?"

인우의 집요함에 해성은 당황했다. 서아를 낳기 전에 마지막으로 봤으니 근 사 년 만에 만난 거였다. 그런데 인우는 매일 보아온 친구처럼 굴었다.

"저도 이제 유치원 알아봐야 하거든요. 아, 저 드디어 임신했어요, 언니. 지난주에 심장 소리도 들었어요. 축하해주세요."

인우는 해사하게 웃어 보였다.

해성과 인우는 냉동 수정란과 피검사 수치에 대해 이야기했던 카페에 다시 마주앉았다. 이번에는 해성이 커피를 마시고 인우가 차를 마셨다. 임신 초기라서 조심해야 한다고 인우는 묻지 않은 말을 했다.

"축하해. 진짜 잘됐다. 오래 고생했잖아."

해성의 말에 인우가 배시시 웃었다.

"가족들도 너무 좋아하겠다. 시댁 식구들이 엄청 원한다고 그랬었잖아."

"아직 시댁 식구들한테는 말 안 했어요. 안정기가 되면 말하려고요."

"그래, 잘했어."

해성 역시 난임을 오래 겪었으므로 실패를 준비하는 마음을 모르지 않았다. 인우가 그럼에도 자신에게 임신 사실을 알린 것에 대해 해성은 곱씹어 생각했다. 난임으로 인한 서로의 어려움에 대해 상세히 알고 있지만 가족도 친구도 그 무엇도 아닌 사이. 누구보다 서로의 심정을 잘 이해할 수 있지만 다시 보지 못해도 아쉽지 않은 사이. 그들이 그런 사이였기 때문에 인우는 가족에게도 알리지 않은 임신 사실을 해성에게 말한 것이리라. 그렇다면 해성도 누구에게도 하지 못한 말을 인우에게 할 수 있지 않을까.

"나도 사실 할말이 있어."

해성은 어디서부터 시작해야 할지 몰라서 잠시 망설였다. 커피는 이미 식었고, 시큼하고 썼다.

"내가 지금 이혼소송중인데…… 남편이 말도 없이 시댁으로 애를 데려갔어. 집에 가도 문을 안 열어주고, 애를 안 보여줘."

"어머, 언니."

인우는 손을 들어 입을 틀어막았다. 왼손에서 커다란 다이아몬드가 반짝였다.

"어떻게 그런 일이 있을 수 있어요? 그거 불법 아니에요? 유괴잖아요."

해성은 변호사가 했던 말을 똑같이 전했다. 남편이 딸의 주양육자였다고 말할 때는 가슴에서 뜨거운 것이 치밀어올랐다.

"그렇다고 애를 그렇게 막 데려가도 된다고요? 말도 안 돼요."

"그래서 인우씨가 도와줬으면 해."

해성은 빠르게 말을 이었다.

"시댁 아파트가 근처야. 아파트 놀이터에 가서 우리 딸 있는지만 봐줄래? 이제 유치원 끝나고 놀이터에서 놀 시간이거든.

우리 딸 오면 나한테 문자 하나만 보내줘."

인우가 눈을 크게 뜨고 해성을 빤히 쳐다보았다.

"저는 언니 딸이 어떻게 생겼는지도 모르는데요……"

해성은 얼른 휴대폰을 꺼내서 배경 화면으로 설정해놓은 딸의 사진을 보여주었다. 인우가 휴대폰을 밀며 고개를 저었다.

"언니, 그러지 말고 다시 변호사한테 가서 뭐라도 해봐요. 언니가 먼저 경찰을 대동한다든지……"

"이미 사전 처분을 신청해놨어. 근데 두 달은 기다려야 된대. 그것도 잘해야 면접 교섭이고. 지금으로서는 그래. 이대로라면……"

"아이를 억지로 데려오면 양육권 소송에서 더 불리해지지 않을까요?"

"더 불리해질 것도 없어. 지금 아빠가 데리고 있는 것처럼 엄마가 데리고 있게 되는 것뿐이야. 내 허락 받고 애 데려간 거 아니잖아. 내가 엄마인데 누구 허락받고 내 애를 데려와야 돼?"

해성은 자신의 목소리가 높아진 것을 느끼고 잠시 말을 멈춘 후 숨을 골랐다.

"내가 어떻게 애를 얻었는지 알잖아. 우리 딸 못 보면 나 진짜 죽을지도 몰라. 다른 사람은 몰라도 인우씨는 알잖아."

"저야말로 가족도 아니고…… 말 그대로 납치를 하는 거잖아요."

"아니, 인우씨는 나한테 문자만 보내주면 돼. 그다음은 내가 알아서 할게. 내가 거기서 기다리고 있을 수가 없어서 그래."

인우는 대답을 망설이며 찻잔을 만지작거렸다.

"나 미쳤다고 생각하는 거 알아. 맞아, 나 미쳤어. 근데 나 아이 못 찾으면 그땐 진짜 돌아버릴 거야."

여전히 인우가 아무런 대답을 하지 않자 해성은 눈물을 훔쳤다. 인우의 마음을 사기 위해서는 아니었다. 인우마저 거절한다면, 정말 이대로 딸을 보지 못하는 건 아닌가 두려워서 눈물이 났다.

"그럼 놀이터에서 한 시간 정도만 기다려볼게요. 그 이상은 힘들 것 같아요."

"고마워, 정말 고마워."

그날 해성의 딸은 놀이터에 나오지 않았다. 인우는 정확히 한 시간이 지난 후에 아파트 단지 정문으로 나왔다. 밥을 사겠다는 해성의 제안을 뿌리치고 인우는 제대로 인사도 하지 않고 떠났다. 해성은 인우를 다시 보지 못할 거라고 생각했다.

*

인우가 갑작스레 전화를 걸어왔을 때 해성은 여전히 이혼소송중이었으며 이 주에 한 번씩 서아를 면접 교섭으로 만나고 있었다.

처음 면접 교섭 때 해성은 서아를 끌어안고 콧물을 줄줄 흘릴 정도로 많이 울었다. 면접 교섭이 되풀이될수록 조금 나아지기는 했지만 헤어질 때면 늘 울었다. 아이를 보내고 싶지 않았다. 아이를 데리고 도망치고 싶었다. 공항으로 달려가 연고가 없는 외국행 비행기에 오르면 그만이었다. 해성은 한국과 연을 끊고 완전히 새로 시작할 자신이 있었다. "서아야, 우리 외국 갈래?" 묻기도 했다. 그러나 서아는 단호하게 고개를 저었다. "싫어, 나 아빠랑 할머니랑 살 거야." 그렇게 말하는 서아를 보내고 해성은 길바닥에 주저앉아 토하듯 울었다. 길을 지나던 사람들이 멈춰 서서 괜찮냐고 물었다. 어떤 사람은 상을 당했냐고 묻기도 했다.

"언니, 이걸 어떻게 말해야 좋을지 모르겠는데요…… 저 아기를 잃어버린 것 같아요."

휴대폰 너머로 들려오는 인우의 말에 해성은 사정을 묻지도 않고 울음을 터뜨렸다.

3부
인우

1

　인우는 월요일에 출발하는 태국행 비행기를 끊고, 김실장에게 문자로 알렸다. 김실장은 여전히 답이 없었다. 토요일 오후에 전화를 걸었을 땐 전원이 아예 꺼져 있었다.

　"무작정 가서 어떻게 하려고?"

　지석은 끝내 같이 가겠다고 하지 않았다.

　"그럼 가만히 기다리고만 있으라고? 대리모가 전화를 꺼놓더니 이제 브로커 전화까지 꺼졌어."

　인우는 신경이 곤두서 전날 밤 한숨도 자지 못한 채로 종일 휴대폰을 들고 거실을 오가고 있었다.

"내 말이 그 말이야. 전화도 안 받는 사람을 거기 가서 어떻게 찾겠다는 거야?"

"병원에 직접 가보면 답이 나오겠지."

"너 상황이 어떻게 돌아가는지 진짜 모르는 거야? 지금 나라가 발칵 뒤집혔는데 네가 가서 뭘 어쩌겠다고 그래."

인우는 그제야 지석을 돌아보았다. 지석도 찾아본 모양이었다. 인우는 지석이 그들의 아기가 처한 상황에 관심을 가지는 것에 작은 기쁨을 느끼는 한편, 상황이 얼마나 심각한지 알면서도 같이 태국에 가려 하지 않는다는 데 화가 났다.

"그러니까 가야지. 손놓고 있다가 진짜 손쓸 수 없어지면……"

"이미 손쓸 수 없는 상황이야."

"네가 뭘 안다고 그래? 너도 기사만 읽은 게 다잖아. 내가 직접 병원에 가서 대리모랑 만나게 해달라고 할 거야."

"병원도 전화를 안 받는다며. 문 닫은 거지. 지금 병원 버리고 도망치는 의사들이 많다는 기사 못 봤어?"

인우는 모르는 일이었다. 지석이 내민 휴대폰 속 영문 기사가 눈앞에서 어지럽게 흩어졌다.

7월 22일 태국 정부와 국가평화질서위원회가 발표한 바에 따르면, 태국 내 난임 클리닉 12곳의 위법 사항이 적발되었고, 그중 한

곳은 즉각 폐쇄되었다. 태국 정부 당국은 호주인 부부가 대리모를 통해 태어난 아기를 데리고 출국하는 것을 금지했으며……

"7월이네. 이거 몇 주 전 이야기잖아. 그후로도 나는 이메일을 받았어. 지난주만 해도 우리 클리닉에서 대리모 정기검진 메일을 보냈다니까?"

"네가 생각하는 것보다 오래전에 시작된 일이고, 그 규모도 더 크다는 거야. 분미 사건이 여론에서 터지기 전부터."

분미.

인우가 전날 밤 서울에 올라와 뒤늦게 찾아본 기사에는 그 이름이 가득했다. 행운을 타고난 소년이라는 뜻을 가진 이름. 분미는 호주인 부부의 의뢰로 태국 대리모가 낳은 아기였다. 이란성 쌍둥이 중 남자아이로, 다운증후군을 가지고 태어났다. 호주인 부모는 쌍둥이 중 건강한 여아만을 데려갔다. 그렇게 친부모에게서 버림받은 분미의 사연은 아이를 떠맡은 대리모의 후원 요청으로 전 세계에 알려지며 기사화되고 있었다.

호주인 부부, 태국 대리모에게 다운증후군 아이 버려 '충격'
대리모에게서 장애아 태어나자, 아이 버린 비정한 부부
호주인 부모 인터뷰, "아이 버린 적 없다" 주장

태국 대리모의 숭고한 모성애 "내 아이 끝까지 책임질 것"

자신의 아기가 자라고 있는 땅에서 벌어지는 일들을 믿을 수 없었던 인우는 기사를 밤새 읽고 또 읽었다. 얼마나 반복해서 읽었는지 기사의 등장인물들이 실제 눈앞에서 말하는 것처럼 느껴졌다.

분미의 생물학적 친부, 커다란 코에 머리가 벗어진 필립 로빈슨(56세)이 인우를 향해 말한다.

아이를 데려오고 싶었지만 그러지 못했습니다. 대리모가 아들을 내주지 않았어요. 우리의 비자가 끝나가는데 딸까지 빼앗으려고 했지요. 그래서 도망치듯 딸을 먼저 데려온 겁니다. 딸의 안전이 보장된 후에 아들을 찾으러 가려고 했습니다.

분미의 대리모, 반달 모양의 눈에 반짝이는 볼을 가진 차리야 스리위앗(21세)이 반박한다.

아니요, 그는 아들을 원하지 않았어요. 쌍둥이를 낳았는데 정상인 딸만 데려가고 아픈 아들은 버렸어요. 다운증후군이 있다는 이유로 이 아이는 버려졌어요. 왜 어른들의 잘못에 아이가 고통받아야 하죠?

거기서 인우는 참지 못하고 끼어든다. 다른 이들에게는 보이지 않는 심각한 오류가 인우에게는 선명히 드러난다.

어떻게 대리모한테서 다운증후군 아이가 나올 수 있나요?

건강한 수정란을 고를 때 발견이 안 됐다고 하더라도 12주 차에 하는 다운증후군 선별검사에서는 발견이 됐어야 했어요. 그후에도 검사가 줄줄이 있는데, 어떻게 그걸 몰랐을 수가 있어요?

인우의 말에 힘을 얻은 필립이 빠르게 말을 덧붙인다.

어느 부모가 장애가 있는 아이를 원하겠습니까? 부모라면 자신의 아이가 건강하고 행복하기를 바라지요. 다른 아이들이 하는 것을 모두 할 수 있기를 바라지 않는 부모가 있을까요?

차리야는 지지 않는다.

태국에서 임신중지는 엄연히 불법이에요. 그는 다운증후군이 있는 아이를 지우라고 했지만, 나는 아이를 살리기를 선택했어요. 내 뱃속에서 구 개월을 품고 있던 아이예요. 나는 이 아이를 사랑해요. 아이를 죽게 내버려둘 수 없었어요.

그건 계약 위반이에요!

인우는 서류 뭉치를 흔들며 소리친다.

대리모 계약서에 없었어요? 여기를 보세요. 다태 임신의 경우 선택적 유산에 동의해야 한다. 태아 기형이 발견되거나 의뢰인 부모가 원하는 경우 자궁 내 태아 수술과 중절 수술에 동의해야 한다. 이거 읽고 사인한 거 아니에요?

차리야의 대답은 들리지 않는다. 계약서의 세부 조항을 따지는 인우의 목소리는 멈출 줄 모르고 쏟아지는 기사들에 파

묻힌다.

　호주인 부부, 태국 대리모에게 1천5백만원 건넨 것으로 알려져

　대리모 1명 출산에 960만 원… 태국 대리모 출산 현황

　잠깐만요, 천오백만원이라뇨. 거기다 구백육십만원은 어디서 나온 숫자예요? 말도 안 돼요. 칠천만원이 기본 금액이었어요. 쌍둥이를 낳으면 추가 요금까지 붙는데 천오백만원이라니…… 야매 아니에요? 대리모가 너무 어린 것도 이상해요. 출산 기록이 있어야 하는데…… 이거 합법적으로 계약을 맺은 거 맞아요? 처음부터 계약서 같은 것도 없이 엉터리로 진행한 거 아니에요?

　계약 조항과 합법 여부에 대한 인우의 주장은 사방에서 날아드는 비난에 가로막힌다. 익명의 목소리들이 동시에 외친다. 세부 사항은 중요하지 않다고. 핵심이 중요하다고. 대리모 계약의 핵심은 바로,

　대리모 산업의 비극: 제삼세계 여성 '번식자 계급', 아이 '생산품', 장애아는 '불량품'

　태국발 대리모 논란, 난임 부부의 희망 vs 생명 윤리 위반

　대리모, 과학기술의 혁명인가 비인간적인 패륜 범죄인가

온갖 비난 여론에 호주의 총리까지 믿을 수 없이 슬픈 이야기라며 성명을 발표한다. 국가의 승인을 받기라도 한 듯 호주 전역의 국민이 한목소리로 비난한다.

사건의 발생지 태국으로, 태국 이전에 대리모 산업이 성행했던 인도로, 나아가 전 세계로 이야기가 퍼져나간다. 극악무도한 범죄자로 낙인 찍힌 의뢰인 부부의 사진이 떠돌고, 가여운 희생자인 태국 대리모 차리야와 분미를 위한 모금 운동이 벌어진다.

분미가 다운증후군 외에도 선천성 심장 질환과 폐렴을 앓고 있다는 사실이 추가로 공개된다. 대리모를 자원할 정도로 가난한 스물한 살의 태국인 여성 홀로 치료비를 감당하기는 불가능하다는 내용의 보도가 이어진다. 질병에 시달리는 죄 없는 아기 분미와 자기 몫이 아닌 아픈 아기를 떠맡은 성모 차리야를 위한 기부금은 순식간에 육백만밧에 다다른다. 한화로는 약 이억. 차리야는 분미의 치료비를 걱정하지 않아도 됨은 물론 그럴듯한 이층집도 살 수 있을 것이다. 차리야와 분미의 삶은 바뀌었다. 감격에 겨운 그들의 얼굴 위로 빛나는 눈물이 흐른다. 기부금이 이렇게까지 모이리라 예상치 못했다며 차리야는 외신 카메라를 향해 감사 인사를 전한다.

그만큼의 기부금을 예상하지 못한 건 그들만이 아니다. 일일 법정 최저 임금 삼백밧을 받는 태국인 노동자가 휴일 없이 오십사 년을 일해야 벌 수 있는 돈이다. 물론 한푼도 쓰지 않고 모았을 때 말이다.

엄청난 돈을 거머쥔 고귀한 성모 차리야를 시기하는 사람들이 생겨나면서 그녀의 과거가 파헤쳐진다.

차리야가 직접 대리모를 하는 동시에 브로커로 활동했다는 사실이 밝혀진다. 그녀는 심지어 분미를 출산한 이후에도 페이스북에 대리모를 모집하는 게시글을 올렸다. 차리야를 통해 비윤리적인 대리모 산업을 비난해왔던 사람들은 의아해진다. 차리야가 순수한 희생자가 맞는지 의문을 품기 시작한다.

분미의 대리모, 브로커 활동 경력에 '충격'
성모의 추락, "아이로 돈 버는 꽃뱀" 악플 세례

차리야가 분미의 치료비를 벌기 위해 브로커로 일했다고 해명했음에도 여론은 듣고 싶어하지 않는다. 브로커 활동 이력은 처음부터 중요하지 않았다. 그 순간에도 늘어나고 있는 기부금이 문제다. 브로커 활동을 그만두었다고 해도 아이로 돈을 벌고 있다는 사실은 바뀌지 않는다. 그것도 엄청난 돈을. 차리야는 더이상 피해자가 아니다.

차리야의 피해자성에 흠집이 가며 분미 사건의 절대적인 가해자와 피해자 구도에 변화가 생긴다. 그렇게 들끓던 여론이 잠잠해지는 듯하다. 인우에게는 나쁘지 않은 전개다. 차리야에게는 안된 일이지만 그녀 역시 충분한 보상을 받은 것 아닌가? 그저 이 사건이 빨리 잊히기를, 그래서 인우의 아기를 밴 태국 대리모를 향한 국제적 관심과 의뢰인을 향한 비난이 사그라들기를 바랄 뿐이다.

그때 호주 억양이 강한 리포터가 등장하며 사건을 완전히 반전시킨다.

추가 조사 결과, 태국 대리모에게서 여아만을 데려가 논란을 일으킨 분미의 생물학적 친부 필립 로빈슨이 1980년대에 스물두 건의 아동 대상 성범죄로 유죄 판결을 받고 삼 년간 복역한 것으로 밝혀졌습니다.

이때부터 인우는 완전히 전의를 상실한 채 핌립과 그의 중국인 아내 메이의 인터뷰가 사십오 분간 호주 공영 방송에서 방영되는 것을 멍하니 바라본다. 소파에 몸을 기대고 앉은 필립이 성범죄자를 무조건적으로 증오하는 사람들에 대해 불평하는 것을 본다. 분미의 다운증후군 검사 결과를 전해들은 후에 선택적으로 데리고 오지 않았으며 대리모 중개 기관에 환불을 요청했다고 인정하는 것을 본다. 공식적으로 밝혀진 것만 해도 스물두 번이나 여아를 성적으로 유린한 남편 옆에 다소곳이 앉은 메이가 그들의 딸을 지키기 위해서라면 무엇이든 하겠다며 눈물을 찍어내는 것을 본다. 그들이 완전히 실패하고 몰락하는 것을 본다.

아동 성범죄자가 대리모 통해 여아 '구매'
소아성애자, 대리 임신 통해 아동 성 착취……

아동 성범죄자가 대리모를 통해 얻은 쌍둥이 중 딸만 데려갔다. 이제 대리모는 난임 부부의 희망이 아니라 소아성애자의 범죄 도구가 되었다. 인우는 여기서 끝났다고 생각한다. 어떻게 이보다 더한 비극이 존재할 수 있단 말인가. 더 나빠질 것은 없다. 이보다 더 어두운 이야기는 존재할 수 없다. 그러나 인우의 순진한 기대는 다시 한번 부서진다.

분미의 생물학적 부모, 중국 국제결혼정보업체 통해 만나
필립 로빈슨, 중국 광둥성에서 아내 메이 '배송'받아

들끓는 대중의 분노와 지치지 않는 언론의 사명감으로 이미 다 까발려진 줄 알았던 필립의 과거가 추가적으로 드러난다. 그러니까, 분미의 생물학적 친부이자 아동 성범죄자 필립

이 아내 메이를 중국 광둥성의 결혼정보업체를 통해 이른바 '배송'받았다는 것이 밝혀진다. 그의 지난 역사가 드러날 때마다 사람들은 현재의 끔찍한 괴물을 새로이 해석할 단서를 얻는다.

그는 왜 쌍둥이 중 다운증후군 남아를 버리고 여아만을 선택했나? 그가 스물두 명의 여아를 성추행하여 징역살이한 과거를 보라.

애초에 그는 왜 대리모 출산을 의뢰한 걸까? 국제결혼정보업체에 아내를 주문한 과거를 보라. 다음 순서로 아이를 주문하는 것이 너무 자연스럽지 않은가.

필립은 언론이 자신의 삶을 난도질한다고 토로한다. 그도 그럴 것이 사람을 선택하고, 주문하고, 구매하고, 내다버리는 것 중 어떤 것도 불법이 아니었다. 필립은 그 어떤 제재도 받지 않았다. 그 모든 행위는 합법적으로 이루어졌다. 아동 성범죄자가 합법적으로 아내가 될 여자를 주문하고, 딸이 될 아기를 구매하고, 아들을 폐기 처분할 수 있다는 데에 사람들은 경악했다.

기상천외한 위험을 감수하게 만드는 빈곤의 절망
'태국 대리모 사건'으로 부각된 제삼세계 '아기 공장'
대리모 산업은 '자궁의 식민화'에 지나지 않아…

이제 인우는 더 도망갈 곳이 없어진다. 인우는 여아를 구매한 성범죄자와 나란히 서서 돌을 맞는다. 가난한 나라를 찾아가 돈을 무기로 자궁을 저당잡은 죄다. 무기력하게 고개를 숙이고 선 인우를 향해 날 선 목소리가 쏟아진다.

부모가 될 권리를 주장하며 수많은 희생자를 양산하는 이들을 규탄한다

제삼세계 가난한 여성들의 몸을 착취하는 대리모 산업을 전면 금지하라

혼란한 목소리들 사이에서 인우의 대리모, 차논이 나타난다.

돈으로 나를 착취하려고 하지 마세요.

인우는 마지막 남은 힘을 짜내서 차논에게 호소한다.

아니에요, 당신은 내게서 착취당하지 않아요. 우리는 공정하게 계약서를 썼잖아요. 당신은 당신이 선택한 노동을 하고 대가를 받아요. 그 돈으로 딸을 국제학교에 보낼 거라고 했잖아요. 당신은 아이를 가질 수 없는 나를 도와서 공덕을 쌓는다고 했어요. 그래요, 당신은 나를 돕는 거예요. 나는 그런 당신이 고맙고요. 나를 도와주세요. 나는 도움이 필요해요. 알잖아요. 나는 도움이 필요해요.

순식간에 인우의 앞에서 시끄럽게 떠들어대던 모든 등장인물이 사라지고, 주변이 고요해진다. 인우는 자신의 외침이 누구에게도 닿지 못한 채 공중으로 흩어지는 것을 본다.

이제 인우의 앞에는 거대한 헤드라인 하나만이 남는다.

태국 정부, 상업적 대리모 전면 금지 선언

대리모는 금지될 만큼 충분히 나쁜 것이 되었다. 비난은 부유한 강대국의 의뢰인들에게만 국한되지 않는다. 태국 정부는 자국의 젊은 여성을 보호하지 못한다는 비판에 시달린다. 자궁 대여 국가라는 외신의 선정적인 기사로 국가적 수치를 떠안은 정부는 곧장 상업적 대리모를 전면 불법화하겠다고 선언한다. 대리모 관련 법제화를 요구하던 사람들조차 당황할 정도로 극단적이며 신속한 조치다. 절차를 생략한 신속한 진행은 쿠데타로 정권을 잡은 군정부의 장점이기도 하다.

관련 업계 사람들은 하루아침에 범죄자가 되어버린다. 의뢰인과 대리모, 브로커는 물론이고, 대리 임신 및 출산과 연계된 클리닉과 병원 소속 직원들까지. 인우의 대리모 차논과 브로커 김실장, 그들과 함께 일하는 클리닉도 마찬가지다. 예측 불가능한 군정부 아래서 어떤 처벌을 받게 될지 알 수 없는 이들은 도망친다. 감옥에 가고 싶지 않으면 숨어야 한다. 그렇게 인우에게 어떤 예고도 없이 모두 연락을 끊는다. 그후에도 아무런 설명이 주어지지 않는다. 혼자 남겨진 인우는 인터넷상의 온갖 기사를 뒤지며 불안과 공포에 떨 뿐이다.

"대리모가 불법이 되었으니까 대리모 연계 병원도 불법 기관이 된 거지. 문을 닫는 게 당연해. 의사들이 모두 감옥 가게 생겼다니까."

지석의 낮은 목소리가 인우를 둘이 마주보고 선 거실로 불러들였다.

"그 클리닉이 그쪽으로 유명하다며. 대리 임신으로는 방콕에서 제일 유명한 곳이라고 네가 그랬잖아. 우리가 갔을 때만 해도 외국인들하고 태국인 임신부가 같이 있는 모습을 꽤 봤고. 그러니까 대리모가 불법이 되고 제일 먼저 문을 닫았을 거야."

"아직은 불법 아냐. 법안이 통과된 것도 아니고."

"시간문제야."

"내가 그 시간을 벌려고 태국에 가겠다는 거야. 진짜로 금지되기 전에 빨리 움직여야 하니까."

"병원은 이미 문을 닫았다니까?"

"병원이 아니라 차논을 찾아가겠다는 거야."

"차논도 연락이 안 된다며! 지금 병원뿐만이 아니라 대리모까지 처벌 대상이 될 거라는 말이 도는데."

"말도 안 돼. 대리모는 피해자일 뿐이잖아!"

인우는 지석을 향해 소리치며, 차논이 피해자라면 가해자는 누굴까, 하는 생각을 떨쳐내려고 노력했다.

"그래, 네 말대로 대리모가 불법이 된다고 쳐. 그래도 임신부들까지 잡아들일 수는 없지, 안 그래? 법이 만들어지기 전에 애를 가진 거니까. 뱃속에 있는 애를 어쩌라고. 그런 식으로 소급하는 건 말도 안 돼."

"그래, 그게 합리적이지. 그런데 요즘 태국 정세가 하도 불안하니까. 몇 달 전에 또 쿠데타가 있었고, 군정부가 뭘 어떻게 할지 알 수 없는 상황이잖아. 전 세계의 이목이 쏠려 있으니까 보여주기식의 극단적 제재를 가할 수 있어. 뭔가를 할 거라고. 그게 뭐가 될지는 아무도 모르고."

쿠데타와 군정부. 인우는 작년 연말에 방콕에서 마주친 집회 무리를 떠올렸다. 노란 티셔츠를 입은 사람들과 빨간 티셔츠를 입은 사람들. 그들에게서 돌아서서, 그들의 팻말을 보지 않고, 그들의 함성을 듣지 않고, 그들이 시야에서 사라질 때까지 기다리면 일이 해결될 거라 믿었다. 해를 넘기도록 이어져 인우와 아기를 위태롭게 하리라고는 예상하지 못했다.

"대리모들도 군정부가 어떻게 나올지 모르니까 겁에 질려서 도망을 치고 낙태를 한다는 거야."

"거기까지 가지 마."

인우는 온몸의 털이 곤두서는 걸 느꼈다.

"나 아무래도 안 되겠어. 차논 만나서 어떻게든 설득해 한국에 데리고 올 거야. 내가 가 있는 동안 손님방 좀 정리해봐. 차논이 묵을 수 있게."

"감정적으로 받아들이지 말고 이성적으로 생각해봐. 어쩌면 잘된 거야."

"뭐?"

인우는 잠시 지석을 빤히 바라보았다. 그들의 아이를 가진 여자가 처벌받을 위기에 처했는데 연락이 닿지 않는다. 이건 어떻게 보아도 잘된 일이 아니었다. 모든 가능성을 열어두고 최대한 긍정적으로 생각하더라도 결단코 잘된 일일 수 없었다.

"잘됐다니…… 지금 무슨 말을 하는 거야?"

"처음부터 말이 안 됐어. 대리모라는 것 자체도 그렇고, 애를 갖겠다고 태국 병원에 비행기 타고 다니는 것도 그렇고. 엄마는 벌써 미국에 너 보러 간다고 난리인데, 애가 태어나고 나면 대리모 사실을 어떻게 숨기겠다는 건지도 모르겠고…… 차라리 잘된 거야. 가족들한테는 내가 말할게. 유산되었다고 하면 더 괴롭히지 않을 거야."

인우는 지석의 뺨을 후려갈겼다. 지석의 고개가 돌아가고 인우는 중심을 잃은 채 비틀거렸다. 소파에 털썩 앉아서 인우는 임신부 원피스 상의를 잡아챘다. 가슴이 답답하고 숨이 찼다.

"지금 우리 아기가 얼마나 컸는지 알아? 이제 삼십 센티미터가 다 됐고, 손가락 발가락이 다 있고……"

인우는 양 주먹을 꽉 쥔 채 숨을 골랐다.

"인우야."

뺨을 맞은 지석의 목소리에서 분노가 아닌 괴로움이 묻어나왔다. 지석은 몸을 구부려 거실의 장식장 서랍을 열고는 초음파 사진을 꺼냈다.

"우리 솔직해지자. 이 사진만으로 어떻게 확신할 수 있어? 아기 태어나기 전까지는 너무 들뜨지 말자고 몇 번이고 말했었잖아……"

인우는 더이상 참을 수 없어서 집을 나왔다. 지석의 말을 더 듣고 있다가는 달려들어 목을 조를 것 같았다. 아파트 단지를 벗어나고 보니 갈 곳이 없었다. 인우는 단지 앞의 커피숍에 들어갔다. 그리고 몇 달 전에 우연히 마주친 해성에게 무작정 전화를 걸었다.

2

해성의 연립주택은 인우의 아파트에서 멀지 않은 곳에 있었다. 삼층짜리 고동색 벽돌 건물로, 창문 주변에 흰색 시멘트가 발려 있었는데 건물 외부에 설치된 파이프에서 녹물이 흘러나와 시멘트 위에 붉은 줄무늬가 생긴 채였다. 창문마다 반투명한 초록빛을 띤 플라스틱 차양이 붙어 있었고, 맨 아래 지층 집 창에는 쇠창살이 추가로 설치되어 있었다. 해성의 집이었다.

해성이 차를 내오길 기다리며 인우는 노란색 비닐 장판 위에 앉아 흰색 접이식 테이블 모서리의 비닐이 들린 것을 보았다. 미닫이문을 떼어낸 자리에 단 커튼을 젖히고 해성이 들어섰다. 양손에 초록색 잎사귀가 그려진 하얀색 찻잔을 들고 있었다.

"내가 대리모에 대해 좀 알아봤거든."

해성은 인우에게 차를 건네기도 전에 말을 시작했다.

인우가 전화로 태국의 대리모를 통해 아기를 가졌으며, 현재 그 대리모가 연락이 되지 않는 상황이고, 남편과 다툰 뒤 집을 나왔다는 말을 앞뒤 없이 쏟아내자 해성은 당장 자신의 집으로 오라고 했다. 인우가 해성이 알려준 주소로 찾아오기까지 해성은 나름대로 검색을 해본 모양이었다.

"대리모가 가진 아이가 친자가 아닌 경우도 있고, 아예 임신 자체를 안 했는데도 가짜 초음파 사진을 보내고 돈을 뜯어가는 경우도 여럿 있었나봐."

"그런 거 아니에요. 정식 병원을 통해 진행하는 거고, 제가 직접 가서 초음파도 보고 심장 소리도 들었어요."

인우는 심장 소리를 들은 아기가 유산되었다는 말은 하지 않았다.

"그래, 그건 인우씨가 다 잘 알아봤겠지. 그런데 인우씨 아이가 맞다고 해도 문제야. 대리모가 아기에 대한 친권을 주장해서 소송으로 가는 경우들이 있더라고. 어떻게 욕심이 안 생기겠어. 자기 뱃속에 아홉 달이나 품고 있는데. 태동도 느끼고……"

"언니, 그런 거 아니에요."

"대리모가 연락이 안 된다며. 실제로 그런 일들이 많더라니까? 내가 뉴스 보여줄까?"

해성은 격양된 얼굴로 휴대폰을 꺼냈다. 인우는 손을 내저었다.

"언니가 무슨 말 하는지 알아요. 제가 그런 것들 때문에 인터넷에서 대리모 뉴스 찾아보는 걸 그만둔 거예요."

"그래서 상황이 이렇게 되기까지 몰랐던 거잖아."

해성의 말이 맞았다. 인우는 태국의 대리모 사건이 전 세계를 휩쓰는 동안 아무것도 모르고 고요히 지냈다. 그러나 인정하고 싶지 않았다.

"뉴스가 원래 그렇잖아요. 살인이나 강간, 사기 같은 끔찍한 이야기만 나오니까. 그거 듣는다고 나한테 그런 일이 벌어지는 걸 막을 수 있는 것도 아니고. 사는 게 더 무서워지기만 하잖아요."

"지금 인우씨한테 벌어진 일이니까 하는 말이지. 인우씨 아
기를 가진 대리모가 도망갔다며."

"도망가지 않았어요."

인우는 목소리를 높이지 않기 위해 애써야 했다. 해성은 인
우가 대리모에 대해 털어놓은 유일한 사람이었다. 해성이 무
슨 도움을 줄 거라고 기대한 건 아니지만, 지금 인우가 이야기
를 나눌 수 있는 사람은 가족도 친구도 아닌 해성뿐이었다.

"저도 다 알아봤어요. 정식 연구 결과가 있어요. 대리모의
구십구 퍼센트 이상이 아이를 포기하는 데 아무런 심리적 문제
를 경험하지 않는대요. 남은 일 퍼센트 중에서도 십 분의 일이
안 되는 숫자가 법적 분쟁을 겪어요. 언니가 본 대리모 소송은
전체 대리모 케이스의 0.1퍼센트도 안 된다는 거예요. 그렇게
드무니까 뉴스가 되는 거고요. 대다수가 대리모 경험을 만족
스럽게 생각하고 다시 하고 싶어해요. 실제로 다시 하고요."

인우는 한 문장 한 문장을 힘주어 말했다. 해성이 말한 불안
과 공포를 느끼는 자신에게 수없이 반복했던 말이었다. 대리
모가 아이에 대해 애착을 느끼면 어쩌나, 출산 이후 아이를 데
려가려 하면 어쩌나, 친권 포기 서류에 사인하지 않고 버티면
어쩌나, 걱정과 두려움을 느낄 때마다 인우는 주문을 외우듯
설문 결과를 되뇌었다.

처음 대리모에 대해 알아볼 때 인우는 대리모 관련 범죄를 다룬 뉴스는 물론이고, 미모의 대리모가 의뢰인 남편을 유혹해 가정을 파탄 내는 데 이르는 영화를 여럿 보았다. 대리모를 씨받이로, 혹은 살인마로 그리는 글과 영상을 수도 없이 보았다. 그러나 차논을 만나고 돌아와서는 인터넷에서 대리모를 검색하는 일을 그만두었고, 알고리즘이 추천하는 대리모 관련 영상들 역시 무시했다. 차논은 씨받이도, 살인마도, 도망자도 아니었다. 인우는 확신할 수 있었다.

둘 사이에 침묵이 흘렀다. 해성이 티백의 상표까지 빠져버린 찻잔을 들어 호로록 소리를 내며 차를 마시고는 천천히 말했다.

"인우씨가 뭐 어련히 잘 알아보고 했겠어. 그냥 나는 태국 여자를 믿어도 되나…… 싶었던 거지……"

인우는 해성이 새로이 향해가는 쪽에 무엇이 기다리는지 짐작했지만 잠자코 있었다.

"나는 이혼 전에 남편이 태국에 간다고 할 때마다 기를 쓰고 막았었거든. 거기 가면 뭐 하는지 뻔하니까. 태국 마사지 같은 거 인우씨도 알잖아. 내 말은……"

"언니, 그만하세요. 지금 문제는 그게 아니라……"

인우는 해성에게 분미 사건에 대해 설명하려다 말을 멈추었다. 어디서부터 시작해야 할지 감이 오지 않았다. 인우는 휴대폰을 꺼내 수십 번 읽은 분미 관련 기사 링크를 해성에게 보냈다.

해성이 미간을 찌푸리고 기사를 읽는 동안 인우는 고개를 돌려 하얀 벽지 가득 붙은 유아용 벽보를 살펴보았다. 한글과 알파벳, 숫자와 동물, 식물도 있었다. 그중 동물 벽보에만 스티커가 붙어 있는 걸 보면 해성의 딸은 동물을 좋아했던 것 같았다. 특히 코끼리에 하트 스티커가 잔뜩 붙어 있었다. 벽보 사이사이 보이는 벽지에도 해성의 딸이 그린 듯한 색색의 코끼리 낙서가 가득했다.

"지금 이게 무슨 말이야?"

해성이 물었다.

"아동 성범죄 전과자가…… 대리모를 통해서 쌍둥이를 낳았는데 딸만 데려갔다고?"

"네, 다운증후군이 있는 아들은 버리고요."

"이에 태국 정부는 대리모 출산 전면 금지를 검토하는 중이다……"

"대리모나 관련 병원에 불똥이 튈까봐 다들 불안해하나봐요."

"그래서 인우씨 대리모가 연락이 안 되는 거고? 병원도?"

"그런 것 같아요. 정부 조사가 시작되면서 실제로 문을 닫은 병원이 기사에 나오기도 했어요."

"근데 지금 뭐 하고 있는 거야?"

해성이 갑자기 목소리를 높였다.

"당장 태국으로 가야지. 그러다 정말 불법이 돼버리면 어쩌려고 그래? 대리모 감옥 보내고 아기 뺏길 거야?"

해성의 말에 인우는 아무 대답도 못하고 눈물만 흘렸다. 당황한 해성은 인우 옆으로 자리를 옮겨와 어깨를 두드렸다.

"갑자기 소리 질러서 미안해. 인우씨한테 화낸 거 아냐."

인우는 해성의 말이 반가워서 우는 거였다. 자신의 걱정과 불안이 혼자만의 망상이 아니고, 태국에 가겠다는 결심이 지석의 말처럼 멍청한 짓이 아니라는 사실을 해성이 증명해준 것만 같았다.

인우가 이미 태국행 항공권을 예약했다고 하자 해성은 잘했다고 칭찬해주었다.

"남편도 같이 가지?"

"아뇨, 남편은 처음부터 반대했어요. 전에도 여러 번 혼자 다녀왔어요. 괜찮아요."

해성은 인우를 빤히 보다가 여름휴가를 내겠다고 말했다.

"내가 같이 가줄게. 표는 인우씨가 사."

해성의 갑작스러운 제안을 어떻게 받아들여야 할지 몰라 인우는 선뜻 대답하지 못했다.

"다음 면접 교섭일에 서아가 캠핑을 간대. 친구네 가족이랑

같이 가는 거라 서아가 꼭 가고 싶어한다네. 전주나 다음주,
평일이나 주말, 언제든 시간 낼 테니까 면접 교섭일을 옮겨달
라고 사정했는데, 서아가 얼마 전부터 발레 학원이랑 미술 학
원을 다니기 시작해서 요즘 너무 바쁘대. 친구들도 많이 생겨
서 주말에도 여기저기 놀러 다니느라 바쁘고. 우리 딸이 워낙
뭐든 잘하고, 성격이 좋아서 친구도 많은가봐."

밝은 목소리로 말했지만 해성의 얼굴은 금방이라도 울 것처
럼 온통 일그러져 있었다. 인우는 고개를 끄덕였다. 자신이 해
성에게 연락했을 때부터 사실 태국에 같이 가주기를 바랐다는
것을 그제야 깨달았다.

"고마워요, 언니."

해성이 인우의 손을 잡고 악수하듯이 흔들었다.

"올해는 여름휴가 쓸 데가 없었는데, 잘됐다. 공짜로 태국이
나 다녀오지 뭐."

3

월요일 오전 해성과 함께 공항에 가는 길, 인우는 쉬지 않고
김실장에게 전화를 걸었다. 벌써 나흘째 수백 통의 전화를 시
도중이었으나 김실장이 전화를 받으리라는 기대는 없었다. 그

래서 김실장의 목소리가 들려왔을 때 인우는 걸음을 멈출 정
도로 놀랐다.

"김실장님? 여보세요? 김실장님?"

"아, 고객님······ 며칠 전화가 안 됐었죠? 죄송합니다. 제가
연락을 드리려던 참이었습니다."

김실장은 잠긴 목소리로 아주 상황이 좋지 않다고 반복해서
말했다.

"차논 씨가 연락이 안 돼요. 서류에 있는 번호로 전화를 해
봤는데 휴대폰이 꺼져 있는 것 같아요. 병원에도 금요일 오후
에 전화해봤는데 연결이 안 되었고요. 혹시 병원이 문을 닫은
건가요? 이제 대리모가 불법이 될 것 같다는데 정말 그래요?
그럼 우리 대리모는 어떻게 되는 거예요? 우리 대리모한테도
영향이 가는 건 아니죠? 이미 임신중이잖아요. 소급해서 처벌
하지는 않을 거 아니에요, 그렇죠?"

인우가 쌓였던 질문들을 쏟아붓는 동안 김실장은 아무 말이
없었다.

"그게······ 고객님 초음파 볼 때 만났던 의사 기억하시죠?
그 의사가 저희 에이전시랑 전속이다시피 시술해주시는 분이
에요. 차논 씨도 담당하고 있었고요. 그 의사가 도망을 갔어
요. 그러면서 클리닉이 문을 닫았고요."

"분미 사건 때문에요? 정말 대리모 시술을 담당한 의사가

다 잡혀 들어가게 된 거예요?"

"아, 분미 사건 때문이 아니라…… 이게 이야기가 길어지는데……"

김실장은 조금 머뭇거렸다. 인우는 김실장의 대답을 기다리면서 휴대폰을 꽉 움켜쥐었다.

"그 의사가 그…… 일본인 인신매매 사건에 연루되었다고하네요. 확실한 건 아닌데…… 도망간 걸 보면 사실이라고 봐야 할 것 같아요."

인우는 공항 출국장 한가운데에 주저앉았다. 해성이 인우의 어깨를 잡으며 무슨 일이냐고 속삭였다.

"인신매매요? 그 의사가 인신매매에 가담했다는 거예요?"

"기사를 아직 못 보셨어요?"

"분미 사건 기사를 봤는데요. 다른 기사가 또 있어요?"

"분미 사건이 신호탄이 돼서 다른 것들도 다 터지는 중이에요. 뉴스마다 난립니다. 아주 정신이 하나도 없어요."

"다른 것들이라는 게 인신매매예요? 대리모가 인신매매에 어떻게 연관이 돼요? 아기들을 팔아넘겼다는 거예요? 대리모를 해서요? 우리 병원 의사가요?"

인우는 자신의 입에서 흘러나오는 말들을 도저히 믿을 수가 없었다. 대리모, 의사, 인신매매. 그것들은 인우의 머릿속에서 한 번도 연결된 적 없는 단어들이었다.

"이게 그러니까…… 방콕에 있는 아파트에서 갓 한 달 된 아기부터 두 살까지 애들 아홉 명이랑 유모 아홉 명이 같이 지내다가 발견이 됐는데 그애들이 다 일본 남자 한 명의 자식들이었던 거예요. 그 남자는 이십대 갑부라는데……"

"잠깐만요, 애가 아홉 명이라면 대리모 아홉 명을 썼다는 거예요?"

"지금은 아홉 명도 아니에요. 나흘 만에 애가 열네 명으로 늘어나서…… 쌍둥이도 있어서 대리모는 열한 명이라고 하고요. 이러다 아기 수십 명이 발견되는 건 아닌지 겁이 난다니까요. 그놈이 직접 인터뷰도 했는데 꼭 한번 찾아보세요. 매년 열 명에서 열다섯 명씩 아기를 가질 계획이랍니다. 죽기 전까지 천 명을 낳아서 대가족을 이루고 싶다는데…… 진짜 미친놈도 그런 미친놈이 없어요."

인우는 여전히 출국장 바닥에 쪼그려앉은 채로 김실장이 끝을 올리며 빠른 속도로 쏟아내는 말을 들었다.

"그래서 지금 경찰측에서 조사중인데, 아기를 팔았네, 장기를 적출했네, 줄기세포를 추출했네, 말들이 많아요. 그런데 아시잖아요. 대리모가 시간이며 돈이며 엄청나게 드는데 인신매매를 위해 그렇게까지 공을 들일 필요가 뭐냐는 거죠."

김실장은 연극적으로 한숨을 쉬고는 전화가 들어온다고 말했다.

"잠시만요. 끊지 마세요. 잠시만요."

인우는 김실장을 한사코 붙잡았다. 나흘 만에 연락이 닿았는데 이대로 끊을 수는 없었다.

"차논 씨가 연락이 안 돼요."

"네, 알고 있어요, 고객님. 저도 지금 최선을 다하고 있습니다. 지금 사방팔방을 뛰어다니면서 해결해야 할 게 한두 가지가 아니에요. 하루하루 상황이 나빠지고 있다고 말씀드렸잖아요. 저야말로 지금 직업을 잃게 생겼어요."

"저 지금 인천공항이에요. 태국 도착하면 우선 실장님을 뵙고 싶은데요. 어디로 가면 좋을까요?"

김실장은 말이 없었다. 전화가 끊겼을까봐 걱정된 인우가 김실장을 여러 번 부른 이후에야 낮은 목소리가 들려왔다.

"고객님, 여기 오셔도 할 수 있는 게 없습니다. 솔직히 말씀드릴게요. 병원 의사까지 도망간 마당에 뭘 더 어떻게 할 수 있겠어요? 아, 지금 전화가 또 들어오네요."

김실장은 이건 급한 전화라 꼭 받아야 한다며 인우의 대답을 듣지도 않고 전화를 끊었다. 해성이 인우를 일으켜 체크인 카운터 앞 벤치에 앉혔다. 인우는 휴대폰으로 일본 남자가 연루된 대리모 사건에 대해 찾아보았다. 자극적인 제목의 기사가 쏟아졌다. 어지럽게 여러 기사를 오가다 그에게 고용되었던 열한 명의 대리모 중 한 명의 인터뷰가 실린 기사에서 멈추었다.

　빈민가 출신 여성 ○○ 씨(32세)는 아버지가 남긴 빚으로 인해 살고 있던 판잣집에서 쫓겨나며 대리모로 나섰다. (……) 해당 여성은 미화 만 불을 받고 익명을 요구한 외국인의 아기를 가졌으며, 출산 이후 아이의 친권을 포기하겠다는 서류에 서명하면서 아기의 생물학적 친부를 처음 보았다고 밝혔다. (……) 여자는 가정법원에서 불륜 관계를 통해 아기를 가졌다고 위증했다. (……) 그로부터 일 년이 지난 후에야 사건의 진상을 알게 된 여자는 그가 무슨 일을 벌이고 있는 줄 알았다면 결단코 그를 위해 대리모를 하지 않았을 거라고 진술했다.

　"언니, 도대체 뭐가 어떻게 돌아가는 건지 모르겠어요."
　인우는 자신이 듣고 읽은 이야기를 믿을 수 없었다. 장애를 가졌다는 이유로 버려진 아기부터 아동 성범죄자 그리고 인신매매까지. 살면서 한 번도 경험하지 못했던, 아니 목도한 적조차 없던 일들이었다. 상상만으로도 끔찍한 것들이 아직 세상에 태어나지도 않은 인우의 아기에게 벌레처럼 달라붙어 있었다.

*

　탑승구 앞에 앉아서 인우는 전면 창으로 보이는 비행기들을
바라보았다.

　"나 무슨 일이 있어도 대리모 찾을 거예요. 대리모 찾기 전
에는 안 돌아올 거예요."

　"그래, 그런 마음이면 돼."

　해성의 목소리가 아주 먼 곳에서 들리는 것 같았다.

　"아기 낳으면 언니도 보여드릴게요."

　"그래, 우리 딸이랑 같이 만나자."

　파란색 꼬리를 단 비행기가 천천히 움직였다. 창가 쪽 의자
에 앉아 있던 사람이 일어나 형광색 기내용 캐리어를 끌고 사
라졌다.

　"근데 언니…… 나 대리모 쓴 거 아무한테도 이야기 안 했
어요. 우리 엄마도 몰라요."

　해성은 아무 말도 하지 않았다. 인우는 여전히 창밖에 시선
을 고정한 채 말을 이었다.

　"비밀로 해줘요. 부탁이에요."

　"내가 누구한테 말해."

　"누구한테든요. 진짜 아무도 모르거든요. 시댁에서는 저 지
금 미국에 있는 줄 알아요."

인우가 고개를 돌렸을 때 해성은 인우의 배를 보고 있었다. 인우가 쿠션을 넣어서 커다랗게 만든 가짜 배를.

"아기 낳고 나면 대리모에 관련된 건 완전히 지워버릴 거예요."

"애한테도 말 안 할 거야?"

"네."

"혹시나 아이가 나중에 알게 되면……"

"그럴 일은 없어요."

"세상에 완벽한 비밀이 어딨어. 그것도 자기 출생에 관련된 건데……"

"언니."

인우는 해성의 눈을 마주보았다. 해성의 옅은 갈색 눈동자 주변에 깊은 주름이 졌다.

"알아, 인우씨 선택이지. 아이가 아무것도 모르기를 바라는 거잖아. 인우씨가 다 짊어지고 아이한테는 아무것도 감당하게 하고 싶지 않아서. 그렇지? 그런데 아이가 나중에 알게 되면 오히려 엄마가 거짓말을 했다는 사실에 더 상처받지 않을까?"

인우는 고개를 숙이고 아랫입술을 잘근잘근 씹었다.

"만약에, 정말 만약에 아이가 알게 된다면……"

인우의 목소리가 형편없이 떨렸다.

"너는 처음부터 내 아이였고, 그건 무슨 일이 있어도 절대 바뀌지 않는다고 말할 거예요."

"그래……"

"그리고 그렇게까지 할 정도로 너를 원했다고 말할 거예요. 무슨 짓을 해서라도 너를 가지고 싶었다고. 그래서 네가 지금 이 세상에 있는 거라고 말할 거예요."

침묵이 흘렀다. 인우는 해성이 다시 따져 물을까봐 겁이 났다.

"그래, 그렇게 말하면 아이도 이해할 거야. 아이한테 사과는 하지 마. 인우씨는 잘못한 게 없으니까."

해성의 말에 인우는 천천히 고개를 끄덕였다.

"언니, 태국에 같이 가줘서 고마워요."

옆에서 해성이 고개를 끄덕이는 게 느껴졌다.

*

해성은 비즈니스석이 처음이라며 호들갑을 떨었다. 자신의 기분을 풀어주려는 것 같았지만, 인우는 예의상으로라도 웃을 수가 없었다. 의자에 몸을 기대고 눈을 감은 인우에게 옆좌석 승객들의 대화가 들렸다.

둘은 작은 목소리로 지금 태국에 가는 게 괜찮은지 모르겠다는 걱정을 나누었다. 탁신 정부와 군정부, 탁신 지지자와 반대파, 쿠데타와 군부독재, 반정부 집회와 반탁신 집회에 대해 이야기했다.

　인우는 이어폰을 귀에 꽂고 음악을 크게 틀었다. 귀가 윙윙 울렸다. 비행기가 이륙하고도 오랫동안 이어폰을 빼지 않았다.

4부
요한

1

　8월의 방콕은 덥고 습했다. 요한과 존은 멜버른 공항에서 입었던 겨울 점퍼를 기내용 캐리어에 집어넣고, 반소매 티셔츠와 청바지를 입은 채로 비행기에서 내렸다. 태국 쿠데타를 다룬 외신 뉴스를 보고 걱정했지만 공항에서 무장 군인을 마주치는 일은 없었다. 밖에서도 특별한 긴장이 느껴지지 않았다.

　택시를 타고 바로 클리닉으로 향했다. 예상했던 대로 문이 닫혀 있었다. 지난주에 정기검진 메일을 받지 못해 병원과 대리모 둘에게 몇 번이고 연락을 취했지만 연결이 되지 않아 직접 온 것이었다. 태국 대리모 관련 사건이 연이어 터지며 하루가 다르게 악화하는 상황에 대리모가 걱정되기도 했지만, 당장 호주를 뜨고 싶었던 마음이 더 컸다.

지난주 존의 회사로 지역 주간지 기자가 찾아왔다. 존과 요한의 인터뷰 기사를 보도했던 기자였다. 당시 기사는 '가정을 꾸릴 권리'라는 제목으로 존과 요한이 인도 대리모를 통해 첫번째 아이를 얻고, 태국 대리모를 통해 두번째 아이를 얻으려 시도하는 과정을 상세히 다루었다. 가족을 꾸리기 위해 험난한 여정을 기꺼이 감당하는 그들의 헌신적 노력이 고무적이다, 이를 통해 다양한 가족 형태가 받아들여지기를 바란다는 말로 마무리된 기사는 존과 요한, 그리고 인도 대리모를 통해 얻은 그들의 딸 샬럿의 사진과 함께 주간지 웹사이트 메인에 걸렸다. 존과 요한은 둘이 함께 활동하는 게이 대디 커뮤니티에 기사를 공유했다. 커뮤니티 회원들이 애써주었는지 기록적인 조회 수가 나왔다고 기자가 기쁜 목소리로 전화를 걸어왔다. 불과 세 달 전의 일이었다.

지난주, 호주 전역이 분미 모금 운동으로 시끄러워지자 기자는 요한과 존에게 각기 전화를 걸어 인터뷰를 요청했다. 호주 언론은 다운증후군 아기를 버린 호주인 친부와 생물학적으로 관계가 없는 장애아를 도맡은 태국인 대리모를 대척점에 세워놓고 보도하고 있었다. 착취적이고 파렴치한 친부와 가난

하지만 굳건한 젊은 대리모. 요한과 존은 언론이 그들을 어느 쪽으로 몰고 싶은지 알았고, 인터뷰를 거부했다.

분미 친부의 아동 성범죄 이력이 밝혀진 후로 호주 언론은 그야말로 폭주하기 시작했다. 지역 주간지 기자에 이어 모르는 번호로도 요한과 존에게 전화가 쏟아졌다. 그들이 일체의 연락을 받지 않자 존의 직장에까지 기자가 나타나기에 이르렀다. 한차례 소동을 일으키고 기자가 돌아간 후 사무실에는 존이 범죄에라도 연루된 것처럼 불편한 시선이 쏟아졌다. 존과 요한과 샬럿, 그리고 곧 태어날 아기를 응원하고 축복하던 사람들이었다. 존은 회사가 주최한 기부 파티에서 강연을 맡은 적이 있었다. 함께 초대받은 요한과 샬럿은 존의 강연이 끝난 후에 무대로 불려와 박수갈채를 받았다. 그들이 새로운 미래를 가져오고 있다며 환호하고 손뼉을 치던 사람들이 이제는 존을 수상쩍은 눈초리로 살피며 수군대고 있었다.

존은 조퇴를 하고 요한과 함께 어린이집에 들러 아이를 데려왔다. 이 주간 가족 여행을 가기로 했다고 둘러대고 곧장 시드니로 향했다. 여덟 시간을 운전해서 존의 부모님 집에 도착했다. 부모님은 흔쾌히 아이를 맡아주겠다고 했지만 걱정을 감추지 않았다.

"네 삼촌이 전화를 했더라."

부모님은 존이 뉴스에 나올까봐 텔레비전을 계속 켜두고 있다고 했다. 존은 그런 일은 없을 거라고 부모님을 달랬지만, 존이 태국 대리모를 통해서 아이를 가진 것을 알고 있는 친척들이 호주를 뒤덮은 그 뉴스들을 보는 걸 막을 수는 없었다.

존의 삼촌 역시 뉴스를 본 모양으로, 존이 '그런 일'을 벌인 줄은 몰랐다고 소리쳤다고 했다. 어떻게 가난한 태국 여성의 자궁을 빌릴 생각을 하느냐고. 위험하고, 비윤리적이고, 비인간적이라고. 그런 말을 전하는 존의 어머니의 눈에 눈물이 고였다.

그날 밤, 요한과 존은 긴 대화를 나눴다.

그들이 속해 있는 게이 대디 커뮤니티 회원들 중에는 이미 태국에 가 있는 사람들이 꽤 있었고, 현지 상황을 페이스북에 상세히 알리고 있었다. 태국에서 대리모 산업 전반에 걸친 수사가 이루어짐에 따라 대리모 시술을 담당한 의사가 도망치고 관련 클리닉이 문을 닫고 있다는 내용이었다. 대리모를 통해 출산한 아이를 데리고 오려다가 방콕 공항에서 출국을 거부당한 부부도 있었다. 같은 일이 벌어질까 두려워 갓난아기와 함께 방콕 호텔에 숨어 지내면서 페이스북에 도움 요청 글을 올리는 호주인 부부도 스무 쌍이나 되었다. 대리모가 의뢰인의 허락 없이 임신중지 수술을 받았는데 계약을 위반한 거 아니냐는 질문에는, 계약서 자체가 불법이 되어버려서 조치를 취하기 어려울 거라는 비관적인 답변이 달렸다.

요한과 존은 연락이 끊긴 그들의 두 대리모가 임신중지 수술을 받는 건 아닐지 두려웠다. 이미 임신 말기에 다다랐으므로 그러지 않을 가능성이 컸지만, 아기를 낳더라도 사회 분위기를 고려해 요한과 존에게 넘기지 않으려 할 수도 있었다. 그러한 경우, 법에 따라 아기들은 모두 고아원에 보내질 것이다. 아기를 데려오기 위한 법정 다툼이 오래 이어진다면 존과 요한이 동성 부부라는 사실이 불리하게 작용할 게 틀림없었다.

대화가 길어질수록 예상 시나리오는 참혹해져만갔다. 요한과 존은 당장 태국에 가는 게 좋겠다는 결론을 내렸다.

"호주에 있어봤자 언론에 시달리기만 하겠지."

존의 말에 요한은 조용히 끄덕였다. 둘 다 샬럿을 걱정하고 있었다. 이미 그들과 함께 언론에 사진이 노출된 샬럿이 이렇게 불미스러운 일에 엮이지 않기를 바랐다. 그들의 딸은 밝고 사랑스럽고 얼굴이 발개질 때까지 온종일 뛰어다니는 천사였다. 샬럿은 세상에서 두 아빠를 가장 사랑한다고 말하곤 했다.

태국으로 가는 비행기에서 요한과 존은 거의 말을 하지 않았다. 세번째 태국행이었는데, 첫 방문 때 존이 무척 들떠 했던 걸 떠올리며 요한은 그를 살폈다. 존은 태국을 좋아했다. 미소의 나라에서 아이를 가지고 싶다고 말한 것 역시 존이었다. "태국은 모든 감정에 대한 미소가 따로 있대." 존은 태국 사람들이 평화를 사랑하고 다툼을 꺼린다고 믿었다. 그리고 무엇보다 동성애자를 비롯한 성소수자에게 관대하다고 믿었다.

끝내 계약이 틀어졌지만, 요한과 존이 처음 접촉했던 태국의 대리모 에이전시는 홈페이지 메인 광고에 게이 커플을 내세운 곳이었다. 두 명의 아버지가 금빛 사원 앞에서 서로에게 기댄 채 하얀 천에 싸인 아기를 한 명씩 안고 있었다. 그들 옆으로 금발의 서양인 여자와 검은 머리를 땋은 동양인 여자가 활짝 웃으며 다가서자, 아래로 '난자 제공자들'이라는 자막이 떴다. 이어 '대리모들'이라는 자막과 함께 나타난 전통복 차림의 태국인 여자 두 명이 양손을 모으고 공손히 인사했다. 그렇게 여섯 명의 부모는 함께 미소 지으며 두 명의 아기를 바라보았다. 영상에는 햇빛이 가득하고, 여덟 명 모두의 얼굴이 환하게 빛났다. 태국 전통음악인 듯한 이국적인 현악기 연주곡이 배경에 깔리고, 여섯 명의 부모는 일렬로 선 채 여전히 행복한 얼굴로 천천히 손을 흔들어 보였다.

영상을 처음 접했을 때 요한과 존을 충만하게 채웠던 벅차오르는 기대감은 완전히 사라지고 없었다. 이제 그들을 기다리는 건 단단한 쇠사슬과 자물쇠가 채워진 유리문 틈으로 보이는 클리닉의 절망적인 어둠, 그리고 숨막히는 고요뿐이었다.

요한은 단정하게 관리된 흔적이 남아 있는 클리닉 앞 정원의 벤치 앞으로 다가갔다. 여기저기 떨어져 있는 새똥을 피해 존과 요한은 거리를 두고 앉았다. 둘은 잠시 말없이 문을 닫은 클리닉 건물을 바라보았다. 하얗고 빛나는 대리석 건물에 금색으로 상호가 박혀 있었다. 세계적인 명성의 증거로 보이던 것이 이제는 조악한 졸부의 취향으로 보였다.

"이제 어떻게 하지?"

존의 말에 요한은 대답을 하지 않았다. 호주를 떠나기 전, 클리닉 문이 닫혀 있을 경우 대리모의 신분증에 나와 있는 주소로 찾아가보자고 계획을 세웠었지만, 막상 문 닫힌 클리닉 앞에 앉아 있으니 막막하기만 했다.

그때 두 동양인 여자가 존과 요한을 지나쳐 가더니 클리닉 문을 두드렸다.

"우리처럼 길 잃은 양들이네."

존이 요한에게 속삭였다. 요한은 두 여자를 가만히 보았다. 한국인인 것 같다고 생각하던 차에 여자들의 목소리가 들렸다.

"건물 전체를 폐쇄했을 거라고는 생각 못했어."

요한은 한국어를 듣고 벌떡 일어나서 성큼성큼 둘에게 다가갔다. 전혀 예상치 못한 곳에서 한국 동포를 만난 것이 반가워서는 아니었다. 그저 지푸라기라도 잡는 심정이었다.

"안녕하세요."

여자들이 동시에 뒤를 돌아보았다. 둘 다 매우 놀란 것처럼 보였다. 한 명은 "깜짝이야"라며 뒤로 물러서기까지 했다.

"한국분이시죠?"

둘은 경계하는 눈빛을 감추지 않고 요한을 올려다보았다. 나이가 더 많아 보이는 한 명이 자리를 피하려는 듯 몸을 돌리며 임신한 여자를 잡아끌었다. 팔이 붙잡힌 여자가 버티고 서서 요한을 향해 고개를 끄덕였다.

"대리모를 찾으러 오신 거 맞죠?"

요한은 대답이 없는 둘에게 계속 말을 걸면서 배낭을 열어 파일을 꺼냈다. 대리모 계약서부터 클리닉과 주고받은 이메일 출력본이 날짜순으로 정리되어 있었다.

"우리도 대리모를 찾으러 왔어요."

요한은 파일 뒷면을 펼쳐서 클리닉에서 마지막으로 받은 초음파 사진을 여자들에게 보여주었다.

"우리는 아기가 셋이에요. 대리모가 둘인데, 둘 다 이제 출산이 얼마 남지 않았어요."

임신한 여자는 여전히 거리를 유지한 채 요한이 내민 사진을 보았다. 옆의 여자는 요한을 미심쩍은 눈빛으로 노려보며 그녀의 팔을 붙잡고 있었다. 요한은 여자들의 경계를 풀기 위해 자신과 존, 샬럿의 이야기를 했다. 그들이 얼마나 간절히 아기를 원했고, 지금 그 아기를 잃을까봐 얼마나 두려운지를. 아기를 위해서라면 그 무엇이라도 할 수 있으며 그래서 지금 여기 와 있는 거라고 말했다.

2

요한은 호주 시드니의 한 교회에서 존을 만나 연애를 하고 결혼을 했다. 결혼식은 시드니에서 차로 한 시간 정도 떨어진 센트럴 코스트의 작은 바닷가에서 치렀다. 요한의 가족은 아무도 오지 않았다. 오십여 명의 하객 앞에서 존에게 쓴 편지를 낭독하다가 요한은 울먹였다.

결혼과 동시에 둘은 아이를 가지는 것에 대해 이야기했다. 게이 부부가 일반적으로 선택하는 방법은 입양이었지만, 실제로는 일반적이라고 할 만큼 흔하지도, 과정이 쉽지도 않았다.

"대기 기간이 칠 년이 넘어. 조건도 너무 까다로워서 불가능에 가깝다고 봐야 돼. 당장 아이를 가지려면 대리모가 유일한 방법이야."

늘 아빠가 되고 싶었다는 존이 나서서 충분히 알아본 내용이었다. 요한은 사랑하는 존과 함께 가족을 꾸려나갈 수 있다는 사실에 마냥 설렜기에, 전적으로 존의 의견을 따랐다.

당시 존과 요한은 인도 대리모를 통해 아이를 가진 게이 부부를 여럿 알고 있었고, 그들의 충고에 따라 멜버른으로 이사를 했다. 시드니가 속한 NSW주에서는 해외에서 상업적 대리모를 통해 아이를 얻는 것이 불법이었으나 멜버른이 속한 빅토리아주에서는 이 년 이상 거주한 주민에 한해 합법이었다. 존과 요한은 이 년을 기다린 끝에 대리모를 얻으러 인도에 갔다.

병원에서 배정해준 대리모의 이름은 프리야였다. 델리 근교에서 왔다고 했다. 영어가 서툰데도 프리야는 거리낌없이 많이 말하고 많이 웃었다. 처음 만났을 때부터 존과 요한은 프리야가 무척 마음에 들었다. 프리야가 임신해 있는 동안 존과 요한은 번갈아 한 번씩 인도에 찾아가 선물을 주고 그녀의 안부를 물었다. 요한이 찾아갔을 때 프리야는 임신 25주 차였다.

숙소에서는 방금 식사를 마쳤는지 매콤한 커리 냄새가 풍겼다. 프리야가 묵는 이층 침실에는 매트리스 여섯 개가 프레임 없이 세 개씩 마주보고 놓여 있었다. 매트리스에서 흘러내린 시트와 이불이 제각각의 모양으로 상아색 타일 바닥에 닿아 있었다. 연청색으로 페인트칠된 벽에 난 창문으로 델리의 뜨겁고 매캐한 바람이 들어왔다. 두 명의 임신부가 낮잠을 자는지 모로 누워 있었고, 두 명은 대화를 나누며 자수를 놓고 있었다. 매트리스 두 개는 비어 있었는데 흐트러진 이불과 옆에 놓인 잡동사니로 보아 누군가 얼마 전까지 머물렀다는 걸 알 수 있었다.

프리야는 해가 비치는 창가 쪽 매트리스에 앉아 있었다. 햇빛이 그녀의 주위를 떠도는 먼지를 알알이 비추었다. 몸을 숙이고 자수를 놓던 프리야가 요한이 들어서는 기척을 느꼈는지 고개를 들었다. 보기 좋게 살이 오른 얼굴에 반가운 기색이 떠올랐다. 프리야는 손에 들고 있던 것을 내던지며 "요한!"이라고 외쳤다. 프리야가 몸을 일으키자 눈에 띄게 부푼 배가 시야에 들어왔다. 허리까지 내려오는 구불구불한 검은 머리에 커다란 눈 아래 검은 칠을 한 프리야는 요한이 언젠가 책에서 보았던 다산을 상징하는 여신처럼 보였다.

의자가 있는 복도로 나서다 갑자기 멈춰 선 프리야를 요한이 부축하려 하자, 프리야는 괜찮다며 깔깔 웃었다. 대신 그의 손을 덥석 잡아 자신의 배에 올렸다. 요한의 손 아래에서 프리야의 배가 불룩하고 올라왔다. 요한은 감격해서 프리야를 올려다보았다.

"고마워요. 제가 먼저 부탁하지는 못했을 거예요."

"아빠가 온 걸 아나봐요. 신나서 움직이네."

아기가 다시 요한의 손을 건드렸다. 요한은 울지 않기 위해 심호흡을 했다. 그 자리에 멈춰 서서 배를 톡톡 두드려 아기에게 말을 걸고, 또 아기가 대답하는 걸 언제까지고 기다리고 싶었지만 프리야가 걷기 시작하자 얼른 손을 뗐다.

"아기가 벌써 이렇게 크다니 믿을 수가 없네요."

"매일 몸이 무거워져요. 말 그대로 하루하루 큰다니까요!"

프리야는 밝게 소리치며 일층으로 내려가는 계단참에 놓인 나무 의자에 앉았다. 요한도 옆에 따라 앉았다.

"영어가 많이 늘었어요. 영어 공부해요?"

"그렇죠? 영어 수업에서 숙제 다 하는 사람은 나밖에 없어요."

"영어 수업을 들어요?"

"몰랐어요? 여기서 대리모들 영어랑 컴퓨터 가르쳐줘요. 영어 배워서 의뢰인하고 의사소통하고, 컴퓨터 배워서 의뢰인하고 메일 주고받으라고. 고객 서비스인 거죠. 요즘은 의뢰인 중 절반 이상이 외국인이거든요."

"숙소에서 온종일 지루하지 않을까 걱정했었는데 다행이네요."

요한은 자신의 말이 위선적으로 들리지 않을까 우려스러웠다. 프리야가 가족과 떨어져 대리모 숙소에서 지내야 하는 이유가 요한과 존의 아이를 가져서이기 때문이었다.

"내가 말 안 했죠? 여기 대리모 숙소에는 등급이 있어요. 세 등급. 이식 시술받은 이후부터 임신 극초기, 4주 차 정도까지는 일층에서 지내요. 여기 올라오면서 봤어요?"

프리야가 계단 아래쪽을 가리키며 목소리를 낮추었다.

"일층은 햇빛이 잘 안 들어서 어둡고 축축해요. 방도 훨씬 작은데 침대를 일고여덟 개씩 넣어놨어요. 침대 사이로 걸어 다니기도 힘들 정도로. 거기 감금되는 거예요. 하루종일 하는 일이라곤 약 먹고 주사 맞고 다리 올리고 누워 있는 게 다예요. 그렇게 붙어 있어도 서로 말은 잘 안 해요. 다 스트레스 받으니까. 임신 안 될까봐, 유산될까봐 얼마나 걱정하는지 몰라요. 그때는 진짜 힘들어요."

요한은 프리야가 감금되다시피 하면서 임신 초기를 버텼는지 몰랐다. 그저 임신 소식을 들어서 기뻤고, 무사히 안정기에 들어서서 더욱 기뻤다. 그 소식을 전하기 위해 프리야가 얼마나 고생했는지는 알지 못했고, 따로 묻지도 않았다. 알게 된지금도 그 시간이 얼마나 혹독했는지에 놀라고 안타깝다기보단 그 시간이 잘 지나가서 다행이라는 마음이 컸다.

"그러다 임신 확정되고 의뢰인한테도 알리고 나면 이층으로옮겨요. 지금이 그 시기죠. 방도 커지고, 이렇게 방 밖을 마음대로 걸어다닐 수도 있고. 가족 면회도 가능해져서 얼마 전에는아들 데려다 내가 직접 밥도 해주고 그랬다니까요. 다른 방 대리모들하고도 다 친해져서 수업받을 때마다 얼마나 재밌는지몰라요. 이거 봐요, 우리가 같이 자수한 거예요."

프리야는 복도 벽면에 걸려 있는 천을 가리켰다. 빨간색 바탕에 하얀색 실로 수놓은 연꽃이 기하학적 문양으로 둘러싸여있었다. 요한이 침실에서 프리야가 자수 놓는 걸 보았다고 말하자, 프리야는 금색 코끼리를 수놓고 있다며 방으로 돌아가면 보여주겠다고 했다.

"우리 애가 코끼리를 그렇게 좋아해요."

요한은 미소를 지어 보였다. 프리야가 요한을 위해 둘러대는 게 아니라 정말로 잘 지내는 것 같아서 안심이 되었다.

"남편은 안 와요?"

요한은 계약할 때 프리야의 남편을 본 기억이 나서 물었다. 마른 체구였지만 몸이 단단해 보이는 남자였다.

"남편은 바빠요. 릭샤왈라거든요. 요즘 관광객들 몰려오는 시기라서 밥도 못 먹고 일한대요. 그래봤자 얼마 번다고. 그냥 일하지 말고 애들 공부 챙기라니까 그건 또 싫대요. 자존심인지 뭔지."

프리야가 고개를 양쪽으로 흔들며 말했다.

"하긴, 나도 남편이 버는 돈이 대단한 줄로만 알았어요. 저는 삯바느질을 했는데, 그거로는 애들 간식값밖에 안 나왔으니까요. 시댁도 나를 무시했어요. 애 낳는 거 말고는 할 줄 아는 것도 없지 않냐고 나한테 억지로 대리모를 시켰다니까요."

요한은 깜짝 놀라서 전혀 몰랐던 사실이라고 말했다. 프리야가 밝은 얼굴로 계약서에 사인하던 모습이 떠올랐다.

"우리한테 말하지 그랬어요."

요한은 프리야가 타의로 대리 임신을 했다는 사실이 태아에게 미칠 좋지 않은 영향을 생각했다. 혹시 조금이라도 태아를 미워하면 어쩌나, 밀려오는 걱정을 내색하지 않기 위해 애썼다.

"아뇨, 이번 말고. 전에 처음으로 했을 때요. 남편이랑 시누가 나를 끌고 병원에 왔어요. 첫날 너무 무서워서 덜덜 떨었어요. 의사가 약이니 주사니 시술이니 한참 설명하는데, 뭐가 뭔지 하나도 모르겠는 거예요. 옆에서 남편이 듣고는 안전한 거 같다고 그러데요. 지가 하는 거 아니니까 그랬겠지만. 의뢰인 부부도 남편이 만났어요. 계약서도 남편이 읽고 사인하고. 난 거기에 뭐라고 써 있는지도 몰랐어요. 지금도 첫번째 때 누구 난자를 쓴 건지도 몰라요. 그때는 남의 난자를 빼서 내 몸에 넣을 수 있다는 걸 몰랐거든요. 진짜 아무것도 모르고 그냥 약 먹으라고 하면 먹고, 누우라고 하면 눕고, 옷을 벗으라고 하면 벗고, 다리를 벌리라고 하면 벌리고. 검사를 하면 하나보다, 주사를 놓으면 놓나보다, 수술을 하면 하나보다, 그냥 그렇게."

믿을 수 없이 비극적인 이야기였지만 프리야는 유쾌하게 말을 이었다.

"그런데 여기 숙소의 다른 대리모들하고 말을 트면서 알게된 거죠. 내가 얼마나 많이 버는지. 남편이 버는 돈의 십 년 치를 벌더라니까요. 그렇게 으스대던 돈의 십 년 치를!"

프리야는 익살스러운 표정으로 열 손가락을 펼쳐 보였다.

"내가 의사한테 말했어요. 그 돈 나한테 달라고. 아니면 나 이거 안 한다고. 남편이랑 시누가 찾아와서 난리를 쳤는데 처음으로 그것들이 안 무섭더라고요. 내가 시누한테 대놓고 소리쳤어요. 나 보고 애 낳는 거 말고는 할 줄 아는 것도 없다면서! 네 말대로 내가 유일하게 할 줄 아는 거로 번 돈이니까 건드릴 생각도 하지 마! 그러고서 여기 간호사랑 나가서 처음으로 은행 통장을 만들었어요. 그 돈 받아서 집 샀고요. 이번에는 땅을 살 거예요. 우리 애들 교육비로 저축도 하고. 이제 아무도 나를 무시 못 해요. 내 남편이 이십 년을 일해야 버는 돈을 내가 지금 다 벌어놨으니까 이제는 내가 왕이지."

프리야는 깔깔 웃으면서 배를 문질렀다.

"평생 먹을 약을 여기서 다 먹고 평생 맞을 주사 다 맞고 이렇게 퉁퉁 부어 있지만 아무렇지도 않아요. 아니지, 이렇게 좋았던 적이 없어요. 임신 안 돼서 고생만 하고 돈 못 받는 여자들이 얼마나 많은 줄 알아요? 나는 시누 말대로 임신이 어찌나 잘 되는지!"

프리야가 웃음을 멈추고 요한의 손을 잡아서 다시 자신의 배에 올려놓았다. 태동이었다. 요한의 아기가 프리야의 뱃속에서 그에게 인사를 건넸다. 요한은 활짝 웃었다.

"프리야가 기쁘다니 나도 기뻐요."

요한은 프리야의 손 위에 다른 손을 올렸다. 프리야는 만족스러운 웃음을 지으며 의자에서 일어났다. 이번에도 요한은 손을 떼는 것이 아쉬웠지만 어쩔 수 없었다. 졸립다는 프리야의 말에 둘은 함께 침실로 돌아갔다.

요한은 문득 그녀가 조금 전에 한 말이 떠올랐다.

"아까 숙소 등급이 세 등급이라고 했었잖아요. 임신 초기, 그리고 중기, 그럼 나머지 하나는 임신 말기예요? 그때는 더 편해지나요?"

"아, 말기까지는 여기 있고요. 출산한 다음에, 그러니까 제왕절개 수술을 받은 후에 삼층으로 보내져요. 지난번에 그랬어요. 같이 지내던 대리모들하고 층이 달라져서 못 보게 된 거예요. 다른 층으로 못 가게 되어 있거든요. 그래서 하루 만에 갑자기 혼자가 됐어요. 아홉 달 동안 품고 있던 아기가 갑자기 사라지니까 허전하고 이상하더라고요. 너무 아파서 간호사를 불러도 오지도 않아요. 한참 만에 와서도 그만 좀 부르라고 얼마나 화를 내던지. 수술했는데 아픈 게 당연하지 않겠냐고 하더라니까요."

요한은 프리야의 그 말을 기억했다. 그래서 샬럿을 낳은 후에 의사의 조언을 거부하고 프리야가 직접 샬럿에게 젖을 먹일 수 있도록 했다. 요한과 존이 추가 요금을 지불하고 얻은 개인 병실에서 프리야는 샬럿을 안은 채 눈물을 보이며 고맙다는 말을 반복했다.

샬럿을 데리고 호주에 돌아온 후에도 요한은 종종 이메일로 아이의 사진을 전했다. 샬럿의 생일이면 프리야가 먼저 선물과 카드를 보냈다. 샬럿이 두 살이 되었을 때 요한과 존은 프리야를 호주에 초대했다. 샬럿과 '인도의 엄마' 프리야가 함께 빨간색 사리를 입고 찍은 사진을 신생아인 샬럿을 안은 프리야의 사진 옆에 나란히 걸었다. 멜버른의 집, 샬럿의 방에 있는 그 두 장의 사진은 모든 것이 완벽한 요한과 존, 그리고 샬럿의 집을 더욱 완벽하게 만들어주었다.

*

샬럿이 세 살이 되던 해, 존과 요한이 둘째를 가지기로 결심했다고 말하자 프리야는 기뻐해주었다.

"내가 둘째도 낳아주고 싶었는데 그러지 못해서 미안해요."

프리야는 병원 규칙상 대리모를 두 번밖에 못 한다고 아쉬워했다.

"프리야가 할 수 있었더라도, 이제 우리가 인도에 더이상 갈 수 없어요."

인도에서 동성 부부의 대리모 계약이 금지되었다고 설명하며 요한은 프리야를 달랬다.

그래서 요한과 존은 태국으로 향했다.

태국에서는 난자 제공자와 더불어 대리모까지 직접 선택할 수 있었다. 난자 제공자는 가족력까지 꼼꼼히 확인하며 까다롭게 골랐지만, 대리모는 나이와 체중만 보고 골랐다. 이식 실패가 두 번, 초기 유산이 한 번 있었지만 결국 임신에 성공했고, 무사히 중기를 넘겼다. 인도에서 샬럿의 출산을 지켜보았던 것처럼 이번에도 예정일에 맞춰 태국에 입국하기 위해 휴가를 내고 항공권을 샀다. 둘은 함께 대리모에게 줄 선물을 고르던 중에 메일을 받았다. 그들의 아기가 태어났다는 거였다. 예정일까지 육 주가 남았을 때였다.

요한과 존은 곧장 공항으로 향했다. 친부로 등록할 존만 가도 됐지만, 또래 아이를 키우는 게이 부부 친구에게 샬럿을 맡기고 함께 태국에 들어가기로 했다. 육 주나 일찍 태어난 아기의 상태가 어떤지 메일에서는 아무런 언급이 없어서 초조했다. 태국 클리닉에서 보내오는 메일은 항상 그런 식이었다. 흐릿한 초음파 사진을 받고서 다시 보내달라고 해도, 검사 결과에 대해 질문을 해도, 괜찮다는 대답 한 줄이 끝이었다.

다 괜찮습니다.

이식에 실패했을 때와 초기 유산 때도 마찬가지였다. 어떻게 된 거냐고, 이유가 뭐냐고 애원하다시피 물었지만 답변은 한 줄뿐이었다.

다시 하면 됩니다. 다 괜찮습니다.

158

뭐가 괜찮다는 건지 알 수 없었다. 요한과 존은 실패가 계속될 때마다 아무런 설명도 듣지 못한 채 추가 비용을 보냈다. 계약서에는 이식 실패나 유산이 발생할 경우 대리모와 의사를 포함해 병원측 누구에게도 책임을 물을 수 없도록 되어 있었다. 요한과 존은 비용을 지불하는 역할 그 이상도 그 이하도 아니었다.

질문하지 말 것. 돈을 낼 것.

조산으로 태어난 아기를 만나러 가는 길, 멜버른 공항에서 존과 요한은 새로운 메일을 받았다. 출국 수속을 밟기 위해 줄을 서서 기다리던 존이 평소에 하지 않는 욕설을 내뱉었다. 요한은 존의 손에 들린 휴대폰을 가져와 화면에 떠 있는 메일을 보았다.

아기가 죽었습니다. 올 필요가 없습니다.

공항 직원이 와서 둘을 끌어낼 때까지 요한과 존은 출국 수속 대기 줄에 선 채로 움직이지 못했다.

3

샬럿은 존과 요한이 세계를 바라보는 눈을 바꿔놓았다. 샬럿이 없었다면 어땠을지 상상조차 할 수 없었다. 요한과 존은 서로를 무척 사랑했지만 그것과 비교할 수 없을 정도로 벅차게 샬럿을 사랑했다. 자신들에게 생명을 의지하는 존재를 무슨 일이 있어도 지켜내야 한다는 결의와 책임감이 요한과 존을 더 단단하게 묶어주었다. 샬럿을 통해 요한과 존은 서로를, 세계를, 삶을 더욱 충만하게 끌어안을 수 있었다. 그렇게 그들이 딛고 선 땅이 넓어졌고, 세상이 빛나고 아름다워졌다. 이전에 느낀 적 없던 완전한 행복감이었다.

샬럿이 웃을 때 눈이 가늘어지고, 걸을 때 팔자로 걷는 것을 보면 요한은 감동스러운 동시에 존에게 미안했다. 대리모를 통해 아이를 얻기로 결정했을 때 나이가 더 많은 요한의 아이를 먼저, 이후에 존의 아이를 가지기로 합의했다. 각자의 아이가 아니라 둘의 아이라고 생각했으므로 요한의 정자를 사용할 때는 백인 난자를, 존의 정자를 사용할 때는 동아시아인 난자를 얻기로 했다. 그래서 샬럿은 혼혈로 보였지만, 유전적으로는 오로지 요한의 아이였다.

샬럿이 태어나고 요한의 어머니는 한국에서 호주로 날아와 아기를 돌봐주었다. 존과 결혼을 할 때는 네 맘대로 살면서 우리에게 이해를 바라지 말라고 못박았지만, 손주 소식에 마음이 녹은 것이다. 어머니는 샬럿의 얼굴에서 요한을 닮은 부분을 찾아내며 즐거워했다. 아직 요한의 성 정체성을 제대로 이해하지 못한 어머니는 요한이 여자가 되고 싶어한다고 오해하고는 했지만, 이제는 그게 무엇이 되었든 받아들이기로 마음을 먹은 것 같았다. 거동이 불편한 요한의 아버지가 손주를 기다리니 아내가 바쁘다고 둘러대고 샬럿과 둘이서 한국에 들어오라고 하기도 했다.

존의 가족에게도 샬럿은 큰 기쁨이었다. 외아들인 존이 아이를 갖겠다는 결심을 비치자 진심으로 응원해주었던 존의 부모는 샬럿을 자주 보기 위해 멜버른으로 이사하는 것을 고려할 정도로 손녀를 끔찍이 여겼다. 그들이 샬럿을 끌어안고 볼을 비비는 것을 볼 때면 요한은 하루빨리 존을 닮은 둘째를 가지고 싶었다. 요한과 존, 요한을 닮은 첫째와 존을 닮은 둘째. 그들의 가족이 그렇게 완성될 거라고 믿었다.

아기가 죽었다는 소식을 듣고 존은 그만하자고 했다. 감당하기 힘든 상처를 받은 것이 컸지만 그 때문만은 아니었다. 대리모를 시작하며 든 비용이 요한과 존이 정해둔 예산을 넘어선 지 오래였고, 연이은 임신 실패로 집을 담보로 대출까지 받은 상황이었다. 존이 더이상은 무리라고 하자 요한은 자신의 부모에게 도움을 청하겠다고 했다.

요한의 어머니는 샬럿으로 인해 많이 누그러져 있었고, 요한의 정체성을 인정하지 않고 결혼식에 참석하지 않은 것에 대한 죄책감을 내보이기도 한 참이었다. 요한은 부모가 자신의 몫으로 챙겨둔 돈이 있다는 걸 알았고, 샬럿과 함께 한국에 들어가 돈을 얻어낸 후 존과 태국에서 만나기로 했다.

"이번에는 대리모 두 명으로 하자."

두 명의 대리모로 임신을 시도하면 성공률이 높아질 게 틀림없었다. 그러나 지금까지 해왔던 것처럼 각각 두 개의 수정란을 이식했다가 모두 성공할 경우엔 네 명의 아이를 얻게 될 수도 있었다.

"선택 유산은 하고 싶지 않아. 어떤 식으로든 아이를 잃고 싶지 않아."

존은 다시는 아이를 잃는 경험을 하고 싶지 않다고 했다.

"안 하면 되지."

"네 명을 낳자고?"

"그럴 확률은 적지만 그렇게 된다면…… 힘들겠지만 분명 네 배로 행복할 거야. 생각해봐. 샬럿 다섯 명이 뛰어다니는 거야. 매일이 왁자지껄한 크리스마스 같을 거야."

존은 잠시 침묵했다. 물론 요한도 다섯 명의 아이를 키울 자신은 없었지만 존과 마찬가지로 더이상 상실을 겪고 싶지 않았다. 무엇보다, 어떻게 해서든 존을 닮은 아이를 얻고 싶었다.

"해보자, 존."

"이렇게까지 했는데 안 되면 어떡해. 나 자신이 없어."

"될 때까지 하면 돼."

존은 불안해했지만 요한은 밀어붙였다. 돈도 자신이 충당하고, 계약도 자신이 할 테니 너는 와서 정액 채취만 하고 가라고 반복해서 말했다.

요한의 아버지는 집에서 휠체어를 탄 채 생활하고 있었다. 어머니가 결혼 소식을 전하지 않아, 요한이 부모 몰래 도둑 결혼을 했다며 노여워하던 아버지는 샬럿을 보고는 눈물을 지을 정도로 기뻐했다.

"코가 너를 똑 닮았네."

"찡그릴 때 미간을 찌푸리는 게 당신하고 똑같아."

"이거 봐봐. 새끼손가락이 짧아, 나처럼."

샬럿에게서 가족의 흔적을 발견할 때마다 요한의 아버지는 큰 소리로 웃었다. 요한은 부모님과 샬럿이 함께 있는 사진을 매일 찍어서 존에게 보냈다.

둘째를 계획하고 있어 큰 집이 필요하다는 핑계를 대 부모님께 받은 돈으로 동아시아인 난자 제공자 두 명, 태국인 대리모 두 명과 새로운 계약을 맺었다. 백인 난자 제공자는 여비까지 모두 지원해야 해서 비용이 일만 삼천불에 달했던 반면, 동아시아인 난자 제공자는 태국 내 거주하는 중국인 중에서도 상당수 있었으므로 삼천불이면 되었다. 이번이 존의 차례라 다행이라고 요한은 웃으며 말했고, 존 역시 웃었지만 둘 다 농담이 아니라는 걸 알았다.

두 명의 대리모는 각각 한 번과 두 번의 이식 실패를 겪고 임신에 성공했다. 한 명이 쌍둥이를 임신했고, 그중 하나가 자연도태될 수도 있다고 했지만 둘 다 무럭무럭 자랐다. 그렇게 요한과 존은 딸 하나와 쌍둥이 아들들을 기다리고 있었다. 태국이 분미 사건으로 시끄러울 때 딸은 예정일을 한 달, 쌍둥이 아들들은 예정일을 두 달 남겨두고 있었다. 요한과 존은 셋 중 그 누구도 잃고 싶지 않았다.

*

배가 부르지 않은, 나이가 많아 보이는 여자가 대리모 의뢰인일 거라 예상했는데 반대로 임신한 여자가 휴대폰을 꺼내 자신이 받은 사진을 요한에게 보여주었다.

"제 대리모는 25주 차예요."

요한은 그녀가 내민 초음파 사진 속 아기의 손가락과 발가락 개수를 세어보았다.

"이게 마지막 소식인가요? 언제 받은 거예요?"

"지지난 주 수요일이요. 지난주에는 메일을 못 받았어요. 금요일까지 기다렸다가 병원에 바로 전화를 했는데 전화를 안 받더라고요. 문을 닫았으리라고는 생각을 못 했어요."

요한은 끄덕였다. 지난주에 벌어진 일들을 누가 예측할 수 있었을까.

"저희도 같아요. 지지난 주 목요일에 마지막 메일을 받았어요. 그런데 저희는 지난주 월요일에 대리모와 연락했었어요. 태국 상황이 너무 안 좋다는 얘기에 걱정이 됐거든요. 불안해하지 말라고 말해주고 싶어서, 태국 친구를 통해 직접 전화를 걸었죠. 그때는 연락이 됐어요."

대리모 둘 다 전화를 받았고, 걱정 말라고 했다. 밝은 목소리로 출산일에 보자고도 했다. 요한과 존이 필요한 거 없냐고 물으니 한 명은 전에 사다준 호주 과자를 말하기도 했다.

"목요일에 병원이 전화를 안 받아서 다시 대리모한테 연락을 해보니 그때는 둘 다 연락이 안 되더라고요. 그래서 여기와 있네요."

존은 아직 뒤편의 벤치에 앉아 있었다. 요한이 몸을 돌려 존에게 손짓했고, 존이 다가와 인사를 했다. 존의 금발 머리가 땀에 젖어 있었다. 넷은 그제야 통성명을 했다. 초음파 사진을 내민 여자의 이름은 정인우였고, 동행한 여자의 이름은 이해성이었다. 요한은 성이 다른 그들이 레즈비언 커플이리라 짐작했다. 함께 임신을 하기로 계획했는데 해성이 불임이라 인우가 임신해 있는 동안 해성의 난자로 대리모를 구한 거라면 말이 되었다.

"에이전시는 만나보셨어요? 저희 브로커는 곤란한 상황이라고만 해요. 우선 저녁에 만나자고는 했는데……"

"아, 저희는 브로커 없이 병원이랑 직접 진행해서요. 이럴 때는 브로커가 있는 게 좋겠네요. 현지 사정에도 밝겠고…… 브로커가 대리모를 찾아주겠다고 하던가요?"

"그럴 거 같지 않아요. 한국에서는 며칠간 연락도 안 됐어요. 방콕에 왔다고 문자를 보내니 그제야 나오겠다고 한 거예요. 그런데 만나도 자기가 해줄 수 있는 게 없다는 말만 반복하더라고요."

"혹시…… 브로커를 만나실 때 저희가 같이 가도 괜찮을까요?"

인우는 경계를 풀지 않은 눈으로 요한과 존을 번갈아 보았다. 옆에 선 해성이 인우의 팔을 움켜쥐는 것이 보였다.

"저희는 태국 대리모 산업이 어떻게 돌아가는지 잘 알아요. 저희가 도움이 될 겁니다."

요한은 무작정 그렇게 말했다. 현지 브로커를 만날 수 있는 기회를 놓쳐서는 안 된다는 생각뿐이었다.

5부
인우

1

택시 기사는 외국인 승객 네 명을 관광객으로 생각한 듯, 왼쪽 오른쪽을 부지런히 가리키며 도시에 관한 설명을 해주었다. 조수석에 앉은 인우는 기사와 시선을 마주치지 않으려 왼쪽 창밖에 시선을 고정하고 있었다.

"헤이, 레이디!"

기사가 소리쳤다. 인우의 눈앞으로 뻗어온 그의 손가락이 도로변의 조형물을 가리켰다. 나란히 앉아 있는 빨간색 코끼리 신과 파란 피부의 여신, 삼지창을 든 또다른 여신이었다. 옆의 오층 건물과 높이가 비슷했다. 인우가 고개를 오른쪽으로 삐딱이 내려 거대한 신들을 올려다보자 기사는 만족스러운 목소리로 멋지지 않으냐고 물었다. 인우는 대답 대신 눈을 감았다. 신들에게서 멀어지기 전에 기도를 했다. 차논을 찾게 해달라고.

넷은 차논의 아파트로 향하는 길이었다. 브로커를 만나기까지 시간이 남아서 집에 같이 찾아가보기로 한 거였다. 전화를 받지 않는 대리모가 집에 있을 거라고 생각한 건 아니었다. 그저 그 외에 달리 할 수 있는 일이 없었다.

인우는 뒷좌석에 앉은 요한과 존을 백미러를 통해 바라보았다.

존은 옅은 푸른 눈에 금발 곱슬머리였고, 서양인이라 나이를 가늠하기 어려웠지만 젊고 싱그러운 느낌을 풍겼다. 요한은 인우와 비슷한 나이대, 그러니까 사십대 초반쯤으로 보였는데 반소매 아래로 드러난 팔이 단단해 보였고 얼굴에도 주름이 많지 않아서 나이든 사람의 느낌이 없었다.

그들은 수시로 서로의 어깨를 두드리거나 팔을 쓰다듬는 등 살가운 스킨십을 했다.

"그런데 존과 요한이라면 같은 이름 아닌가요?"

인우가 고개를 뒤로 돌리며 물었다. 클리닉 앞에서 서로를 소개할 때 문득 스친 생각이었다. 성경 속 인물인 요한의 영어 이름이 존이니 말이다.

"맞아요, 그런데 느낌이 너무 다르죠? 저는 한국에서 이름을 소개할 때마다 너무 싫었거든요. 목사님 아들이거나, 장래 희망이 목사여야 할 것 같고, 교회 빠지면 안 될 것 같고. 뭐, 실제로 한국에 살 때는 교회 빠진 적이 없긴 하죠. 부모님이 이름 따라 살라고 했고, 스스로도 그러려고 했는데…… 존을 만나니까 그게 아니었던 거죠."

요한은 말을 마친 후에 존에게 방금의 대화를 영어로 통역해주었다. 존은 가볍게 웃었다.

"이름 때문은 아니지만 저도 교회에 다녀요. 우리는 교회에서 만났어요."

"아무튼 이름이 같은 사람과 만난 거네요."

"따지고 보면 그렇죠."

존과 요한은 같이 웃었다. 이목구비가 전혀 달랐지만 웃는 모습이 무척 비슷했다. 인우는 옅은 질투를 느꼈다.

존과 존, 요한과 요한.

인우도 지석이 그렇게 꼭 맞는 짝처럼 느껴졌던 때가 있었다. 한때는 지석만큼 자신을 온전히 이해하는 사람은 없다고 여겼고, 자신 역시 지석의 생각과 감정을 고스란히 읽을 수 있다고 자신했다. 어떤 때는 샴쌍둥이처럼 연결되어 있다고 느끼기도 했다. 그런 지석은 지금 어디에 있을까.

"둘이 부부예요?"

해성이 조심스레 물었고, 인우는 백미러로 요한이 그런 질문을 불쾌해하지 않는지 살폈다. 다행히 요한은 부드러운 얼굴로 그렇다고, 호주에서 동성결혼이 합법화되지는 않았지만 법적인 파트너로 등록할 수 있으며 결혼식도 올렸다고 설명했다.

"한국은 아직이죠?"

뭘 묻는 건지 되묻는 해성에게 요한은 동성결혼을 말한 거라고 덧붙였다.

"아직 멀었죠."

"그럼 두 분은……"

요한이 한참 말을 고르더니 같이 대리모를 구하는 거냐고 물었다. 해성과 인우가 커플이냐는 질문이라는 걸 깨닫기까지는 시간이 걸렸다. 해성이 우리는 각각 다른 남자랑 결혼했다며 웃었다.

"제 대리모를 찾는데 언니가 같이 와준 거예요. 도와주러."

"저는 딸이 있어요."

해성이 휴대폰을 꺼내 요한에게 사진을 보여주었다. 요한은 사랑스럽다고 칭찬하며 해성의 휴대폰을 존에게도 건네주었다.

"저희도 딸이 있어요. 인도에서 대리모로 얻었어요."

요한의 말에 인우는 김실장이 인도의 대리모 기숙사를 사육장이라 칭하며 아기 공장 운운했던 것을 떠올렸다. 그런 끔찍한 단어들은 자신과 관계가 없다고 여겼던 것 역시. 김실장은 인도와 달리 태국 대리모 산업은 공정하고 깨끗하다고 자부했고, 인우는 동의하며 끄덕거렸다. 하지만 지금 김실장을 통해 얻은 대리모는 아동 성범죄와 인신매매가 얽혀서 연락이 두절된 상태였다.

"아빠 얼굴이 있네요! 몇 살이에요? 우리 딸은 지난달에 만으로 네 살 됐는데."

뒷자리에서 들려온 해성의 목소리에 인우는 몸을 돌려 손을 내밀었다. 요한을 꼭 닮은 여자아이 사진이 떠 있는 휴대폰이 해성의 손에서 인우의 손으로 전달되었다.

"다섯 살이에요. 존 부모님한테 맡겨두고 왔는데, 오늘 일어나서 아빠 찾았다는 말에 당장 돌아가고 싶더라고요. 해성씨도 딸 보고 싶으시죠?"

해성은 얼마나 보고 싶은지 모른다고 대답하다 말고 말을 멈추었다. 눈물을 흘린다거나 훌쩍이지는 않았지만 해성이 울음을 참고 있다는 걸 작은 차에 탄 모두가 느낄 수 있었다.

"제가 괜한 질문을 했네요."

해성이 아니라며 손을 내저으면서도 별말을 않자 요한은 가라앉은 분위기를 환기하려는 듯 인우에게로 말을 돌렸다.

"대리모가 25주 차라고 했죠? 인우씨는 몇 주예요? 쌍둥이는 아니죠? 저희는 세 명이나 태어날 예정이라서요."

며칠 전까지만 해도 동네 할머니 앞에서 자연스레 배까지 쓰다듬어 보인 인우였지만, 지금은 그럴 수 없었다.

"저 임신 안 했어요. 옷에 쿠션을 넣은 거예요."

담담한 자신의 목소리에 인우는 놀랐다. 대리모 사실을 숨기려고 임신을 가장한다는 고백이 부끄럽게 느껴지리라 생각했는데 그렇지 않았다.

"대리모 하는 거 아무도 모르거든요. 여기 해성 언니 빼고."

"아, 그럴 수 있죠. 그럼요. 이해해요."

요한은 당황했다는 것을 들키지 않으려는 듯 서둘러 말을 이었다.

"대리모라고 하면 덮어놓고 욕부터 하는 사람들이 많으니까요. 우리도 게이 커플이 아니라면 굳이 알리지 않았을 거예요."

인우가 별다른 대답을 하지 않자 요한은 계속해서 말을 이었다.

"덥고 습한데 힘들지 않으세요? 우리끼리 있을 때는 빼셔도 되는데."

"아뇨, 여기도 한국인이 얼마나 많은데요."

"네, 그렇죠. 그렇네요."

여전히 당황한 기색이 역력한 요한의 말을 끝으로 침묵이 이어졌다. 인우는 사이드미러로 해성이 아랫입술을 깨문 채 창밖에 시선을 고정한 모습을 보고 눈을 감았다. 그리고 쿠션을 한 번 쓰다듬었다. 이 모든 부조리한 일들이 퍼즐 조각처럼 제자리를 찾아가기를 바랐다. 차논을 만난다면 그럴 수 있을 것이다. 쿠션을 빼내고 아기를 받아든다면 그렇게 될 것이다.

택시가 서서히 속도를 줄이더니 어느새 멈춰 섰다. 앞뒤로 차가 빽빽하게 서 있었다. 기사가 태국어로 말하며 앞쪽을 손가락질했다. 웅성거리는 소음이 들려왔다.

"집회가 있는 것 같네요."

"군정부 반대 집회일 거예요. 요즘 방콕이 난리라는 기사를 봐서 오기 전에 걱정을 했거든요."

존이 말하고 요한이 덧붙였다. 인우는 차창 밖으로 고개를 내밀어 앞쪽을 살폈다. 저멀리 운집한 군중이 보였다.

"군에서 진압 나오는 거 아냐? 빨리 피해야지."

해성이 앞좌석으로 손을 뻗어 인우의 어깨를 두드렸다. 인우는 구글 맵으로 차논의 아파트 위치를 살폈다. 지도상으로는 가까웠지만 집회 현장을 피하려면 한참을 돌아가야 했다.

"이십 분은 걸어야 할 것 같은데, 괜찮겠어요?"

인우는 한국어와 영어로 두 번을 말했다. 모두가 끄덕였고, 인우는 기사에게 내리겠다고 했다. 그때 해성이 뭐야, 소리쳤다.

"왜 미터기가 꺼져 있어? 언제부터 꺼진 거야?"

택시를 타기 전에 미터기대로 가자고 협의했던 터였다. 기사는 천연덕스럽게 미터기가 고장났다고 말하며 터무니없는

값을 불렀다.

"말도 안 돼. 노!"

해성이 손을 내저었지만 인우는 기사가 부르는 대로 돈을 주고 내렸다. 해성은 내리지 않고 인우에게 소리쳤다.

"누가 봐도 바가지인데 그 돈을 내면 어떡해?"

"그래봤자 한국 돈으로는 얼마 되지도 않잖아요."

"여기가 한국이야? 저 사람이 우리한테 사기를 치는 건데 그걸 그냥 둬?"

"우선 내려요, 언니. 요한 씨랑 존 씨가 곤란해하잖아요."

인우는 해성을 밖으로 끌었다. 그제야 안쪽에 앉은 요한과 존이 내릴 수 있었다. 해성은 택시를 그냥 보내서는 안 된다며 차문을 닫지 않고 서서 버텼다.

"언니, 나 기사하고 싸우면서 에너지 쓰고 싶지 않아요. 지금 택시비가 중요한 게 아니잖아요."

"나도 돈 때문에 그러는 거 아냐. 저 사람이 우리를 우습게 보니까 그러는 거잖아."

에어컨을 세게 틀어놓은 택시에서 내리자마자 방콕의 뜨겁고 축축한 공기가 덮쳐와 몸이 곧장 끈적해졌다. 땡볕의 도로변에서 빨리 벗어나고 싶었다.

"언니, 그러지 말고……"

인우는 해성을 다시 잡아당겼다. 해성은 인우의 손을 뿌리

174

치며 목소리를 높였다.

"뭘 그러지 마. 지금 인우씨만 힘든 줄 알아? 나도 미칠 거 같아. 애 아빠는 전화도 안 받고…… 어제가 원래 딸애랑 통화하는 날이었는데 목소리도 못 들었어."

인우는 그게 택시비와 무슨 상관이냐고 묻지 않았다. 전남편이 전화를 안 받는 걸 왜 나한테 뭐라고 하느냐고 따지지도 않았다. 지금 인우가 무슨 말을 해도 해성에게는 들리지 않을 것이다.

"딸이 죽었는지 살았는지도 모르는데 내가 지금 여기서 뭘 하는 건가 싶어. 남의 아기, 그것도 태어나지도 않은 아기 찾겠다고 생판 모르는 나라에 와서 이러고 있는 게……"

해성이 잠시 숨을 고르다가 택시 문을 힘껏 닫았다. 택시는 곧장 출발했고, 해성은 여전히 땡볕 아래 서서 인우를 노려보았다.

"인우씨가 부탁해서, 인우씨가 너무 안돼서, 나도 진짜 안 좋은 상황에 여기 와 있는 거라고. 알아?"

"알겠어요. 같이 와준 거 고맙게 생각해요. 함부로 잡아끌어서 미안해요, 언니."

인우는 두 손으로 해성의 손을 잡았다. 이번에는 해성이 뿌리치지 않았다.

인우가 차논에게 구해준 집은 푸른 통유리로 된 고층 아파트였다. 언뜻 보기에도 이십층은 훌쩍 넘어 보이는 건물은 새로 문을 연 호텔처럼 깨끗하고 고급스러웠다. 양쪽으로 늘어선 야자수를 지나 로비에 들어서니 덥고 습한 바깥 날씨를 단번에 잊을 만큼 시원했다. 깔끔한 정장을 입은 경비가 미소를 지으며 인사를 건넸다.

엘리베이터에 달린 먼지 하나 없이 깨끗한 거울에 땀에 젖은 네 사람이 비쳤다. 인우를 따라 모두 십오층에서 내렸다. 차임벨을 눌렀지만 반응이 없었다. 인우는 한번 더 벨을 누르고 문을 두드렸다. 여전히 고요했다. 그들 사이에 잠시 침묵이 흘렀다.

정적을 깬 건 해성이었다.

"집에 없을 거라고 예상했잖아."

해성은 인우를 위로하듯 어깨를 가볍게 두드리고는 고개를 작게 끄덕이며 존과 요한에게 그만 가자는 신호를 보냈다.

"이제 그럼 우리 대리모 집으로 가볼까요?"

존의 말에 인우는 선뜻 대답을 하지 못했다. 다들 인우를 재촉하지 않고 기다려주었다.

"그게……"

인우는 아무 말 없이 현관의 비밀번호를 눌렀다. 대리모 집의 비밀번호를 어떻게 알고 있냐고 누군가 묻는다면 뭐라고

176

답해야 할까. 제가 월세를 내는 아파트니까요, 라는 식의 천박한 대답을 하고 싶지 않았다. 다행히 아무도 질문하지 않았다.

현관문이 열리자 인우는 바로 들어가지 못하고 주저했다. 해성이 먼저 신발을 벗지도 않고 집에 들어섰고, 요한과 존이 그 뒤를 따랐다. 인우는 쭈뼛거리며 현관에 들어서서 신발을 벗었다. 오랫동안 고여 있던 텁텁한 공기가 끼쳐왔다.

"집이 깨끗하고 좋네요. 인우씨가 구해줬다고 했죠?"

요한이 물었다. 인우는 고개를 살짝 끄덕이고는 사진으로만 봤던 집을 둘러봤다.

대리석 바닥이 깔린 널찍한 거실은 전면 창으로 연결되어 탁 트인 느낌을 주었다. 부동산 소개 책자에서 보았던 모델하우스 이미지 그대로였다. 깔끔하고 텅 빈 거실에는 소파도, 테이블도, 텔레비전도 없었다. 부엌도 비슷했다. 원래 설치되어 있던 싱크대와 찬장을 제외하고는 식탁도, 의자도 없었다.

차논이 여기 살기는 했던 걸까. 의심이 든 인우는 부엌의 찬장을 열어보았다. 이름을 읽을 수 없는 향신료와 기름, 라면 같은 것들이 들어 있었다. 서랍에는 그을린 냄비와 프라이팬, 낡고 때가 탄 나무주걱과 플라스틱 그릇이 있었다. 반질반질한 하얀색 서랍 속에 놓인 그것들은 이 집과 도무지 어울리지 않았다. 차논이 사는 동안 인우가 그 집을 방문할 기회가 있었더라면 조리도구를 모두 버리고 새로 사 줬을 것이다. 태아에게 위험할 만치 더럽고 비위생적으로 보였을 테니까. 그런데 지금은 막 페인트칠을 마친 것처럼 눈이 시리도록 하얀 서랍이 더 해로워 보였다.

인덕션엔 사용 흔적이 전혀 없었다. 인덕션용 냄비나 프라이팬이 없었는지도 모른다. 편히 앉을 소파가 없으니 바닥에 앉았을 텐데, 대리석 바닥은 차갑고 딱딱하기만 했다. 침대가 없는 방에는 요와 이불이 잘 개켜져 있었다. 접혀 있는 모양새만 봐도 형편없이 얇아 보였다. 베개도 마찬가지였다. 그것들은 살림살이라기보다는 임시로 사용하기에 적합해 보였다. 대학생 때 엠티로 갔던 숙소에 있었던 요와 이불처럼. 술에 잔뜩 취해 몇 시간 몸을 눕히기에 적당한.

그 집은 차논이 충분히 휴식할 수 있도록 인우가 최선을 다해 고른 공간이었다. 원래 생각했던 월세보다 비싸 조금 무리인가 싶기도 했지만, 자신의 아기를 가진 차논에게 멋진 집을 제공하고 싶었다. 차논이 감탄할 거라 여겼다. 그러나 인우는 지금 발 딛고 선 이곳이 단 한 번도 차논의 집이었던 적이 없다는 걸 분명히 느낄 수 있었다. 인정하고 싶지 않았지만 그곳은 인우의 공간이었다. 인우가 차논의 삶을 옮겨놓고 자위하던 공상 속 집이었다.

인우는 저멀리 고층 빌딩이 보이는 전면 창으로 다가갔다. 이 집을 구하면서 가장 마음에 들었던 건 뷰였다. 창에 가까이

다가가니 광장을 가득 메운 집회 대열이 보였다. 얼마나 가까운지 눈을 가늘게 뜨고 쏘아보면 그 안에 숨어 있는 차논을 찾을 수 있을 것만 같았다.

빨간색과 파란색, 하얀색 줄이 가로로 길게 그려진 태국 국기가 사방에 나부끼고 있었다. 검은색 플래카드에는 '우리를 제발 도와주세요' '우리에게 자유를 돌려주세요'라는 흰색 글씨가 영어로 쓰여 있었다.

차논 역시 여기 서서 집회를 봤을 것이다. 쿠데타 이후 방콕에서는 거의 매일 집회가 열렸다고 했다. 어쩌면 쿠데타가 시작된 순간을 이 창문을 통해 여과 없이 지켜봤을지도 모른다. 무기를 손에 든 군인들을, 그들에게 화가 난 사람들을, 위협하고 반대하고 소리치고 싸우는 사람들을. 너무 가까워서 그들이 금방이라도 밀고 들어올 것처럼 두려웠을까. 아니면 너무 멀어서 위태로운 고성에 갇힌 것처럼 외로웠을까.

오는 길에 들었던 웅성거림이 이명처럼 울렸다. 우리를 제발 도와주세요. 우리에게 자유를 돌려주세요. 그들은 분명 태국어로 외쳤을 텐데, 인우에게는 그 말이 한국어로 통역되어 윙윙거렸다. 그러다 낯설고 동시에 매우 익숙한 노랫소리가 끼어들었다.

"엄마가 섬 그늘에⋯⋯"

인우가 홱 하고 돌아보았다. 요한이 현관에 서서 휴대폰에 대고 작은 소리로 노래를 부르고 있었다.

"바다가 불러주는 자장 노래에……"

요한은 노래를 마치고 샬럿의 이름을 부드럽게 불렀다.

"괜찮아. 다 괜찮아."

요한은 다정한 목소리로 괜찮다고 반복해서 말하며 미소를
지었다. 그리고 다시 노래를 부르기 시작했다. 인우가 아기의
심장 소리를 들으며 수백 번 불렀던 노래였다. 남해의 아파트
를 가득 채웠던 아기의 심장 소리와 파도 소리가 머릿속에서
쿵쿵 울렸다.

"요한 씨."

인우는 자기도 모르게 요한을 불렀다. 요한이 휴대폰을 귀
에 갖다댄 채로 인우를 돌아보았다. 인우가 아무 말도 하지 않
자 요한은 전화를 끊고 인우에게 다가왔다.

"뭘 찾았어요?"

인우는 고개를 젓고 딸이었냐고 물었다.

"네?"

"전화로 자장가를 불러주는 것 같아서요. 엿들으려던 건 아
니었는데…… 익숙한 한국 노래가 들려서……"

"아, 어렸을 때부터 재우면서 그 노래를 불러줬더니 지금도
잠이 안 오면 저를 찾아요. 그 노래는 저밖에 못 부르니까요."

요한은 쑥스러운 듯 미소를 지었다. 딸과 통화를 하면서 띠

었던 미소였다. 인우는 고개를 돌려 집 어딘가를 의미 없이 뒤지고 있을 존과 해성을 향해 그만 가자고 소리쳤다. 그들이 대답하기도 전에 인우는 앞장서서 아파트를 빠져나갔다. 쿵쿵 울리는 자신의 심장 소리가 들릴까봐 겁이 났다.

2

요한과 존의 두 대리모는 가까운 지역에 살았다. 인우는 지하철을 타고 이동하자고 했다. 택시 요금으로 실랑이를 하느라 해성의 심기를 건드리게 되는 상황을 피하고 싶었다. 다행히 모두 동의했고, 넷은 방콕 지하철 의자에 나란히 앉았다.

"경찰에 신고하는 거 어때? 작정하고 도망치면 잡을 방법이 없잖아."

맨 끝에 앉은 해성이 인우를 향해 말했다.

"그건 안 돼요. 경찰이 대리모를 잡아갈 수도 있어요."

다른 쪽 끝에 앉은 요한이 인우를 대신해 말했다. 인우는 고개를 끄덕여 동의를 표했다.

"아니, 그럼 어떻게 찾아? 그렇잖아. 우리가 경찰도 아니고. 전화도 안 받고 집에도 없는 사람을 도대체 어디 가서 찾냐고."

해성은 택시에서 내릴 때와 마찬가지로 갑작스럽게 목소리를 높였다. 신경질적으로 휴대폰을 확인하는 것으로 보아 전 남편과 아직도 연락이 되지 않는 것 같았다.

"우선 요한 씨랑 존 씨 대리모 집에 가보고, 그 이후에 브로커를 만나면 방법이 보이겠죠."

인우는 해성이 자신의 말에 반박하리라 생각했지만 해성은 그러지 않았다. 반대편 선로의 지하철이 무서운 속도로 눈앞을 지나갔다.

역 밖으로 나오니 고가도로 아래였다. 옆으로 녹색 강이 흘렀다. 강의 이편에는 빛바랜 파라솔을 내놓은 작은 가게가 줄지어 있고, 저편에는 삼층에서 오층 높이의 폭이 좁은 건물들이 옆벽을 공유하며 붙어 있었다. 강바람 때문인지 노란색, 하늘색, 분홍색으로 페인트칠한 외벽이 죄다 벗어진데다 창살은 녹슬어 있었다. 요한과 존이 구글 맵을 보며 방향을 찾는 동안 해성은 "잠깐만"이라며 한 가게로 들어갔다. 색색의 기념품이 구슬을 꿴 것처럼 줄줄이 매달려 있는 가게였다.

그들이 서 있는 강변은 교통수단으로 쓰이는 배 선착장이었다. 천장 밑 양옆을 비닐로 막은 기다란 나무배가 멈춰 서자 뜨거운 해를 피해 차양 아래 서 있던 사람들이 하나둘씩 배에 올랐다. 들뜬 얼굴로 나온 해성의 손에 분홍색 귀가 달린 코끼리 인형이 들려 있었다. 코끼리 인형을 빤히 바라보는 인우에게 해성은 딸이 코끼리를 좋아한다고 변명처럼 둘러댔다. 인우는 해성의 집에서 보았던 동물 벽보 코끼리 그림에 하트 스티커가 유난히 많이 붙어 있었던 것을 기억하고 웃어 보였다.

존이 가리키는 방향으로 걸으면서 해성은 요한의 옆에 바짝 붙었다.

"딸이 다섯 살이라고 했죠? 뭐 좋아해요? 우리 애는 코끼리를 엄청 좋아해요."

"재밌네요. 샬럿도 더 어렸을 때 코끼리를 좋아했어요. 대리모 아들이 코끼리 인형을 여러 개 물려줬거든요. 지금은 블루이라고, 호주 만화 캐릭터를 좋아해요. 매일 블루이 인형 가지고 놀고, 블루이 책 읽고, 퍼즐도 블루이 그림만 맞춰요. 거의 집착 수준이에요. 옷도 블루이 옷만 입는다니까요."

요한은 웃음기 어린 목소리로 불평하면서 휴대폰 속 샬럿의 사진을 확대해 티셔츠 위 파란색 강아지 캐릭터를 보여주었다. 쫑긋한 귀에 눈이 동그란 강아지가 웃는 얼굴로 양팔을 펼치고 있었다. 해성은 사진을 보며 씁쓸하게 웃고는 서아 이야기를 이어나갔다.

"우리 애는 만화 캐릭터엔 관심 없고 그저 코끼리예요. 시중에 있는 코끼리 책을 죄다 사줬는데도 부족하더라고요. 어느 날은 가지고 있는 코끼리 책을 다 읽었는데 코끼리 얘기를 더 해달라고 조르는 거예요. 책을 다시 읽으려고 하니까 그거 읽

었다고 다른 얘기 해달라고. 뭐, 어쩔 수 있나요. 이야기를 대
충 지어냈는데 그때부터 시작이 된 거죠. 매일 그 얘기만 해달
라더라고요. 그다음은 어떻게 됐냐, 또 그다음은 어떻게 됐냐,
아주 난리였어요. 뒷이야기 짜내느라 엄청 고생했어요."

"아, 그래요?"

"하도 해서 지금도 줄줄 욀 수 있어요. 들려드릴까요?"

요한은 예의상 수긍한 것 같았는데 해성은 곧장 이야기를
시작했다.

"아주아주 먼 나라에 코끼리를 정말 좋아하는 여자아이가
있었어요."

해성의 목소리가 단번에 바뀌었다.

"매일 동물원에 코끼리를 보러 갔죠. 코끼리도 여자아이를
알아보고 둘은 친구가 됐어요. 그러던 어느 날, 코끼리가 여자
아이한테 불평을 해요. 동물원은 재미없어! 밖에 놀러 가고 싶
어. 그래서 여자아이는 우리의 문을 살짝 열고 코끼리를 데리
고 나와요."

구연동화처럼 문장에 높낮이와 리듬이 더해졌다. 코끼리가
말할 때는 목소리가 굵어졌다가 여자아이가 우리 문을 살짝
열 때는 속삭였다.

"코끼리는 너무 커서 집안으로 들어갈 수 없었지만 그건 문
제가 아니었죠. 뒷마당에서 지내면 되니까요. 여자아이는 코

끼리가 배고플까봐 냉장고에 있는 채소를 다 꺼내다줘요. 산더미 같은 채소를 코끼리는 순식간에 먹어치우죠. 그런데 밤이 되니까 코끼리는 또 배가 고픈 거예요. 그래서 마당의 잔디를 뜯어먹고, 풀을 뜯어먹고, 나뭇잎을 뜯어먹고, 그러고도 배가 고파서 밖으로 나와 동네 잔디며 나무를 다 뜯어먹었어요. 하룻밤 사이에 온 동네 나무가 가지만 남고, 잔디가 다 뜯겨서 흙이 보이니까 난리가 났죠. 경찰은 잔디 먹은 범인으로 코끼리를 잡았어요. 아이도 코끼리를 훔쳤다고 같이 잡혔고요. 그렇게 둘은 감옥에 갇혔어요. 감옥은 끔찍했어요. 장난감도 없고 초콜릿도 없었어요. 아이는 콩만 먹었고, 코끼리는 상추만 먹었어요. 제 딸이 콩이랑 상추를 안 먹거든요. 그래서 제 딸은 이 부분을 제일 싫어해요."

"그럼 콩이랑 상추를 더 싫어하게 되지 않아요?"

요한이 끼어들어 흐름이 끊기자 인우는 자신이 해성의 이야기에 집중하고 있었다는 걸 깨달았다. 조그마한 여자아이와 거대한 코끼리가 나란히 앉아 식사하는 장면이 눈앞에 그려졌다. 자신의 아이에게 들려준다면 조그만 남자아이가 식탁에서 절대 손대지 않는 채소를 먹는 것으로 바뀔 것이다.

"어차피 안 먹으니까 상관없어요. 그냥 이야기의 흥미를 높이는 장치인 거죠. 자, 얘기로 돌아가서!"

해성은 경쾌하게 손뼉을 쳤다.

"그렇게 끔찍한 감옥 생활이 너무 힘들어서 여자아이는 탈출 계획을 세워요. 그런데 섬에 있는 감옥이라 배를 타고 탈출해야 해서 여간 골치가 아픈 게 아니었어요. 코끼리가 탈 만한 큰 배를 구해야 했으니까요."

"그래서 배를 구했나요?"

"네, 배를 겨우 구해서 무사히 탈출을 했는데 감옥의 간수가 눈치를 채고 쫓아와요. 그런데 코끼리가 무거우니까 배가 빨리 나가지를 않는 거예요. 아이가 있는 힘껏 노를 저었지만 소용이 없었죠. 결국 두 배 사이의 거리가 점점 가까워져요."

"흥미진진하네요. 그다음은요?"

"거기서 끝났어요."

"왜요?"

해성은 잠시 침묵하다가 그런 사정이 있다고 둘러댔다. 딸을 오래 보지 못하게 된 일이 있었다고. 두 사람의 뒤를 쫓으며 이야기를 듣던 인우는 해성이 딸을 하루아침에 빼앗겼다는 사실을 상기했다. 그렇게 이야기가 갑자기 멈춰버린 것이다.

"딸을 다시 만났을 때는 코끼리 이야기에 더이상 관심이 없더라고요. 그래서 이야기는 거기서 끝났어요."

인우는 바다 한가운데서 추격전을 계속하고 있을 코끼리와 여자아이, 감옥의 간수를 생각했다. 간수는 밧줄을 던져 코끼리와 여자아이가 타고 있는 배를 자신의 배에 묶으려 한다. 두 배의 간격은 간단히 뛰어넘을 수 있을 만큼 가깝고, 코끼리와 여자아이는 꼼짝없이 밧줄에 묶여 감옥에 돌아가야 할 신세다. 해성이 딸을 빼앗기지 않았더라면 코끼리와 여자아이는 어떻게 됐을까? 자신과 코끼리를 꽁꽁 묶을 밧줄을 손에 든 간수를 바라보며 얼굴이 파랗게 질린 채로 영원히 갇혀버린 아이.

아이를 해방시켜줄 방법을 떠올리며 좁은 골목을 걷던 인우는 해성의 혼잣말에 걸음을 멈췄다.

"이게 무슨 냄새……"

해성이 말끝을 흐렸다. 부정할 수 없는 악취가 코를 찔렀다. 그들의 눈앞에 온갖 쓰레기가 떠 있는 회녹색의 하천이 펼쳐져 있었다. 악취는 하천에서 풍겨왔다. 쓰레기를 자세히 뜯어보지 않아도 플라스틱이나 비닐봉투 따위가 아니라는 걸 알 수 있었다. 음식물, 더 정확하게는 동물의 사체 같은 것이 썩는 듯 형언할 수 없는 독한 냄새였다. 양철 지붕을 씌운 다리를 건너면서 넷은 약속이나 한 듯 입을 다물고 걸음을 서둘렀다. 인우는 손을 들어 코를 막지는 않았지만, 할 수 있는 한 숨을 참았다.

다리 끝에 한 사람이 겨우 지나갈 법한 좁은 골목이 나타났다. 존은 구글 맵을 확인하고는 거기가 맞다고 했다. 넷은 일렬로 골목으로 들어섰다.

회색 콘크리트 바닥의 갈라진 틈으로 상수도인지 하수도인지 모를 파란색 파이프가 드러나 있었다. 공중에는 굵은 전선들이 수십 가닥 얽혀서 늘어져 있었다. 요한과 존은 몸을 숙이고 앞서 걸으면서 인우와 해성에게 길이 파여 있다거나, 전선을 건드리지 않게 조심하라는 경고를 해주었다.

"이런 곳에 사는 줄 몰랐는데…… 어디서 어떻게 사는지 관심 갖지 않는 게 최선이라고 생각했어요."

요한이 낮은 목소리로 말했다.

"대리모의 첫번째 의뢰인이 엄청나게 집착했다고 들었거든요. 말이 통하지 않는데도 매일 전화를 하고 통역기로 어디냐고 물었대요. 밖에 나와 있으면 계약 위반이라고 클리닉에 전화를 걸어 난리를 쳤고, 전화를 안 받으면 왜 전화를 안 받았냐고 추궁하면서 괴롭혔대요. 그렇게 집에만 갇혀 지내느라 친구도 못 만나게 됐고, 매일 태교랍시고 전화로 찬송가와 성경 낭독을 들어야 하는 게 너무 고통스러웠다고 했어요. 태국어로 된 임신 관련 책을 사서 보내고 다 읽었는지 테스트까지 했다면서."

인우는 하천에서부터 그들을 따라온 악취와 함께 요한의 말이 자신의 상황과 겹친다는 생각을 떨쳐내려 애썼다. 차논에게 방콕 아파트를 얻어주면서 인우는 그 집에서 함께 태교하기를 꿈꿨다. 그게 차논을 통제하고 감시하는 거라고 생각하지 않았다. 그저 아기를 위해 최선을 다하는 거라 여겼다.

"임신 말기에는 아예 방콕으로 이사를 왔대요. 매일같이 아파트에 찾아와서 배에 손을 대고 기도를 했다는 거예요. 대리모는 우리한테 다시는 그런 일을 겪고 싶지 않다고 했어요. 아파트를 구해줄 필요도 없으니 제발 내버려두라고. 그래서 우리는 따로 연락도 안 하고, 병원을 통해서만 보고받은 게 다였어요. 어디에 사는지, 뭘 하는지, 뭘 먹는지 전혀 묻지 않았어요. 편하게 해주고 싶었거든요. 그래서 이런 곳에 살고 있는 줄은 몰랐어요. 미리 알았더라면⋯⋯"

존이 요한의 말을 끊고 왼편을 가리켰다. 거기엔 회색 벽돌 벽에 갈색 철문이 달려 있었고, 그 위에 330이라는 숫자가 검은 스프레이로 적혀 있었다.

"여기인 것 같아."

문은 주먹만한 자물쇠로 밖에서 잠겨 있었다. 문을 두드렸지만 안에서는 아무 반응이 없었다.

"조금 기다려볼까요?"

요한의 말에 인우는 대답하지 않았다. 머리가 아팠다. 옷과 머리카락, 피부에 달라붙은 악취 때문인지, 요한이 전한 대리모의 호소가 자신을 향한 것처럼 느껴져서인지는 알 수 없었지만 당장 그 골목을 빠져나가고 싶었다. 그러나 이미 차논의 아파트에 함께 다녀와준 존과 요한의 부탁을 거절할 수 없었다.

"브로커를 만나기까지 시간이 좀 있으니까⋯⋯"

그때 맨 뒤에 서 있던 해성의 뒤로 어떤 사람이 다가왔고, 넷은 벽에 바짝 붙어 길을 비켜줘야 했다. 축축한 벽돌이 등에 닿았다.

존이 지나가는 사람을 불러 세웠다.

"혹시 여기 사는 사람 알아요?"

구멍이 난 축구 티셔츠 차림에 잔뜩 기름진 머리를 한 남자는 억양이 강한 영어로 안다고 말했다.

"식당. 식당, 일해요."

존은 반색하며 우리를 그쪽으로 데려다줄 수 있느냐고 물었다.

"돈 주세요."

남자는 그렇게 말했다. 영어 실력이 부족해서 돌려 말하지 못하는 건지, 아니면 단호하게 말하고 싶은 건지는 알 수 없었다.

존은 지갑을 꺼내 천밧을 내밀었다. 남자는 고개를 저었다. 존이 다시 지갑을 여는 걸 요한이 붙잡았다.

"누군지도 모르는데 돈부터 주면 어떡해."

"다른 방법이 있어?"

"나중에 준다고 해. 사람을 먼저 찾으면 그때 준다고."

"아니, 여기 서서 흥정하고 싶지 않아."

존은 요한의 손을 뿌리치고 남자에게 천밧을 더 내밀었다.

해성의 한숨 소리가 들렸다. 인우는 해성 쪽을 돌아보지 않았다. 이곳을 벗어나고 싶을 뿐이었다.

남자를 따라서 빠르게 골목을 빠져나가 하천을 건넌 넷은 남자가 잡은 두 대의 툭툭에 나눠 탔다. 남자와 존, 요한이 함께 탄 툭툭이 먼저 출발했고, 인우와 해성이 뒤따랐다. 뜨겁고 습한 바람을 맞으며 인우는 머리를 털고 옷자락을 흔들어 악취를 떨치려 했다.

한참을 달리다 멈춰 선 곳은 한낮인데도 어둡게 그늘이 지고 식당이 밀집한 좁은 골목이었다. 회색 천막이 드리워진 가장 바깥쪽 가게 앞에 볶음면 사진이 붙은 널빤지가 놓여 있었다. 존이 툭툭 기사들에게 요금을 치르며 기다려달라고 했고, 네 사람은 앞서 걷는 남자를 따라 골목으로 들어섰다.

남자가 멈춰 선 곳은 골목 끝에 있는 분주한 식당이었다. 안에서는 돼지고기를 굽는 듯 달콤한 냄새가 흘러나왔다. 가게 앞 길가에 드리운 빨간색 차양 아래 파란색 플라스틱 탁자 세 개가 일렬로 놓여 있었고, 한 노인이 가게를 등지고 앉아 국수를 먹고 있었다.

남자는 문이 없이 뚫려 있는 식당 안쪽에 앉아 있는 사람을 향해 친근하게 인사를 건네더니 넷에게 몸을 돌려 말했다.

"여기, 기다리세요. 저는 이야기해요."

남자는 식당으로 들어가 안쪽 벽에 달린 문을 자연스럽게 열고 들어갔다. 요한과 존은 서로의 어깨를 끌어안은 채 남자가 대리모를 데리고 나오기를 기다렸다. 무슨 일이 있어도 화내지 말자고 요한이 속삭이는 소리가 들렸다.

"무조건 괜찮다고 하는 거야. 그리고 같이 호주에 가자고 하자. 그럼 다 잘될 거야."

요한은 존에게 주문을 걸듯이 괜찮다고 반복해서 말했다. 인우는 차논의 아파트에서 요한이 샬럿에게 괜찮다고 말하던 것을 떠올렸다.

괜찮아. 다 괜찮아.

오 분여가 흘렀다. 새로 온 손님이 고기 완자가 얹어진 국수를 받아들었고, 원래 있던 노인은 돈을 치른 뒤 떠났다. 인우가 시간을 확인하고 요한과 존을 돌아보니 둘은 여전히 꼭 붙어서 김이 자욱한 식당 내부를 뚫어지게 보고 있었다. 너무 오래 지나지 않았냐고 묻고 싶었지만 둘의 간절한 눈빛에 차마 입이 떨어지지 않았다. 인우가 둘의 눈치를 살피던 어느 순간 존이 튀어오르듯이 요한의 손을 뿌리치고 식당 안으로 뛰어들어가 문을 열어젖혔다.

"없어! 도망쳤어!"

존의 목소리가 들려왔고, 남은 세 사람도 가게 안쪽으로 따라 들어갔다. 그곳은 창고처럼 쓰이는 공간인 듯 정체 모를 상자와 자루가 잔뜩 쌓여 있었고, 그 뒤에는 다른 골목으로 통하는 문이 열려 있었다. 가게마다 쓰레기통을 내놓아 비좁은 골목에 온갖 음식 쓰레기 냄새가 풍겼다.

존이 골목 사이로 달렸다. 그가 연이어 퍼붓는 욕설이 골목에 울려퍼졌다. 골목이 끝나고 도로에 닿았을 때 존의 얼굴은 완전히 빨갛게 달아올라 있었다. 그가 목을 긁는 듯한 소리를 내며 욕설을 내뱉었다.

"그 집으로 돌아가자. 그 새끼가 올 때까지 기다릴 거야."

"그 남자가 거기 사는지도 모르잖아. 그냥 길에서 마주친 것뿐이야."

"그러니까! 그 길에서 기다리면 돼."

"우리 이제 시간이 없어. 브로커 같이 안 만날 거야?"

"네가 가서 만나. 나는 그 새끼를 잡아 죽여야겠어."

이리저리 오가며 소리치던 존을 요한이 잡아 세웠다. 요한에게 양팔이 붙잡힌 존은 여전히 붉은 얼굴로 그를 노려보았다.

"존."

요한이 낮게 부르자 존의 표정이 누그러지나 싶더니 점차 일그러졌다. 입을 잠시 떼었다 닫고는 시선을 떨구었다. 존은 그대로 털썩 바닥에 주저앉았다.

인우와 해성은 요한이 쭈그리고 앉아 존을 끌어안고 달래는 모습을 가만히 지켜보았다. 조금씩 빗방울이 떨어지는가 싶더니 이내 후두둑 쏟아지기 시작했다. 요한은 아무 말 없이 존을 일으켜 그들을 기다리고 있던 툭툭으로 이끌었다. 인우와 해성도 비를 맞으며 툭툭에 올랐다.

3

김실장이 만나자고 한 장소는 식탁마다 동그란 불판이 깔린 한식당이었다. 이른 저녁 시간이라 손님이 한 테이블뿐이었는데 그들 역시 막 들어온 것으로 보였다.

빨간색 민소매 원피스를 입은 김실장은 약속 시간보다 삼십 분이나 늦게 나타났지만 사과 인사를 건네는 대신 요한과 존을 가리키며 누구냐고 인우에게 물었다. 인우가 간단히 사정을 설명하자 김실장은 자리에 앉으며 고개를 끄덕였다. 인우의 불룩 나온 배를 흘긋 봤지만 별다른 말을 하지 않았다.

"저도 게이 부부 의뢰인 적잖이 겪었어요. 저는 열려 있어요. 우리는 다 아기를 간절히 원한다는 데서 한 팀이잖아요?"

김실장은 메뉴판을 집어들면서 "아직 주문 안 하셨죠?" 하고 묻고는 한 손을 올려 직원을 불렀다. 직원은 김실장을 알은 체했다. 김실장은 직원 가족의 안부를 물으며 돼지갈비 세트 메뉴와 생맥주 다섯 잔을 주문했다. 다른 사람의 의견은 묻지 않았다.

"지난주에 게이 부부의 대리모가 출산하는 데 다녀왔거든요. 제 의뢰인은 아니었는데, 요즘 상황이 이러니 브로커들 중에도 진작부터 짐 싸서 튄 인간들이 있어요. 저니까 남아 있는 거죠. 아무튼 두 외국인 남자가 같이 가면, 누가 봐도 산모가 대리모 같잖아요. 아기 보기도 전에 뺏기기 십상이죠. 그래서 둘 중에 누가 아빠 역할을 할지 정하라고 했어요. 아닌 사람은 아예 병원에 올 생각 말라고 했고요. 두 분은 대리모 둘을 통해서 진행하니까 각각 한 명씩 남편 역할을 하시면 되겠네요. 의뢰인 두 분이 같이 가지 않는 게 최선이에요."

김실장은 요한과 존, 누구도 요청하지 않은 조언을 계속했다. 여전히 말이 빨랐고, 문장 끝을 올렸다. 남편 역할을 하시면 되겠네요? 두 분이 같이 가지 않는 게 최선이에요? 존에게 바쁘게 통역해주는 요한의 얼굴이 점점 어두워졌다.

"그러려면 대리모 둘이 한 병원에서 낳지 않도록 해야겠죠. 요즘 외국인 남편은 덮어두고 의심을 받으니까 대리모하고 진짜 부부처럼 보이도록 입을 좀 맞춰두시고요. 이래저래 예민하고 피곤한 시기예요."

"언제쯤 나아질 거라고 보세요?"

요한이 물었다.

"솔직히 말씀드려요?"

김실장은 점원이 쟁반 가득 내온 고기를 불판에 얹으면서 말을 이었다. 달구어진 불판에 검은 양념이 밴 살점이 닿으며 요란한 소리를 냈다.

"더 나빠지면 나빠졌지 나아질 게 없어요. 지금 태국 인터넷 여론이 얼마나 안 좋은지 아세요? 일본인 인신매매 사건 이후로 아주 난리예요. 태국에도 반일 감정이 있거든요. 한국만큼은 아니지만. 제이차세계대전 때 잠깐 일본이 태국을 점령했던 적이 있어요. 근데 지금 일본 남자가 태국 여자들을 떼로 데려다가 자기 아기를 가지게 했으니 무슨 성노예, 그런 거랑 비교하면서 국가적인 수치라고 난리가 난 거죠. 일본 남자가 한국 와서 한국 여자들 단체로 대리모 시켰다고 생각해보세요. 사람들이 다 들고 일어나는 게 당연하지 않겠어요?"

"그거 진짜 인신매매는 아닌 거죠?"

"누가 알아요? 사람들은 어차피 관심도 없어요. 그 남자가 국가 상대로 소송을 한다지만 판결은 몇 년 뒤에나 나올 텐데 그때 누가 관심이나 갖겠어요? 열한 명이라는 그 숫자가 중요한 거지. 믿어져요? 열한 명을…… 근데 전화 안 받아요?"

김실장은 집게로 고기를 뒤집다 말고 인우를 보며 물었다. 인우의 휴대폰이 계속 울리고 있었다. 지석이었다. 인우는 무시하려 했으나 김실장이 전화를 받으라고 재촉했다.

"그럼 잠시만 실례하겠습니다."

인우는 휴대폰을 들고 식당을 빠져나왔다. 브로커의 말을 한마디라도 놓치는 게 불안해 안쪽의 테이블을 들여다보았다. 연기 속에서 쉴새없이 떠드는 김실장의 말을 모두가 심각한 표정으로 듣고 있었다.

이 중요한 순간에.

지석의 전화를 받자마자 할말 있으면 문자로 하라고 쏘아붙이고 전원을 꺼버릴 생각이었다. 그러나 인우가 말을 시작하기도 전에 지석이 먼저 소리쳤다.

"너 지금 어디야? 진짜 대리모 찾겠다고 태국에 간 거야?"

"어, 지금……"

"정인우, 말도 안 통하는 곳에서 대체 뭐 하는 거야? 당장 돌아와."

"브로커 만났어. 설명할 시간은 없고, 할말 있으면……"

"그럼 브로커한테 맡기고 들어오면 되겠네."

"안 돼. 브로커도 상황 안 좋다는 얘기만 해. 내가 직접 찾아야 돼."

"브로커조차도 상황이 안 좋다는데 네가 거기서 뭘 해? 브로커도 안 된다는데 네가 무슨 수로 찾냐고. 네가 경찰이야? 태국 군부 정권 얘기로 한국 뉴스도 시끄러운 판에. 그러다 무슨 일이라도 생기면 어쩌려고 그래?"

"내가 알아서 해. 더 할 말 없으면 끊어."

"나 더이상 너 이렇게 못 내버려둬. 어떻게든 붙잡아뒀어야 되는데…… 당장 돌아와. 아니면 내가 너 강제로 돌아오게 할 거야."

인우는 코웃음을 쳤다. 이제껏 아무것도 안 하다가 이제 와서? 넌 나를 돌아가게 할 수 없어. 여기 오지 못하게 막을 수 없었듯이.

"나 네가 대리모 쓰는 거 다 얘기할 거야. 내일이야. 내일까지 비행기 안 타면 우리 가족, 장모님, 동창들한테 다 얘기할 거야. 그럼 너 그 아기 못 데려와."

지석은 인우가 대리모 사실을 숨기기 위해 얼마나 애썼는지 잘 알았다. 시댁과 친구들에게 거짓말을 하고, 남해에 아파트를 구하고, 임신 주차별로 크기에 맞는 쿠션을 구해 옷 안에 끼우고, 아기를 데려와 지낼 한국 산후조리원까지 예약하는 것을 바로 옆에서 지켜보았다. 대리모를 통해 임신했다는 사실이 알려지면 죽어버릴 거라고 인우는 몇 번이고 지석에게 말했다. 태국에서조차 한국인과 마주칠까봐 내내 쿠션을 끼우고 다녔다는 걸 알려줘야 할까? 쿠션이 닿는 부분이 땀띠 때문에 따갑다는 것도? 그래야 저렇게 말도 안 되는 소리를 지껄이지 않게 될까?

"그냥 유산한 거로 하자. 그럼 아무도 안 괴롭힐 거야. 내가 너한테 한마디도 못 하게 할게. 너랑 나랑 둘이 잘 살자. 인우야, 내 말 듣고 있지?"

인우는 말없이 전화를 끊고서 휴대폰을 쏘아보았다. 하나, 둘, 셋, 넷…… 인우는 딱 스무 번 심호흡을 했다. 그동안 지석이 다시 전화를 걸어왔고, 인우가 받지 않자 문자를 보내왔다. 내일 출발하는 방콕발 인천행 항공권이었다.

인우는 지석의 어머니에게 전화를 걸었다. 시어머니는 반가운 목소리로 인사를 건네며 미국이냐고 물었다.

"아뇨, 저 지금 태국이에요."

"태국? 태국엔 무슨 일로 갔어?"

"저, 태국 대리모를 통해서 아이를 가졌어요. 지석이 정자랑 제 난자로요. 저는 지금 지석이 애를 가진 대리모를 만나러 태국에 와 있는데 지석이가 그걸 주변에 다 알리겠다네요. 이 아기가 대리모 애라고요. 지석이 아들이, 그러니까 어머니 손주가 대리모 배에서 나온 아이라고 손가락질받으며 크는 거 보고 싶지 않으시면 지석이 말리세요. 지석이가 한 명한테라도 알리면 저 이애 외국에서 기르면서 지석이한테도, 어머니한테도 보여주지 않을 거예요."

인우는 시어머니에게 끼어들 틈을 주지 않고 준비한 말을 모조리 쏟아낸 다음 전화를 끊었다. 지석의 어머니는 주위 시선을 몹시 중요하게 여기는 사람이다. 오랜 기다림 끝에 얻은 소중한 손주가 대리모에게서 나왔다는 게 알려지는 건 죽기보다 싫을 것이다.

인우는 바로 휴대폰 전원을 끄고 식당으로 들어갔다. 김실장은 구운 고기를 각자의 접시에 나누어 담고 자기 입에도 집어넣느라 분주했다.

"실장님, 차논한테 연락해보셨어요?"

인우는 마음이 급해져 자리에 앉기도 전에 물었다.

"고객님, 저도 아주 죽겠어요. 대리모들이 다 잠수를 타서."

"비상연락망 같은 거 없어요? 여기 이분들이 인도는 대리모 가족 주소랑 남편 직장 연락처를 담보로 받아놓는다는데."

인우는 요한과 존에게 들은 말을 전하면서 소리를 낮췄다. 물론 대리모가 노예도 아니고 도망갈 경우를 대비해 남편과 가족까지 인질로 잡아둬서는 안 된다고 생각했다. 하지만 인우는 지금 브로커가 자신의 대리모를 대상으로 그렇게 비인간적인 짓을 해뒀기를 바랐다.

"태국 상황을 아직도 모르시네. 온 가족이 합심해서 숨겨주지, 대리모를 내놓겠어요? 지금은 대리모가 도망가는 게 잘못된 게 아니라 대리모를 찾으려는 게 잘못된 거예요. 여기 사람들, 안 그래도 규칙을 지킨다는 마인드 같은 게 없는데 상황까지 이러니까."

"그럼 어떻게 찾아야 할까요? 추가 요금은 얼마든지 드릴 수 있어요."

"돈으로 어떻게 할 수 있는 거였으면 진작에 했죠. 지금 제일 미치겠는 게 저예요. 제가 요 며칠 하루에 전화 몇 통을 받는 줄 아세요? 지금도 오는 전화 다 받으면 저 여기 앉아 있지도 못해요. 고객님이 서울에서 여기까지 직접 오셨으니까 제가 휴대폰 꺼놓고 나온 거예요."

인우가 어떻게든 방법을 찾아달라고 말하려는데 해성이 버럭 소리를 질렀다.

"정말 너무하시네. 브로커가 전화 꺼놓고 도망 다니면 어쩌자는 거예요? 인우씨도 그쪽이랑 연락이 안 되니까 비행기 타고 여기까지 온 거잖아요. 에이전시랍시고 중간에서 돈 받아서 뭐 해요? 이런 상황에 책임지라고 받는 돈 아니에요?"

"이건 국가적 비상사태라니까요? 천재지변 같은 거예요. 저한테 이러시면 진짜 억울해요. 도망친 건 대리모인데 아주 저만 죽어나요. 대리모 못 찾으면 돈을 다 환불해달라는 의뢰인들 메시지가 매일 쌓여요. 나를 고소한다고 하질 않나. 우리 가족까지 가만두지 않겠다고 협박하고……"

"그게 왜 협박이에요? 의뢰인들은 아기랑 생이별하게 생겼는데, 그쪽은 가족이랑 하하 호호 하는 꼴을 어떻게 봐요? 인우씨한테서 가져간 돈부터 내놔요. 에이전시랍시고 돈은 돈대로 받아놓고 지금 아무것도 안 하겠다 이거잖아요."

인우는 어떤 돈도 돌려받을 생각이 없었지만 해성을 말리지 않았다.

"에이전시가 받는 돈은 소개료예요. 대리모랑 병원이랑 이어주면 저는 할일 다 한 거라고요. 돈을 돌려주기는 뭘 돌려줘요? 지금 정부에서 대리모가 불법이라는데 브로커가 뭘 어떻게 책임을 져요? 정부 지침이 바뀐 것도 브로커 탓이에요? 아니, 이건 뭐, 죄다 브로커 탓이야. 배아 이식에 실패해도 브로커 탓, 유산을 해도 브로커 탓."

김실장의 목소리가 높아지자 해성이 "저기요"라며 끼어들었지만 김실장은 손을 휘저으며 우선 자기 말부터 들어보라고 했다. 따져도 다 듣고 따지라고.

"말 나온 김에 다 까놓고 얘기해볼까요? 정인우 고객님은 아시잖아요, 배아 이식 한 번에 되기 힘든 거. 이건 남의 배아라 더 힘들어요. 대리모 중에서 배아 이식 한 번에 성공하는 경우를 본 적이 없어요. 유산도 잦고요. 그럴 때마다 난리 치는 의뢰인을 상대하는 것도 일이지만, 대리모는 대리모대로 어르고 달래야 돼요. 대리모들은 보통 임신을 쉽게 했던 사람들이라 유산에 충격을 받는다고요. 이런 고생은 사람들이 알지도 못하고 돈으로도 안 쳐줘요. 브로커가 중간에서 하는 일이 얼마나 많은데 아무것도 안 한다 그래요?"

김실장은 고기 여러 점을 한꺼번에 집어서 입으로 밀어넣은 뒤 맥주를 비우고 한 잔 더 시켰다. 해성이 한 모금 정도 마신

것을 제외하고 인우와 요한, 존의 맥주는 주문한 상태 그대로였다.

"정인우 고객님, 가만히 있지 마시고 얘기 좀 해보세요. 저 고객님께 처음부터 말씀드렸잖아요. 환불이 되는 경우와 안 되는 경우. 우리 그거 다 읽고 계약한 거잖아요, 그쵸?"

"환불받으러 온 게 아니라 대리모를 찾으러 온 거예요. 제가 궁금한 건 차논의 개인정보 중에서 제가 모르는 걸 아시는지……"

"잘 생각하셨어요. 어차피 그 돈은 못 받아요. 대리모들한테 가는 돈은 받자마자 증발해버리거든요. 대리모 일을 해서 돈을 모으는 사람은 없어요. 가족 빚을 갚거나 아니면 병원비를 대거나 집을 고치거나, 뭐가 됐든 그 큰돈이 한순간에 증발해버려요. 그러니까 다시 대리모 하러 오죠."

환불 의사가 없다는 데 안심했는지 김실장은 목소리를 누그러뜨리며 등을 의자에 기댔다. 해성 쪽을 바라보며 김실장은 최소 금액만 받아서 클리닉에 시술비 내고 대리모한테 비용 전달하고 나면 남는 것도 없다고 덧붙였다.

"그럼 이제 어떻게 할 건지를 얘기해줘요. 우리 다 대리모 찾겠다고 비행기 타고 온 사람들이에요. 그쪽 사정 들으러 온 줄 아세요?"

해성의 말에 김실장은 소주를 시켰다. 고기 몇 점을 더 욱여

넣고 맥주잔 절반을 소주로 채우더니 시위하는 것처럼 단번에 들이마셨다.

"저 진짜 힘들어요. 대리모들은 포주 취급하고 의뢰인들은 사기꾼 취급하고 이제는 정부까지 범죄자 취급을 하고 있잖아요. 병원 의사까지 잡혀가는 마당에 저라고 별수 있어요? 이제 어떻게 할 거냐고요? 진짜 계획을 말할까요? 저 우크라이나로 갈 거예요."

김실장의 얼굴과 목이 붉었다. 인우는 그게 무슨 말이냐고 되물었다.

"여기 대리모들은 어떻게 하고 우크라이나로 가신다는 거예요? 그냥 다 버리고 도망치신다는 거예요?"

"고객님, 이제껏 사정을 이야기했잖아요. 도망치는 게 아니라 사업장을 옮기는 거죠. 여기 게이 고객님들, 인도 막히고 태국으로 오신 거라면서요. 그런 의뢰인들 많아요. 대리모 사업은 어디론가 옮겨져서 또 성행할 수밖에 없어요. 고객님들도 우크라이나로 오세요. 믿을 만해 보이니까 특별히 말씀드리는 거예요. 저랑 같이하시면 할인해드릴게요."

"아니, 차논을 어떻게 찾을 수 있냐고요! 저는 제 대리모 차논을 찾으러 왔어요. 제 아기를 가진 차논이요."

처음 만나 영업하던 날처럼 눈을 빛내며 우크라이나 대리모를 권하는 김실장의 모습에 인우는 더 참지 못하고 소리쳤다.

김실장의 비위를 맞추려 고분고분 말하던 인우가 언성을 높이자 이제껏 그녀를 대신해 화를 내주었던 해성과 잠자코 있던 요한과 존까지 놀란 기색이었다.

"차논에 대해 아는 게 있으면 내놓든가, 아니면 경찰 부를 거예요. 언니, 내가 경찰 부를 동안 이 사람 도망 못 가게 잡아요."

요한이 휴대폰을 꺼내려는 인우의 팔을 붙잡았다. 그리고 진정하라고 속삭였다. 브로커가 경찰에 잡혀가면 우리에게도 득 될 것이 없다는 거였다.

"안 잡혀가도 득 될 게 없어 보이는데 뭘 그래요? 우크라이나로 튄다잖아요. 김실장님, 도대체 오늘은 왜 나온 거예요? 고기 얻어먹으려고 나왔어요? 술 처마시려고? 지금 상황이 이렇게 개판인데 그게 다 목구멍으로 넘어가요?"

인우는 김실장을 쏘아보면서 욕을 퍼부었다. 김실장은 멍하니 인우를 마주보았다. 해성이 "그래, 인우씨! 신고해버려!"라며 그녀를 부추겼다.

"그러지 말고…… 잠시만요."

요한은 인우의 팔에 손을 얹은 채로 김실장을 향해 그럼 통역사라도 구해달라고 했다. 김실장은 작아진 목소리로 아무하고도 연락이 닿지 않는다고, 고객님이 여기까지 왔다니까 이런 상황을 설명하려 나온 것뿐이라고 답했다.

"정말 아무것도 안 하려고 하네요. 됐어요, 번역기를 쓰면 돼요. 이 사람은 경찰한테 넘겨버려요. 더이상 못 봐주겠으니까."

요한이 인우의 팔을 붙잡은 채 놓지 않자 그녀는 존을 향해 경찰을 불러달라고 했다. 요한은 존에게 잠깐만 기다리라고 한 후 다시 인우를 설득했다.

"태국어는 번역기로 소통하기가 어려워요. 그게…… 태국어는 합성어가 많거든요. 그러니까 여러 단어가 합쳐져서 한 단어를 만드는데 일반적인 번역기는 각각의 단어를 번역하다 보니 전혀 다른 뜻으로 해석되는 경우가 많아요. 저희는 에이전시 없이 직접 대리모하고 소통을 해봐서 잘 알아요."

요한은 김실장을 향해 고개를 돌려 천천히, 그러나 단호하게 말했다.

"김실장님이라고 하셨죠? 통역사는 대리모 일에 직접적인 연관이 없잖아요. 당국의 수사 대상에도 들어가지 않을 테고요. 연락처만 주세요. 우리가 얘기해볼게요. 통역사 쪽에서 싫다고 하면 어쩔 수 없는 거고요. 브로커의 역할이 중간에서 연계해주는 건데, 이 정도는 해줄 수 있지 않나요?"

온갖 핑계를 대며 거절할 거라 생각했는데 김실장은 의외로 순순하게 인우와 차논을 담당했던 통역사 전화번호를 알려주곤 인사도 없이 자리를 떴다. 인우는 식당을 빠져나가는 김실장을 끝까지 노려보았다.

6부
말리

1

난임 클리닉 근처의 망고 카페. 밝은 노란색과 초록색 타일로 장식된 카페 벽면에 성인 크기만한 망고 모형이 붙어 있어서 말리의 조카가 유독 좋아하는 곳이었다. 지난주에도 조카는 망고 모형 앞에서 두리안 빙수를 먹으며 사진을 찍었다.

조카가 사진을 찍은 바로 그 자리에 인우와 세 명의 일행이 앉아 있었다. 마지막으로 봤을 때보다 살이 많이 빠졌지만 바로 알아볼 수 있었고, 그 옆에 앉은 여자가 인우가 전화로 말한 지인일 거라 추측했다. 맞은편에 앉은 남자 둘은 인우가 클리닉에서 만난 또다른 의뢰인들일 것이다.

"안녕하세요?"

말리가 인사를 건네자 인우가 자리에서 일어나며 반가워했다. 그제야 말리를 알아본 눈치였다.

"나와줘서 정말 고마워요."

인우는 초조한 기색이 역력했다. 누군가에게 쫓기는 사람처럼 서둘러 자신과 일행을 소개했다. 대리모 차논을 찾는 인우, 그녀와 한국에서부터 같이 온 해성, 그리고 같은 클리닉에서 만났다는 요한과 존. 요한과 해성은 인우와 같은 한국인, 존은 호주인이라고 했다.

자신이 담당했던 커플이 아닌데도 요한과 존의 얼굴이 아무래도 낯익어서 말리는 두 사람을 빤히 바라보았다. 말리의 눈빛을 알아챘는지 인우가 구면이냐고 물었다.

"기억은 잘 안 나는데 클리닉에서 만난 적이 있나요?"

요한이 어색하게 웃으며 말했다. 기억하지 못해서 미안하다는 말도 덧붙였다.

"미안하긴요. 저도 기억은 안 나는데, 클리닉에서 본 적이 있는 것 같아요. 게이 의뢰인은 눈에 띄니까요."

말리는 요한과 존이 자신의 말을 오해할까봐 곧장 설명을 덧붙였다.

"물론 좋은 뜻으로요. 대리모들은 보통 게이 의뢰인과 진행하고 싶어하거든요. 스트레스가 덜하다고 하더라고요. 난임을 겪은 엄마들은 시험관 시술에 대해 잘 알아서 대리모를 사사건건 괴롭히는데 게이 의뢰인들은 대개 대리모한테 전적으로 위임한다고요."

인우의 얼굴이 붉어졌다. 이번엔 인우를 불쾌하게 한 걸까? 대리모를 괴롭히는 의뢰인 취급해서? 의뢰인들의 들쑥날쑥한 기분을 맞추는 데 이골이 난 말리는 주제를 바꿨다.

"어제 대리모 집에 다녀왔다고 하셨죠?"

"다들 도망가버리고 없던데요."

해성의 말투가 묘하게 공격적이라 거슬렸지만 말리는 내색하지 않았다.

"그런데 집주소를 어떻게 아셨어요?"

말리가 묻자 인우와 요한이 테이블 위에 늘어놓은 갖가지 서류 중에 대리모의 신상명세서를 찾아서 말리 쪽으로 밀었다. 말리의 앞에 대리모들의 신분증 복사본 세 장이 나란히 놓였다.

"차논 씨 기억하죠? 우리 그때 같이 만났었잖아요."

인우가 양손을 맞잡고 물었다. 말리는 차논의 신분증 복사본을 가까이 끌어다 보았다. 대리모와 의뢰인 사이의 통역을 주로 하는 말리는 에이전시에서 의뢰인에게 직접 제공하는 서류에 대해서는 자세히 알지 못했다. 의뢰인이 대리모의 신분증 사본을 담보처럼 가지고 있는 줄도 몰랐다. 대리모가 범죄자도 아닌데 왜 신분증을 가지고 다니며 사람을 찾는 걸까?

"신분증을 가지고 있군요. 몰랐어요."

"아, 그게…… 제가 요구한 건 아니에요."

인우는 말리의 생각을 읽은 것처럼 말을 더듬으며 서류를 도로 집어넣었다.

"아무튼 집에는 없다고 했으니 다른 방법을 찾아야겠죠."

말리는 의뢰인에 대한 나쁜 감정을 유지하는 게 좋지 않다는 걸 알았다.

"어떻게 찾는 게 좋을까요? 그게 막막해서 불렀어요. 태국 현지인의 도움이 필요해요. 우리는 외국인이라 한계가 있네요."

인우의 말에 말리는 순간 당황해서 그들의 얼굴을 빤히 바라보았다. 휴대폰을 끄고 집도 버리고 사라진 대리모를 탐정도 아닌 자신이 찾을 수 있을 리 없었다. 자신은 대리모를 찾는 그들의 옆에서 통역을 해야겠다고 생각했을 뿐이었다.

"브로커가 더 가지고 있는 정보도 없는 것 같아요. 집에 다시 찾아가서 이웃들한테 물어볼까도 생각해봤는데, 어제 보니까 다들 경계하는 것 같고…… 다른 방법이 없을까요?"

말리는 그걸 왜 나한테 묻느냐는 말을 삼키며 고개를 숙였다. 당황한 표정을 들켜서는 안 되었다. 자신에게도 별다른 방법이 없다는 걸 알면 이대로 돌려보낼지도 몰랐다. 말리에게는 그들이 약속한 돈이 필요했다.

"우선 제가 다시 전화를 해볼게요. 제 휴대폰으로."

오늘 오전까지도 대리모의 휴대폰이 꺼져 있더라는 말을 들었지만 말리는 그렇게 말했다. 시간을 벌어야 했다. 여러 번 반복해서 전화를 걸면서 말리는 방법을 생각했다. 그때 조카에게서 페이스북 메시지가 왔다. 망고 카페에 간 거 아니냐고, 얼른 사진을 찍어서 올리라는 거였다.

"페이스북, 대리모는 페이스북으로 찾는 게 좋겠어요."

말리는 퍼뜩 떠오른 아이디어에 대해 서둘러 설명했다.

"페이스북을 안 하는 태국 사람은 없어요. 태국 사람들은 페이스북에 일거수일투족을 다 올리거든요. 대리모는 어릴 테니까 더욱 그럴 거고요."

"인우씨, 대리모 페이스북 아이디 알아?"

해성의 말에 인우는 가만히 고개를 저었다. 말리는 찾으면 된다고 덧붙였다.

"이메일 주소도 모른다고 했지?"

인우가 끄덕이자 말리는 인우가 가져온 차논의 신분증을 달라고 했다.

"태국 사람들이 이름보다 별명을 더 자주 쓰는 건 알죠? 그래서 시간이 조금 걸릴 수도 있어요. 잠시만요."

말리가 초조하게 페이스북 페이지를 뒤지기 시작했다. 차논의 얼굴을 기억하고 있었지만, 인우가 말리의 옆에서 휴대폰 화면을 빤히 보는 탓에 그녀에게 사진을 보여주면서 확인을 받았다. 인우가 아니라고 할 때마다 속이 타들어갔다.

"여기!"

인우의 확인을 받을 필요도 없이 분명한 차논의 프로필 사진을 발견했을 때 말리는 자기도 모르게 크게 소리를 쳤다. 네 사람의 몸이 말리의 휴대폰을 향해 일제히 기울어졌다. 말리는 이 주 전 차논의 페이스북에 올라온 사진을 보여주었다. 차논과 딸이 얼굴을 맞대고 웃고 있었다.

"이게 마지막이에요. 이 주간 게시물을 올리지 않았네요."

인우가 사진을 뚫어지게 보는 동안 해성이 혼잣말처럼 중얼거렸다.

"휴대폰도 꺼놓고 숨은 사람이 페이스북에 어디 갔다고 써 놨을 리가 없잖아."

말리는 휴대폰을 자신의 쪽으로 끌어당겨 친구 목록을 살폈다.

"이제부터 찾아야죠, 주변 사람들을."

말리는 친구로 등록된 사람들을 일일이 클릭했다. 옆에서는 여전히 인우가 말리의 손과 휴대폰을 뚫어지게 보고 있었다.

"남편이에요!"

이번에는 인우가 먼저 소리쳤다. 차논 남편의 페이스북 페이지를 살피며 말리는 속으로 안도의 한숨을 내쉬었다. 약속한 돈을 받을 수 있겠다는 확신이 들었다. 말리가 휴대폰 화면을 인우와 해성에게 내밀자 태국어를 읽을 줄 모르는 둘은 화면을 잠깐 보고는 말리에게 다시 시선을 돌렸다.

"뭐라고 적혀 있는 거예요? 차논 얘기가 있어요?"

"남편이 마트에서 일하나봐요. 여기 마트에 가봐요. 거기서부터 시작하면 되겠네요."

말리는 씩 웃으면서 그들에게는 암호와도 같을 게시물 주소를 가리켰다. 암호 해독가이자, 사설탐정의 역할을 훌륭히 소화하는 자신에게 만족하면서.

차논의 남편은 마트에 없었다. 그는 지난주에 일을 그만뒀다고 했다.

"그게 다예요?"

말리가 마트 직원과 이야기하는 동안 내내 옆에 붙어서 알아듣지도 못하는 대화를 열심히 듣던 인우가 캐물었다.

"동생네 집에 간다고 했대요."

"거기가 어딘지는 모르고요?"

동생의 집은 캄보디아라고 했다. 인우는 좀더 구체적인 정보가 없는지 되물었고, 말리는 직원에게 물어 시엠립이라는 도시 이름을 댔다. 직원이 더는 모른다며 마트로 들어가버린 후에도 그들은 마트 앞 인도에 서 있었다. 행상에서 파는 코코

넛 팬케이크의 달콤한 냄새가 코를 찔렀다. 태국의 전통 디저트인 카놈크록이었다. 행상 앞에 몰린 사람들 때문에 그들은 옆으로 자리를 비켜야 했다.

"시엠립 어디요?"

"가려고요?"

인우는 머뭇거리지 않고 바로 "가야죠"라고 답했다. 해성이 끼어들어 인우를 말렸다.

"잠깐만, 인우씨. 우선 대책을 세워야지. 외국까지 도망을 갔다는 거잖아."

"외국이든 어디든 가면 되죠. 우리한테는 여기가 이미 외국이잖아요."

"작정하고 숨은 거야."

"그럼 작정하고 찾아야죠."

해성이 한숨을 쉬었다.

"나 이 말은 해야겠다. 아무래도 인우씨가 인정을 안 하려는 것 같아서."

해성은 인우의 양어깨에 손을 얹었다. 인우의 어깨가 너무 앙상한데다 해성의 손이 두껍고 커서 조금만 힘을 줘도 인우를 주저앉힐 수 있을 것 같았다.

"내 말 잘 들어. 인우씨는 여자가 언제 엄마가 되는지 알아? 뱃속에서 생명을 느낄 때야. 배에 손을 얹으면 거기를 아기가 와서 건드려. 아기랑 그렇게 연결되어 있는 거야. 내가 느끼는 걸 아기가 느끼고, 내가 하는 생각을 아기가 해. 그걸 한번 경험하면 그전으로는 절대 돌아갈 수 없어."

해성의 말이 너무나 뜬금없어서 말리는 자신이 그녀의 한국어를 제대로 이해하지 못했나 싶었다. 다른 사람들을 보니 다행히 모두 당황한 얼굴이었다.

"언니는 지금 무슨 소리를 하는 거예요? 내 아기가 대리모하고 연결되어 있다는 말을 하는 거예요?"

"인우씨가 너무 뭘 모르는 것 같아서 하는 소리야. 지금 어떤 상황인지 알려주려고. 여기 요한이랑 존도 모르는 것 같고."

"지금 상황은 언니보다 내가 더 잘 알아요."

"아니, 인우씨는 대리모가 왜 도망갔는지도 모르잖아."

"모르긴 누가 몰라요? 감옥에 갈까봐 무서워서 도망간 거죠! 대리모가 불법이 될 것 같으니까. 나는 차논 씨를 만나서 그런 일이 없도록 한국에 가자고 설득할 거고요. 여기 요한 씨랑 존 씨도 대리모를 호주에 데려가려고 온 거고……"

인우가 갑자기 큰소리를 냈다. 둘의 대화를 듣던 말리는 깜짝 놀라서 한 걸음 뒤로 물러섰다. 옆 행상에서 카놈크록을 받아든 사람 역시 그들을 흘긋댔다.

"이러니까 인우씨가 뭘 모른다는 거야. 감옥에 가는 게 무서웠으면 도망을 갈 게 아니라 진작에 아이를 지웠겠지."

해성은 인우를 꾸짖듯이 말했다. 말리는 둘 사이에 끼어들지 않고 잠잠히 있었다. 요한과 존도 둘의 눈치를 살피기만 할뿐 아무 말도 하지 않았다.

"그런 말 할 거면 그만해요. 지금 대리모를 찾으려고 태국까지 온 마당에…… 겨우 통역사를 만나서 이제 좀 찾아보려고 하는데 언니가 이런 얘기를 하는 게 나는 이해도 안 되고……"

"인우씨, 내 말 잘 들어. 아기를 가진 엄마한테 제일 무서운건 자기 아기를 잃어버리는 거야. 인우씨 대리모도 지금 아기를 잃어버릴까봐 도망간 거고. 인우씨한테도 연락을 안 하잖아. 이게 무슨 뜻인지 모르겠어? 그애를 뺏기기 싫은 거라고. 인우씨 애를 납치한 거나 마찬가지라니까? 내 말이 심한 거라면 미안한데, 계속 정부가 어쩌고 그런 말만 하는 게 너무 답답해서 그래."

말리는 인우와 해성의 대화를 완벽히 이해했다는 확신을 가지고 "저기요"라며 끼어들었다.

"위약금이 얼마인데 아기를 데리고 도망을 가요? 그런 일은 없으니 걱정 마세요."

"위약금이 얼마든 무슨 상관이에요? 자기 아기를 돈과 거래하는 엄마는 없어요."

"대리모는 달라요. 자기 아기가 아니니까요. 이건 일이고 계약이에요. 처음부터 임신중에 언제든 임신중지 수술 요구를 받으면 응해야 한다고 사인을 해요. 그러니까 대리모는 언제라도 아기를 보낼 준비가 되어 있다고요."

"처음엔 그렇겠죠. 임신 전에는. 그런데 임신을 해보면 그게 가능하지 않다는 걸 알 거예요. 그래서 내가 계속 얘기하는 거예요. 태동을 한 번 느끼면……"

"저도 아이가 있어요. 임신을 여러 번 해봤고요. 내 아이를 가지는 게 어떤 건지 잘 알아요."

"그 아기를 버릴 수 있다고요? 돈 얼마에?"

"아뇨, 제 아기가 아니라 대리 임신한 아이를 말하는 거예요. 저는 대리모를 해봤거든요. 여러 번 했어요. 그래서 알아요. 아주 잘 알아요."

해성의 얼굴이 순식간에 굳었다. 다른 사람들을 굳이 돌아보지 않았지만 모두 놀랐으리란 걸 알았다. 말리는 한국인에게 대리모 경험을 고백해서 좋을 게 없다는 걸 알고 있었다. 그 사실로 인해 한국 회사 면접에서 떨어지기도 했고, 모욕적인 말을 듣기도 했다. 그러나 오늘 맡은 일을 마무리하려면 꼭 털어놓아야만 할 것 같았다. 말리는 천천히 말을 시작했다.

"대리모는, 내 아이를 가질 때랑은 완전히 달라요. 처음부터 끝까지 완전히 달라요."

2

곧 비가 내릴 것 같았다. 어디라도 비를 피할 곳을 찾으려 주변을 살피면서 말리는 말을 이었다.

"페이스북에서 대리모 모집 광고를 봤어요. 그때 둘째를 가지려던 중이었는데 남편이 도박 빚을 졌다는 걸 알게 됐죠. 저랑 남편은 같은 공장에서 일했는데, 우리 둘 일 년 급여를 다 합쳐도 갚을 수 없는 돈이었어요. 요즘 태국 최저 일당이 삼백밧이거든요. 한국 돈으로 만원 정도 돼요. 근데 대리모를 하면 삼십만밧을 준다고 했어요. 천 일 치 일당이에요. 그래서 둘째를 가지는 대신 대리모를 하기로 한 거예요. 그 돈이면 빚을 다 갚고도 돈이 남았거든요. 빚을 갚고 둘째를 가지려고 했어요."

말리는 길 건너 작은 식당을 발견하고 다른 사람들에게 손짓했다. 모두 별말 없이 말리를 따라 길을 건너 식당으로 들어섰다. 구석에 놓인 불상 앞, 스테인리스 식탁에 다섯 명이 모여 앉았다.

"저뿐만이 아니고 대리모 하는 사람들 다 그렇게 시작해요. 빚이 있거나 큰돈이 필요해서. 아니면 너무 가난해서. 그런데 그 돈을 포기하고 위약금을 물 각오를 하고 도망간다고요? 말도 안 돼요. 그런 말을 한다는 건 대리모를 할 정도로 돈이 절실해본 적이 없는 거겠죠."

어묵 국수를 파는 식당이었다. 인우는 입맛이 없다고 했고, 존은 채식을 한다고 했다. 말리는 어묵 국수 세 그릇과 채소 국수 한 그릇을 주문했다.

"애착에 대해 말했죠. 자기 아기라고 느끼기 시작하면 돌이 킬 수 없다고. 그것도 확실히 말할 수 있어요. 자기 아기라고 느끼지 않아요. 대리모는 내 몸을 내 몸이 아닌 것으로 바꾸는 것부터 시작하거든요. 의뢰인의 사이클에 맞추기 위해 호르몬 주사를 먼저 맞아요. 의뢰인에게 맞춰진 몸에 의뢰인의 배아를 집어넣지요. 의사와 의뢰인 부부, 통역사가 다 같이 화면으로 의뢰인의 배아가 내 뱃속으로 들어가는 장면을 봐요. 어떤 의뢰인은 울기도 하죠. 그렇게 내 몸속에 주입된 남의 아기를 어떻게 내 아기로 느낄 수 있겠어요? 내 눈으로 그걸 똑똑히 봤는데."

음식이 나왔고, 이어 비가 쏟아지기 시작했다. 밖에는 우비를 쓴 채 오토바이를 탄 사람들이 오갔다. 존이 제일 먼저 젓가락을 들었고, 요한과 해성도 천천히 먹기 시작했다. 말리는 이야기를 먼저 끝내고 싶었다.

"그때부터가 시작이에요. 저는 한 달 동안 호르몬 주사를 매일 맞고, 약도 셀 수 없이 먹었어요. 몸이 얼마나 부풀었는지 거울을 볼 때마다 우울했죠. 우리 아들 임신했을 때는 달랐어요. 그때는 호르몬을 맞지도 않았지만 임신 내내 살이 전혀 안 쪄서 주변 사람들이 놀랄 정도였어요. 배만 볼록 나왔었죠. 그런데 대리모를 할 때는 초기부터 풍선처럼 부풀었어요. 중기에 벌써 막달처럼 보였다니까요. 보여주고 싶은데 사진이 없네요. 사진을 전혀 안 찍었어요. 내가 아닌 것 같아서. 실제로 내가 아니었죠."

말리는 휴대폰을 꺼내서 아들을 임신했을 때 사진을 보여주었다. 요한과 해성은 몸을 기울여가며 사진을 유심히 보았다. 그러나 인우와 존은 슬쩍 눈길만 줄 뿐 관심을 보이지 않았다.

"어때요, 임신한 사람 안 같죠? 살도 안 찌고 입덧도 없었어요. 막달까지 일했는데 힘든 줄도 몰랐어요. 임신이 그렇게 쉬웠으니까 대리모를 지원한 거죠. 그런데 대리 임신은 살이 쪄서 그런지 몸도 무겁고 너무 힘들더라고요. 아들을 가졌을 때는 없던 입덧에, 임당에, 배 당기고, 허리 아프고, 다리 붓고. 정말 너무 힘들었어요."

물을 마시던 인우가 말리와 눈을 마주치자 서둘러 고개를 돌렸다. 말리는 그들의 뒤편에 있는 금불상에 시선을 고정한 채 잠시 말을 멈췄다. 의뢰인을 앞에 두고 대리 임신 경험에 대해 너무 불평만 늘어놓은 것 같았다.

"제가 하려는 말은…… 대리 임신은 본인의 임신과 너무 달라서 내 아이라는 착각을 할 수가 없다는 거예요. 그런 상황에서 큰돈이 걸린 남의 아기를 차지하려고 도망을 가는 일은 불가능해요. 확신할 수 있어요. 적어도 여기 태국 대리모들은 말이죠."

말리는 이들을 안심시키는 것까지가 자기 일이라고 생각했다. 삼천밧을 받기로 했다. 십 일을 꼬박 일해야 받을 수 있는 큰돈을 일당으로 주기로 한 이들을 언짢게 해서 좋을 것이 없었다.

"차논은 아이를 원해서 도망친 게 아니에요. 반대로 이 상황이 너무 무서워서 하루라도 빨리 아이를 넘기고 싶을 거예요. 확신할 수 있어요. 대리모를 찾기만 하면 아기를 되찾을 수 있을 거라는 말이에요. 그래서 제가 도와드리려고 나온 거고요."

말리는 인우의 눈치를 보며 젓가락을 들었다. 인우는 아무 말 없이 물잔을 내려다보고 있었다. 말리는 초조해졌다. 대리모를 찾지 못하면 어떻게 될까. 그래도 약속한 돈을 전부 받을 수 있을까.

"저, 말리 씨……"

요한이 말리가 말을 마치기를 기다렸다는 듯이 자신의 휴대폰을 내밀었다. 화면에는 페이스북이 떠 있었다.

"우리 대리모예요. 요즘 아무 활동이 없는데 그래도 친구 목록이나 댓글로 뭘 찾아줄 수 있을까요?"

"페이스북을 알고 있었어요?"

"네, 그런데 제가 보낸 페이스북 메시지엔 답이 없었어요."

말리는 요한에게 휴대폰을 건네받아 페이스북을 빠르게 살폈다. 낯선 이의 게시물과 댓글을 읽으며 그녀의 주변 관계를 상상하기 시작했다. 거리가 먼 친구, 관계가 소원해 보이는 남편, 친언니처럼 보이는 언니, 독실한 신자 같아 보이는 시누이, 나이스한 말을 주고받는 이웃, 뭔가 앙금이 있어 보이는 동창…… 차논에 이어 두번째라 쉬웠고, 남의 인생을 들여다보는 것 같아 재미있기도 했다.

"이거 보세요!"

친구 목록에서 발견한 페이스북 페이지를 살펴보다 말리는 즐거움을 감추지 못하고 외쳤다.

"이 사람이 동생 같은데 언니랑 오늘 병원에 간대요. 여기 보세요. 행운을 빌어주세요, 라고 써놓은 거예요. 기도하는 손 보이시죠?"

말리는 의기양양하게 오늘 날짜의 게시물을 내밀었다. 요한과 존이 동시에 젓가락을 내려놓았다.

"무슨 병원인지 알 수 있어요?"

말리는 주소를 클릭해서 지도를 켰다.

"여동생이 게시물을 올린 위치가 커피숍인데…… 바로 옆에 병원이 있어요. 이 병원부터 가보죠."

병원에 들어서자 좁은 복도 양쪽으로 늘어선 진료실과 검사실이 보였다. 복도 끝에는 널찍한 공간이 있었는데 맞은편 벽에 커튼으로 분리된 병상이 일렬로 이어져 있었다. 방으로 구분되어 있지 않아 입원실이라기보다는 응급실처럼 보였다. 외국인 넷을 데리고 들어서는 말리를 붙잡는 직원은 없었다.

오른쪽 맨 끝 병상. 요한과 존의 대리모가 환자복을 입고 누워 있었다. 그 옆에 여동생으로 보이는 사람이 간이 의자에 앉아 있었다. 페이스북을 하도 들여다봤더니 아는 사람처럼 친근했다.

그들이 다가가자 대리모는 당황한 얼굴로 몸을 일으켜 앉으며 여길 어떻게 알고 왔느냐고 태국어로 물었다. 말리가 앞으로 나서서 빠르게 상황을 설명했다.

"유산을…… 했어요."

대리모는 아직도 불룩한 배에 손을 얹으며 말을 더듬거렸다. 말리는 대리모가 횡설수설 늘어놓는 말을 듣고 요한과 존에게 전달했다.

"요즘 국내 상황이 안 좋아지면서 스트레스가 심했다고 해요. 그리고 오늘 아침에 출혈이 있어서 병원에 왔는데 유산이었다고……"

"거짓말. 수술을 받은 거야!"

존이 냅다 소리를 질렀다. 얼굴이 빨갛게 달아올라 있었다.

"똑바로 말하라고 전해요. 의사를 찾아가서 물어보겠다고."

말리는 대리모에게 정말 유산을 한 게 맞는지 물었다. 대리모의 눈이 커다래졌다. 말리는 병실 침대에 누워 있는 대리모의 편을 들어야 할지, 돈을 주고 자신을 고용한 의뢰인의 편을 들어야 할지 몰라 대리모를 재촉하지 않았다.

"우리 애를, 이제 낳기만 하면 되는 애를…… 다 큰 우리 애를 죽여버린 거야. 우리한테는 말도 안 하고. 앞으로도 안 할 생각이었겠지."

존은 대리모를 노려보며 소리를 질렀다. 얼굴이 터질 것처럼 빨갰고, 눈에서 광이 났다.

"당신, 우리 애를 죽이고 도망친 거지. 가만두지 않을 거야."

존은 침을 튀기며 대리모에게 손가락질했다.

"소송할 거야. 각오해. 우리도 집을 담보로 얻은 돈이라고. 끝까지 다 받아낼 거야. 당신이 저지른 일에 책임을 져야 할 거야. 내가 그렇게 만들 거라고!"

존은 격분했고, 누구도 그를 말리지 않았다. 말리는 더이상 통역을 하지 않았다. 누구의 편을 들어야 하는지도 고민하지 않았다. 말리는 오래전 자신이 들었던 말을 떠올리고 있었다. 그는 말리에게 아기를 잃어버린 책임을 지라고 했고, 무책임하게 유산을 했다고 비난했다. 말리는 아기를 잃었고, 몸이 망가졌으며, 계약이 파기됐고, 돈도 받지 못했다. 그때의 죄책감과 분노를 고스란히 느끼며 말리는 악을 쓰는 존을 바라보았다.

3

　말리의 첫번째 의뢰인은 한국인이었다. 말리에게 친절하고
다정했다. 임신을 한 이후로는 한 달에 한 번씩 태국을 방문해
말리를 챙겼다. 고급 영양제와 태국에서 인기가 많은 한국 화
장품을 잔뜩 안겨줬고, 방콕 시내 한식당에 데려가는가 하면,
쇼핑까지 시켜줬다. 당시 말리는 살이 급격하게 쪄서 우울했
는데, 의뢰인은 날씬했던 말리를 기억하고 작은 사이즈의 옷
을 골라주고는 했다. 휴대폰 번역기를 열심히 두드려 출산 이
후에 원래 모습으로 돌아갈 테니 걱정 말라고 했다.

　말리는 친절한 의뢰인의 아기를 가지게 되어 기뻤다. 아기
를 정성껏 키워서 돌려주고 싶었다. 그러니까 그건 처음부터
의뢰인의 아기였고, 그녀가 말리에게 구 개월간 맡긴 거라고
생각했다. 전에 사촌언니가 외국에 가면서 여덟 살 된 조카를
한 달 정도 맡겼을 때처럼. 그때 말리는 자신의 아들보다 조
카를 더 정성껏 돌보았다. 잘 챙겨 먹이고, 새 옷을 사 입혔다.
혹시나 엄마가 없는 동안 아프거나 다칠까봐 마음을 썼다.

　대리 임신을 했을 때 말리는 조카를 맡은 것처럼 태아를 돌
보고 아꼈다. 배를 어루만지며 말을 걸었고, 아기가 발로 차면
기뻐했다. 좋은 것만 보고 좋은 것만 듣고 좋은 생각만 하려고
했다. 놀라는 일이 없도록 특별히 주의했다. 아기에게 해가 될

만한 일은 절대 하지 않았다. 의뢰인은 말리의 정성을 알았고 고마워했다. 말리를 아기의 두번째 엄마라 불렀고, 자신을 친 언니라 생각하라고 했다.

말리는 의뢰인을 '피사오'라고 불렀다. 태국어로 언니라는 뜻이었다. 의뢰인의 이름이 수정이어서 '피-수정'이라고도 불렀다.

수정 언니.

수정 언니를 위해 말리는 한국어를 배우기 시작했다. 대리모 계약서에 쓰여 있는 대로 임신을 하자마자 공장 일을 그만둔데다 집안일도 하지 않아서 시간이 많았고, 그전부터 한국 드라마를 좋아했으므로 큰 힘이 들지는 않았다. 말리가 한국어를 배운다고 하자 수정 언니는 무척 기뻐했다. 한국어 교재를 보내주고 집으로 튜터를 불러주기까지 했다.

그즈음 수정 언니는 말리가 자신의 대리모여서 좋다는 말을 자주 했다. 말리가 말을 잘 알아듣고 똑똑해서 좋다고 했다. 언어 습득 능력이 뛰어나고 무슨 일을 해도 잘할 말리가 남편의 도박 빚 때문에 대리모를 해야 하는 게 안타깝다고도 했다. 임신 16주 차에 이차 기형아 검사를 하고 난 이후, 수정 언니는 말리에게 한국에 와서 일을 하면 어떻겠냐고 했다.

"우리 집에 와서 같이 지내면서 아이가 크는 걸 보면 좋지 않겠어?"

수정 언니는 말리의 아들도 데려오라고 했다. 언니의 아이와 형제처럼 키우자고. 한국 생활에 적응하고 나면 남편까지 불러올 수 있게 도와주겠다고 했다. 출산하고 회복된 후에 비행기 표를 보낼 테니 미리 준비하고 있으라고 몇 번이고 당부했다.

한국 가족이 생겼으니 말리는 더욱 열심히 한국어를 배웠다. 수정 언니와 한국어로 말하는 데 재미가 붙었고, 언니도 무척 좋아했다. 말리는 한국어 그림책을 많이 읽으며 엉덩이를 씰룩씰룩거린다든지 방글방글 웃는다든지 하는 표현을 열심히 익혔다. 임신 말기에는 수정 언니와 번역기를 쓰지 않고 대화할 수 있을 정도가 되었다. 아직은 일상적인 대화에 그쳤지만 한국에 가서 조금만 더 공부하면 취직도 할 수 있지 않을까 생각했다. 한국의 최저 시급을 찾아보면서 말리는 가슴이 부풀었다.

말리에게는 출산 예정일이 다가오는 것이 한국 입국 날짜가 다가오는 것과 같았다. 말리는 둘 다 손꼽아 기다렸다. 말리의 기원 때문인지 예정일보다 십오 일 앞서 진통이 시작되었다. 의뢰인 부부가 와야 하니 병원에서 진통을 가라앉히는 주사를 놓았다. 그런데 수정 언니와 남편이 도착한 이후에도 수술이 진행되지 않았다. 오히려 주사의 용량이 높아졌다. 주사 때문인지 말리의 심장이 빨리 뛰었다. 말리가 얼른 낳고 싶다고 하니 수정 언니가 조금만 참아달라고 사정했다.

"시댁에서 좋은 사주를 받아 왔어."

말리는 '사주'라는 단어를 그때 처음 들었다. 결국 진통이 시작되고 십 일이 지난 뒤에야 수술실에 들어갈 수 있었다. 진통이 오지 않았어도 그날 아이를 낳았을 것이다. 사주 날짜가 정해져 있었으니까.

출산을 한 날 말리는 수정 언니 부부를 보지 못했다. 아기의 탄생을 축하하느라 바쁜 거라고 생각했다. 그들이 얼마나 아기를 기다렸는지 아니까. 그토록 바라던 아기와 함께 감격스러운 시간을 보내고 있을 수정 언니를 상상하니 마음이 뿌듯해졌다.

출산을 하고 이틀이 지났을 때 병원 복도에서 수정 언니 부부를 마주쳤다. 아기를 안고 있었다. 말리는 반갑게 인사를 했다. 그들은 말리를 보고 무척 놀라고 당황한 표정을 지었다.

"수정 언니! 아까 문자 보냈어요. 못 봤어요?"

아직 몸이 완전히 회복되지 않은 말리가 천천히 다가가자 수정 언니는 아기의 얼굴을 흰 천으로 가렸다. 말리가 아기의 얼굴을 보면 안 된다는 듯이. 혹은 아기가 말리의 얼굴을 보면 안 된다는 듯이.

"잠깐만 기다리세요. 저는 선물을 가져와요."

말리는 수정 언니에게 주려고 아기 옷과 신발을 미리 사놓

왔었다.

"아…… 말리 씨, 지금은 조금 그래요."

수정 언니는 중얼거리듯이 말하면서 별다른 인사 없이 말리를 지나쳐갔다. 조금 그렇다는 말의 의미를 제대로 이해하지 못할 때였다. 말리는 그들의 뒷모습을 한참 보다가 천천히 자신의 병실로 되돌아왔다.

그날 저녁에 간호사가 말리에게 단유 약을 건넸다. 말리는 서류상 오류가 있는 것 같다고 말했다.

"의뢰인 부부가 태국에 머무르는 동안 모유를 짜서 제공하는 거로 계약이 되어 있어요."

간호사는 무표정으로 고개를 끄덕였다.

"알아요, 그런데 의뢰인이 단유를 원한대요."

말리는 뭐가 어떻게 된 건지 알 수 없었다. 수정 언니에게 문자를 보냈다.

수정 언니, 병원에 있어요? 만나고 싶어요. 이야기하고 싶어요.

한참이 지나서 답장이 왔다.

이제는 보기 힘들 것 같아요. 계약이 그러니 이해해주세요.

그게 마지막이었다. 계약이 그렇다는 말의 뜻을 알 수 없어서 다시 메시지를 보냈지만 답이 오지 않았다. 읽음 표시가 사라지지 않는 걸 보면 차단한 것 같았다. 아기 친권을 포기하는 서류에 사인하는 날에 언니를 볼 수 있을 거라 생각했지만 수정 언니의 남편만 왔다.

말리는 그때 한 가지로 설명하기 힘든 감정을 느꼈다. 세상에 혼자 남겨진 것처럼 외롭고 공허했고, 지켜지지 않은 약속에 대해 배신감과 분노를 느꼈다. 그럼에도 마냥 그리워서 눈물이 나기도 했다. 남편은 우울감과 분노를 번갈아 호소하는 말리를 산후우울증이라고 진단했다.

"아기를 뺏겨서 그래."

말리도 자신의 감정이 아기를 향한 것인가 의심했다. 아기 꿈을 꿀 때면 정말 그런 건가 싶기도 했다. 말리의 꿈속에서 수정 언니를 똑 닮아 눈이 작고 코가 납작한 아기는 행복해 보였다. 엉덩이를 씰룩씰룩 흔들고 방글방글 웃었다. 그런 꿈을 꾼 날이면 말리는 사원에 가서 아기를 위해 기도했다. 평화로운 마음이었다. 진심으로 아기가 건강하고 행복하기를 기도했다. 기도가 수정 언니에 다다르면 말리는 깊은 곳에서 치밀어오르는 감정을 느낄 수 있었다. 그때 확실히 알았다. 말리의 슬픔과 분노는 수정 언니를 향해 있다는 것을. 그녀의 아기를 정성껏 키운 자신을 기만하고 배반한 수정 언니를 도무지 용서할 수 없다는 것을. 동시에 수정 언니와 나눈 우정이 사무치게 그립다는 것을.

말리는 그 감정에서 벗어날 수 없었다. 그래서 혼자서라도 한국에 가야겠다고 생각했다. 수정 언니가 했던 말, 한국에서 일하는 게 장래에 좋아, 너는 한국에서 아주 잘할 거야, 그런 말들을 기억하며 한국에 들어갈 방법을 알아보았다. 그렇게 태국 지사가 있는 한국 회사 면접을 볼 기회를 얻었다.

"한국어를 어떻게 배웠어요?"

수염이 거뭇거뭇하게 올라온 면접관이 말리의 유창한 한국어 실력을 칭찬하며 물었다. 말리는 순진하게도 대리모를 했던 이야기를 했다.

"한국 남자 씨받이를 했다는 거예요?"

그때 말리는 '씨받이'란 말을 몰랐다.

"한국 부부의 아기를 가졌어요."

"그리고 그 아기를 돈을 받고 팔았고요?"

말리는 그 면접에서 떨어졌다. '씨받이'의 뜻을 찾아본 뒤로는 한국행이 쉽지 않으리라고 생각했다.

말리의 예상은 절반은 맞고, 절반은 틀렸다. 말리는 한국에서 불법체류를 하면서 농장이나 공장에서 여권을 빼앗기고 인간 이하의 대접을 감내하며 일하는 것 외에는 다른 방법이 없다는 걸 알게 되었다. 그건 말리가 대리모를 해서가 아니라 태국 사람이기 때문이었다.

결국 남편과 함께 근무하던 공장에 돌아가 한국 최저임금의 사 분의 일 정도를 받으며 일하기 시작했다. 일은 힘들었지만 대리모를 다시 할 생각은 없었다. 남편의 빚도 다 갚았고, 둘이 열심히 일하면 아들과 세 가족이 살기 어렵지 않을 거라 생각했다. 그즈음 조카가 찾아왔다. 말리가 사촌언니 대신 한 달간 돌보았던 여덟 살의 조카는 올해 열다섯 살이 되었는데 배가 불룩하게 나와 있었다.

"엄마가 아이를 지우라고 해."

조카는 말리의 집으로 도주해 왔다고 했다. 가족이 만날 때마다 사촌언니는 조카가 공부를 잘한다고 자랑하고는 했다. 특히 영어를 잘한다고 가족들 앞에서 시켜볼 때마다 말리는 영어 수업을 좋아했던 자신의 어린 시절을 떠올렸다. 말리는 조카가 아기를 낳은 후에 공부를 계속하게 해주고 싶었다. 그러려면 말리가 공장에 다니는 대신, 집에서 조카의 아기를 돌보아야 했다. 그렇게 말리는 다시 대리모를 시작하게 되었다.

말리는 한국인 의뢰인과의 원활한 소통이 가능하다는 걸 내세워 더 높은 금액을 불렀다. 말리가 요구한 금액을 받아들였다는 의뢰인은 만나자마자 불만을 토로했다.

"아기를 가지고 흥정하면 되나요?"

그는 인상을 쓰고 거친 말들을 쏟아부었다. 앞으로 임신 기간 내내 말리를 괴롭히기로 작정한 사람처럼 보였다. 그러나 말리는 크게 신경쓰지 않았다. 수정 언니를 생각하면 차라리 처음부터 속내를 내보이는 사람이 나았다.

말리는 이날을 위해 한국어를 연마해온 사람처럼 또박또박 따졌다.

"저는 아기 장사꾼이 아니에요. 의뢰인분이 아기를 사려는 게 아닌 것처럼. 단지 의뢰인분이 바라시는 대로 계약을 준수하려는 거예요."

의뢰인이 말리의 말을 자르면서 다짜고짜 소리를 지르는 바람에 말리는 준비했던 말을 다 하지 못했다.

말리는 이런 말을 하려고 했다. 대리모는 돈을 받고 일을 합니다. 저는 급여를 협상하고, 계약 조건을 협의하고, 필요한 경우에는 파업도 할 겁니다.

경력자니 보수를 올려달라는 게 당연하지 않은가? 한국어 태교에 추가 요금을 지불하라는 것도 정당한 요구 아닌가? 파업에 있어서는 어떻게 해야 하는지 확신이 없었지만 못할 것도 없다고 생각했다. 대리모는 의뢰인이 원하면 언제든 임신 중지 수술에 동의해야 한다고 계약서에 쓰여 있는데, 대리모라고 아기를 지우겠다며 병원 현관에 드러누우면 안 된다는 법이 어디 있나.

말리의 야심만만한 기대와 달리 그날의 만남은 그다지 좋게 끝나지 않았다. 브로커가 끼어들어 말리의 입을 막았다. 의뢰인은 씩씩거리면서도 계약서에 사인을 했고, 말리는 호르몬제 투여를 시작했다.

두 번의 이식 실패 끝에 임신을 했고, 14주 차에 유산을 했다. 임신을 위해, 그리고 유산 방지를 위해 계속해서 맞아온 호르몬제로 말리는 온몸이 퉁퉁 부었고, 두통과 불면에 시달리고 있었다. 그 상태에서 유산을 하자 급격한 우울감에 빠졌다. 의뢰인이 말리에게 직접 전화해 온갖 비난을 퍼부을 때도 가만히 듣기만 했다. 나를 함부로 대하면 파업까지 불사하겠다고 각오했을 때의 자신감은 그새 모두 사라져 있었다.

얼마나 부주의했으면 유산을 해? 혹시 담배 피운 거 아니야? 호르몬제 제대로 안 맞았지? 무거운 물건을 들거나 자전거 타면 안 된다고 그렇게 말했는데 어긴 거지? 애만 잘 가지고 있으라고, 돈도 올려주고 집도 구해주고 다 했는데 그거 하나도 제대로 못해? 책임져. 내 아기 잃어버린 책임을 지라고!

호르몬제를 끊고도 말리의 몸은 회복되지 않았다. 도리어 더 나빠졌다. 그사이 조카가 아기를 낳았다. 조카를 닮아 눈이 똘망똘망한 여자아이였다. 조카는 말리에게 아기를 맡기고 공장에 출근하기 시작했다. 망가진 몸으로 공장에 돌아갈 엄두가 나지 않기도 했지만 무엇보다 말리는 조카의 삶이 자신을 닮아가는 것을 참을 수 없었다. 그래서 또다시 대리모 일을 알아보았다.

기존 에이전시에서는 더이상 일을 줄 수 없다고 했다. 말리의 유산 기록 때문이었다. 말리는 다른 에이전시를 찾았다. 대리모를 모집하는 에이전시는 셀 수 없이 많았고, 병원 기록도 얼마든지 속일 수 있었다. 다만 보수가 그전에 받았던 금액의 절반밖에 되지 않았다. 의뢰인한테 얼마를 받는지 내가 다 아는데, 이 사기꾼들. 하지만 말리는 화를 누르고 계약서에 사인했다. 당당하게 급여 협상을 요구하던 반년 전의 일이 전생처럼 아득하기만 했다.

무슨 일이 있어도 임신을 해야 했다. 말리는 의사가 처방하는 약은 그게 뭐든 두 배를 먹었다. 자가 주사도 두 배로 놓았다. 임신을 한 후로도 유산 방지 호르몬을 과다복용했다. 그런데도 유산을 했다. 10주 차였다. 유산 진단 과정에서 발견된 난소의 혹 때문에 추가 수술까지 받아야 했다.

말리는 엉망이 된 몸보다 이제는 대리모를 할 수 없게 된 것이 더 분했다. 조카는 다시 학교에 돌아갈 수 없을 것이다. 남편과 조카가 공장으로 출근하고 아들이 등교하고 나면 조카의 딸, 자신에게는 손주인 아기를 둘러메고 집안일을 하며 눈물을 훔쳤다.

두번째 대리모 일을 연계했던 에이전시가 말리에게 통역사로 일해보지 않겠느냐고 권유했다. 최근 한국인 의뢰인이 급

증하면서 통역 인력이 절실해졌다고 했다. 대리모 일보다 급여가 한참 모자랐고, 일이 드문드문 있어서 공장을 다닐 때보다도 수입이 적었지만 몸이 약해진 말리에게는 다른 선택지가 없었다.

통역사로 클리닉에 자주 드나들게 되면서 말리는 숱한 의뢰인과 대리모를 만났다. 대기 시간이 길다보니 자신의 담당이 아닌 대리모들과도 친해지게 되었다. 그중 북동부인 이산 지역 출신 대리모가 있었다. 언니와 시누, 사돈까지 가족 중 가임기 여성 모두가 대리모를 하고 있다고 했다. 다 같이 돈을 모아서 농장을 확장하고 보수할 거라고 했다.

시골에서 농장 일을 하느라 어린 나이임에도 얼굴에 주름이 깊었던 그녀는 이미 아이가 둘인데 남편이 셋째까지 가지려 하는 것에 대해 농담을 하고는 했다.

"남편의 아기는 돈을 가져다주지 않고, 도리어 돈을 가져가잖아요."

그녀는 에이전시를 통하지 않고 클리닉과 직접 계약을 해서 전담 브로커나 통역사가 없었다. 의뢰인과 의사가 나누는 이야기를 전혀 이해하지 못한다고 했다. 그래서 그녀는 대리모 과정에서 궁금한 것들을 말리에게 물어보았고, 말리는 시골 출신이라 방콕에 친구가 없는 그녀를 챙겨주며 여기저기 데리고 다녔다.

그녀는 대리모 일과 관련해서라면 다른 누구보다 말리를 가깝게 여겼다. 문제가 있으면 의뢰인이나 클리닉보다 말리를 먼저 찾고는 했다. 그래서 출산 이후 출혈이 계속될 때도 말리에게 먼저 연락했다. 말리는 당장 클리닉에 알리라고 했고, 그녀는 얼마 안 있어 말리에게 다시 전화했다.

"출산 이후 출혈이 있을 수 있다고, 심해지면 직접 구급차를 부르라는데……"

목소리에 힘이 없었다. 숨도 제대로 쉬지 못하는 것 같았다. 클리닉의 무관심한 대처에 화를 내는 말리에게 그녀는 우선 참아보겠다고 했다. 구급차는 비싸니까. 그리고 그날 밤에 가까운 병원으로 향하는 구급차 안에서 죽었다.

당연히 누구도 책임을 지지 않았다. 계약서에 그렇게 쓰여 있었다. 말리는 대리모 계약서를 수십 번 통역했고, 그 안에 적힌 조항들에 대해 누구보다 잘 알았다. 그래서 아무것도 하지 못했다. 한 달이 지나 의뢰인 부부가 다른 대리모와 계약을 진행하기 위해 클리닉을 찾았을 때도 그들을 멍하니 보면서 아무 말도 하지 못했다. 그들은 아기를 간절히 원해서 대리모를 구한 것이었고, 그 대리모가 죽었으니 다른 대리모를 통해 아기를 가지고 싶은 것이 당연했다. 모든 것이 너무도 당연했다.

말리는 병원 밖으로 존을 끌어냈다. 존의 얼굴은 아직도 붉었다. 그는 병원에 다시 들어가지 못하게 막는 말리를 무섭게 노려보았다. 둘을 따라 나온 요한과 인우, 해성은 말리를 후려칠 듯이 노려보는 존과 그런 존의 팔을 꽉 잡은 말리를 초조하게 번갈아 보았다.

"당신들을 처음 봤을 때는 몰랐어요. 그냥 낯이 익다고만 생각했죠. 어쩌다 클리닉에서 마주친 게 다일 거라고 생각했어요."

말리는 심호흡을 하고 말을 이었다.

"내 친구였어요. 당신들의 아이를 낳고 죽었던 대리모."

그녀가 죽었을 때 말리는 자신이 유산을 거듭하지 않았다면, 그래서 대리모 일을 계속했다면 어쩌면 죽는 건 자신이었을지도 모른다는 생각이 들었다. 그녀의 죽음은 자신과 아무런 공통점이나 연관성이 없었는데도, 막연히 그런 생각이 들었다. 자신을 대신해 그녀가 죽은 거라는, 그런 터무니없는 생각이 자꾸만 들었다.

"당신들이 내 친구를 죽였어요."

말리가 하고 싶었던 말은 요한과 존이 자신을 죽일 뻔했다는 거였다. 그들이 이유를 물으면 답할 수 없었겠지만, 말리는 그렇게 말하고 싶었다.

　"나는 더이상 당신들을 돕고 싶지 않아요. 도울 수 없어요.
돌아가세요."

7부

인우

1

요한은 전혀 몰랐다고 했다. 그는 몹시 당황한 것 같았고, 말을 더듬거리기까지 했다. 요한이 존에게 간단하게 통역을 해주었지만 존은 여전히 시뻘건 얼굴로 말리를 멍하니 바라보기만 했다.

"정말 몰랐어요. 정말 몰랐습니다."

요한은 계속해서 같은 말을 반복했다.

"아기가 일찍 태어났다는 연락을 받고 급하게 태국으로 가려고 했는데 공항에서 메일을 받았어요. 아기가 죽었다고, 아기가 죽었으니 올 필요가 없다고. 그게 다였어요. 아기를 보러 가는 길에 죽었다는 소식을 들으니…… 한동안 정신을 차릴 수가 없었어요. 그에 대한 설명을 요구했지만 아무 말도 듣지 못했어요. 대리모는…… 당연히 괜찮을 거라고 생각했어요. 그런 이야기는 없었으니까요. 정말이에요. 전혀 몰랐어요."

"알았으면…… 뭐가 달라졌을까요?"

말리의 말에 요한은 아무 말도 하지 못했다. 존은 여전히 제정신이 아닌 것 같았다. 요한이 몇 번이고 설명했지만 넋이 나간 사람처럼 초점 없는 눈으로 서 있기만 했다.

인우는 차논이 자신의 아기를 낳다가 죽었다면 어떻게 했을지 생각해보았다. 출산을 하던 중에 대리모가 죽었습니다. 그런 말을 듣는다면. 인우는 소스라치게 놀랄 것이다. 어떻게 된 일이죠? 그리고 인우는 자신의 다음 대사를 알고 있다. 아기는 어떻게 됐나요? 아기는 무사한가요? 인우는 분명히 그렇게 말할 것이다.

대리모의 죽음을 알았다면 존과 요한이 뭘 할 수 있었을까. 유가족에게 위로금을 전달하는 것? 다른 대리모를 구하기 전에 시간을 내 장례식에 들르는 것? 아내를 잃은 남편 옆에서 죽은 아기를 떠올리며 우는 것?

인우는 아무것도 몰랐다고 말하는 요한과 존에게 감정이입을 하면서도 그들을 변호하지 못했다. 그럴 수 없었다. 말리는 여전히 둘을 돕지 못하겠다고 버티고 있었다. 요한이 말리의 손을 붙잡고 사과했지만 그녀는 고개를 돌리고 서서 그를 외면했다. 시종일관 웃는 얼굴이었던 말리의 무표정이 서늘했다. 한낮의 스콜이 지나간 방콕의 오후는 아주 잠시도 견딜 수 없을 정도로 무더웠지만 다섯 명은 침묵 속에 한참을 서 있었다.

흑, 하는 소리가 침묵을 깨뜨렸다. 존이였다. 존은 무너지듯 바닥에 무릎을 꿇고 앉았다.

"우리는 아이를 잃었어요. 그때도 지금도. 우리 아이를 잃었다고요. 우리는 제대로 애도하지도 못했어요. 우리 아기가 죽었는데, 왜 슬퍼하지도 못하게 하나요."

존은 몸을 구부리고 바닥에 엎드려 울었다.

"가세요. 가서 충분히 애도하세요."

말리는 휴대폰을 꺼냈다.

"영어 통역사의 연락처예요. 제가 도울 수 있는 최선이에요."

요한은 말리의 휴대폰에 뜬 연락처를 자신의 휴대폰에 저장했다.

"그…… 죽은 대리모 유가족의 연락처를 얻을 수 있을까요? 아까 친분이 있다고 하셔서……"

요한의 말에 말리는 고개를 저었다. 그리고 다시 침묵이 흘렀다. 해성이 나서서 둘에게 이만 가시는 게 좋겠다고 말했다.

"이제 상황이 분명해진 것 같고, 두 분이 가지 않고 버티시면 저희 일도 지체가 되니까요. 처음부터 같이 움직였던 것도 아니고 하니……"

요한은 끄덕였다.

"정말 미안합니다."

요한은 몸을 깊이 숙였다. 말리는 두 손을 합장하고 살짝 고개를 숙여 보였다. 그게 사과를 받아들인다는 뜻인지는 알 수 없었다.

요한과 존이 멀어지는 동안 말리는 그들의 뒷모습을 바라보았다. 두 사람이 들어선 골목은 덩굴나무가 우거져 있어 어두워 보였다. 요한과 존은 어둠 속으로 빨려들어가더니 이내 사라졌다. 말리는 그들이 향한 방향에서 시선을 거두지 않았고, 인우는 그런 그녀를 보기만 했다. 말리가 몸을 돌려 자신에게도 같은 말을 할까 겁이 났다. 당신도 똑같잖아, 말리가 그렇게 말한다면 인우는 무슨 말을 해야 할까.

"말리 씨."

인우가 낮은 목소리로 부르자 말리는 그제야 고개를 돌렸다.

"차논이 유산했던 거 아시죠. 9주 차에."

말리는 줄곧 인우의 통역을 담당했다. 차논이 유산을 한 이후, 인우가 다른 대리모 면접을 봤을 때도 말리가 통역을 맡아주었다.

"그때 저도 차논 씨에 대해서는 전혀 생각하지 않았어요. 잃어버린 아기를 애도하는 것만으로도 벅찼거든요. 유산을 직접적으로 겪은 사람은 차논 씨라는 걸 떠올리지조차 못했어요. 대리모는 어떠냐고 물어보지도 않았어요."

말리는 새까만 눈으로 인우를 바라보며 아무런 대답을 하지 않았다. 인우는 말리가 당장 가버릴 수도 있다는 생각에 두려움을 느꼈다. 그러나 자신은 요한이나 존과 다르다고 거짓말을 할 수는 없었다. 말리는 차논이 유산을 한 후에 인우가 곧장 다른 대리모 면접을 본 것을 알고 있다. 인우는 그들과 다르지 않다. 아니, 요한과 존은 대리모의 사망에 대해 몰랐지만 인우는 차논이 유산했다는 사실을 알았다. 그러나 모른 척했다. 그게 더 나쁘지 않을까?

"제가 잘못했어요. 이제 와서 하는 사과가 진심으로 느껴지지 않겠죠. 말리 씨한테 둘러대려는 것처럼 보이겠죠. 그래요, 맞아요. 말리 씨가 아니었다면 끝까지 몰랐을 거예요. 9주 차에 유산을 했으면 몸이 정말 안 좋았을 텐데, 차논 씨 걱정은 여태껏 하지 않았어요. 정말 나쁘죠."

인우는 잠시 자신을 바라보는 말리의 얼굴을 살폈다. 말리의 무표정한 얼굴에서는 어떤 감정도 읽히지 않았다.

"말리 씨가 더이상 절 도울 수 없다고 한다면 이해해요. 하지만 부탁해요. 도와주세요."

인우는 몸을 깊이 숙였다. 얼굴에서 흐른 땀이 바닥으로 떨어졌다.

"차논은 특이해요. 의뢰인한테 그렇게까지 직설적으로 말하는 사람은 몹시 드물죠. 무슨 자존심인지 돈 문제에 너무 예민하게 굴기도 하고요. 차논은 정말…… 일반적이지 않아요."

말리는 다시 고개를 돌려 요한과 존이 사라진 골목을 바라보며 말을 이었다.

"차논이 9주 차에 유산했는데 당신이 임신 12주 차에 주는 비용을 그대로 지불했다면서요. 그게 클리닉에서 말이 돌았어요. 유산이 됐는데 돈을 준 것도 놀라웠지만…… 차논이 그 돈을 클리닉에 들고 온 거예요. 그래서 우리가 알게 됐구요. 유산을 했으니 돈을 받지 않겠다는 거였어요. 에이전시에서 중개하러 나와서 결국에는 차논이 돈을 받았지만 아무튼, 차논은 특이해요. 이상해."

인우는 생각지도 못했던 말리의 말에 당황했다.

"어제 인우씨가 차논을 찾고 있다고 연락했을 때, 그 일이 생각났어요. 안 줘도 되는 돈을 주는 의뢰인과 받은 돈을 뱉어내려는 대리모. 둘 다 몹시 특이하죠. 둘 다 일반적이지 않고 너무 이상한데 그냥…… 돕고 싶다는 생각이 들었어요. 그래서 나온 거예요. 물론 큰돈을 준다고 했으니 거절하기 어렵기도 했지만, 대리모가 진짜 도망간 게 맞다면 도망을 돕지, 잡는 걸 돕지는 않을 거예요. 그런데 차논은 도망간 것 같진 않으니까…… 그런 타입으로 보이진 않았거든요. 아무튼, 찾을 수 있을 거예요. 그러니까 너무 걱정 마세요."

말리는 담담한 얼굴로 위로의 말을 했지만 그 말들은 인우에게 닿지 않았다. 자신이 위로받아서는 안 된다는 걸 알았다.

2

"정말 괜찮은 걸까요?"

호텔 방으로 돌아온 해성은 땀에 젖은 옷을 벗고 새 옷으로 갈아입으며 "뭐가?" 하고 되물었다.

"제가 말리에게 사과는 했지만 그게……"

"말리가 못하겠다고 할까봐 걱정하는 거야?"

"말리 씨는 괜찮다고 했지만 그게 정말 괜찮은 건지……"

축축한 쿠션을 배에 끼운 채로 침대에 앉아 양손을 만지는 인우 옆에 해성이 앉았다.

"그래, 친구를 죽게 한 장본인을 만났는데 괜찮지는 않겠지. 그래도 천만다행이잖아. 그게 요한 씨네 부부 일이었으니까. 인우씨 일이었어봐. 우리가 쫓겨났지."

죽은 게 차논이 아니라 요한의 대리모라서 다행이라는 말이었다. 차논이 죽을 수도 있었는데 죽지 않아서, 유산으로 끝나서 그게 얼마나 다행인가, 그런 말이었다.

그래, 인우는 운이 좋았다. 차논은 죽지 않고, 건강하게 살아남아 다시 아기를 배었다. 그러나 운이 좋지 않았다면 어땠을까? 차논이 죽었다면. 인우의 아기를 밴 채로 죽었다면 어땠을까? 이미 끝난 가정이 아니다. 차논은 지금도 같은 상황에 있다. 인우의 아기를 낳다가 죽을 수 있다. 말리의 친구처럼 낳은 후에 죽을 수도 있다. 그럼 어떻게 되는 걸까?

인우는 답을 알았다. 인우에게는 아무 일도 일어나지 않는다. 그들은 처음부터 그렇게 계약을 맺었다. 인우에게 차논의 몸에 대한 권리는 있지만 의무는 없다. 자신의 아기를 담은 자궁을 건강하게 유지하도록 차논의 몸을 관리하고 통제할 수 있지만 그게 전부다. 차논이 호르몬 부작용을 겪든지, 유산 후유증을 겪든지, 출산중 위급한 상황에 놓이든지 인우의 책임이 아니다. 아기가 아닌 대리모의 몸에 벌어지는 일은 인우가 상관할 필요가 없다. 요한과 존처럼. 의뢰인의 문제가 아니기 때문에.

"그게 정말 괜찮은 걸까요?"

인우는 해성이 괜찮다고 대답해주길 바랐다. 자신의 머릿속을 헤집는 온갖 생각을 떨쳐낼 수 있도록. 쓸데없는 질문과 괴로운 의심이 가실 수 있도록. 잠적한 대리모를 찾으러 타국에 와 있는 지금, 원래의 목적에 집중할 수 있도록.

"정 신경 쓰이면 경찰에 신고해."

해성은 전혀 다른 대답을 했다.

"말리 씨를 신고하자고요?"

"아니, 대리모 실종 신고 하자고. 내가 전에도 그랬잖아. 공권력의 도움을 받는 게 제일 빠르다니까. 괜히 말리 씨 눈치볼 필요 없어."

"그건 안 돼요. 경찰이 차논을 잡아갈 거예요."

전혀 예상치 못한 해성의 말에 정신이 번쩍 든 인우는 고개를 세게 저었다.

"대리모란 말을 안 하면 되지. 그냥 실종 신고만 하면 되는거 아냐?"

"차논이 이미 대리모로 등록되어 있을지도 몰라요. 경찰 쪽수사 명단에 있을지도 모른다고요."

휴대폰이 울렸다. 말리가 일층 로비에서 기다리고 있다고했다. 짐을 싸는 데 삼십 분이면 충분하다고 이야기해놓은 터였다.

"조금만요. 조금만 더 기다려주세요."

전화를 끊고 인우는 급히 캐리어를 펼쳤다. 괜찮아. 우선 차논을 만나자. 그럼 다 괜찮아질 거야. 차논은 이미 내 아기를가지고 있고, 나는 둘을 잘 보호해야 해. 지금 중요한 건 그거야. 인우는 해성으로부터 듣고 싶었던 대답을 스스로 되뇌며

옷장 속의 옷을 끄집어내 캐리어에 던졌다.

"인우씨, 그러지 말고 진지하게 생각해봐. 캄보디아 경찰한테 신고하는 방법도 있어. 대리모가 국제법 위반도 아니고 인터폴 수사 명단에 있을 리도 없으니까."

"그래도 안 돼요. 갑자기 경찰이 찾아가면 차논이 얼마나 놀라겠어요. 더 멀리 도망갈 수도 있어요."

"이미 멀리 갔어. 국경을 넘어 도망갔잖아."

인우는 침대 옆 협탁 위의 잡동사니를 캐리어에 쓸어담았다.

"그 얘기는 나중에 하고 우선 짐부터 싸요, 언니."

인우는 둘의 침대 사이에 있던 해성의 캐리어를 끌어서 그녀 쪽으로 밀었다. 해성은 캐리어를 쳐다보지도 않고 옷을 개는 인우 앞으로 옮겨와 앉았다.

"아무리 생각해도 우리가 캄보디아까지 가는 건 말이 안 돼. 직접 들은 것도 아니고, 직장 동료 말 한마디만 믿고 거기까지 간다는 거잖아. 도망간 사람 숨겨주려고 거짓말한 거면 어떡해? 처음 보는 사람한테 전 직장 동료 행방을 냅다 말해준다는 게 이상하지 않아?"

인우는 더이상 의심하거나 질문하고 싶지 않아서 더 대꾸하지 않았다. 이미 수많은 의문으로 머리가 터질 것 같았다.

"그 말이 사실이라 쳐. 대리모 남편이 캄보디아에 갔다 치자고. 그래도 대리모가 거기 같이 있는지는 여전히 모르는 거야.

한마디로 우리는 아무것도 모르는 거라고."

"언니, 다른 방법이 없어요. 언니 말대로 지금 붙잡을 수 있는 건 대리모의 남편이 시엠립에 갔다는 말 한마디뿐이니까요. 가보는 거 말고는 다른 방법이 없다고요."

"주소도 모르잖아. 시엠립이 작은 마을도 아니고, 어떻게 찾겠다는 거야?"

"방콕에 올 때도 똑같았어요. 차논하고 연락도 안 되는데 무작정 온 거예요. 그런데 지금 어딨는지 알아냈잖아요. 시엠립에 가면 길이 보일 거예요."

"아니지. 방콕에는 클리닉도 있고, 브로커도 있었잖아. 대리모 집주소도 알았고. 지금이랑은 완전히 달라. 지금처럼 아무것도 없이 가자고 했으면 같이 안 왔을 거야."

"말리 씨가 페이스북으로 남편한테 메시지를 보냈다니까, 남편을 설득하면 돼요. 자기 만나러 시엠립까지 온 걸 알면 만나주겠죠."

"남편한테 답이 온 것도 아니잖아. 외국까지 도망간 사람이 순순히 나와주겠어? 더 멀리 도망가지."

"그럼 어떻게 해요!"

인우는 해성이 계속해서 어깃장을 놓는 것을 참아왔던 터였다. 해성은 외국까지 자신을 도우러 와준 사람이니 참아야 한다고 스스로를 달랬지만 더는 힘들었다.

"나도 미칠 것 같아요. 언니가 그러지 않아도 지금 상황이 얼마나 거지같은지 잘 안다고요. 안 그래도 돌아버릴 것 같은데 자꾸 그런 소리만 할 거면 그만 돌아가요. 비행기 표 끊어줄게요."

인우는 화장실로 들어가 세면도구를 챙겼다. 손에 잡히는 대로 파우치에 밀어넣고 방으로 돌아오니 해성이 인우의 침대 옆 테이블에 놓여 있던 초음파 사진을 손에 들고 보고 있었다. 손가방에 따로 챙기려고 빼둔 것이었다. 인우는 빠른 걸음으로 다가가 해성의 손에서 초음파 사진을 빼앗아 들었다. 해성이 인우를 올려다보았다.

"왜. 지금 나가라고? 당장 쫓아내고 싶은가보네."

빈정대던 해성의 얼굴이 순간 일그러졌다.

"내가 여기를 어떻게 왔는데…… 내가 지금 어떤 상황에서……"

"그러니까 돌아가라고요. 그게 언니한테도 더 좋은 거잖아요. 아니에요? 여기 와서 나를 돕는답시고 계속 화내고 짜증내고. 언니 딸이랑 연락 못 해서 힘든 건 아는데, 그게 내 잘못은 아니잖아요. 여기서 나한테 이러지 말고 한국 가요. 전남편 집에 찾아가서 전처럼 경찰에 붙잡혀 가든지 말든지, 언니 마음대로 해요. 어차피 딸이 엄마 보기 싫어하는 거 같은데 이러나저러나 상관없잖아요."

해성은 인우를 밀쳤다. 넘어진 인우의 손에서 초음파 사진을 빼앗아 갈기갈기 찢었다. 뭐 하는 짓이냐며 달려드는 인우를 해성은 단번에 밀어냈다. 그리고 널브러진 인우를 향해 초음파 사진 조각을 집어던졌다.

"네가 뭘 안다고 함부로 지껄여? 막말로 이 사진이 네 애인지 아닌지 알 게 뭐야. 다른 여자 뱃속에 든 애 가지고 자식 잃은 엄마라도 된 양 설치고 다니는 게 얼마나 웃기는지 알아? 애 이름이 뭔데? 얼굴은 어떻게 생겼어? 너 닮았니, 남편 닮았니? 네 배에서 꿈틀거리는 것도 아니고, 어? 그냥 네 난자 기부한 거랑 뭐가 다른데? 브로커 말대로 우크라이나로 가서 다른 대리모 구하면 그만 아냐? 돈 주고 또 사면 되는 거잖아."

인우는 해성에게 달려들었다. 휘둘러본 적 없는 주먹을 휘둘렀고, 머리를 쥐어뜯었고, 어디를 차는 건지도 모르고 발길질을 했다. 비명을 지르면서 해성을 때리다가 내팽개쳐지고는 바닥에 누워 울었다. 머리를 양옆으로 흔들고 팔을 공중에 휘젓고 무릎을 접었다 펴고 발을 구르면서 악을 쓰며 울었다.

"내 애야! 내 애라고!"

해성은 바닥에 누워 발버둥치는 인우를 노려보다가 침대 위에 털썩 앉았다. 그리고 울기 시작했다.

"서아야……"

둘은 각자의 자리에서 한참을 울었다. 기다리다 못한 말리가 방에 올라와 문을 두드릴 때까지.

인우와 해성은 말리의 부름에 일어나 눈물을 닦았다. 그리고 잔뜩 부은 빨간 얼굴로 함께 문을 열어 말리를 맞았다.

*

방콕 수완나품공항 사층의 출국 터미널. 이제 곧 방콕을 뜨는 백여 대의 비행기 편명이 나란히 쓰인 전광판 앞에서 인우와 말리는 해성과 인사를 나눴다. 해성이 한국행 밤 비행기를 기다리는 동안 인우와 말리는 캄보디아 시엠립으로 향하는 오후 비행기를 타기 위해 먼저 떠나야 했다.

"같이 태국에 와줘서 고마워요, 언니."

해성은 코가 빨갛고 눈이 퉁퉁 부은 얼굴로 끄덕였다. 그리고 가방을 뒤적여 코끼리 인형을 꺼내서 인우에게 건넸다.

"이거 언니 딸 주려고 산 거잖아요."

"두 개 샀어."

그러고 보니 이 코끼리 인형에는 하늘색 귀가 달려 있었다. 인우는 더 거절하지 못하고 인형을 받아들었다.

"차논 씨 꼭 찾아."

"언니도 딸 다시 만나서……"

인우는 코끼리 인형을 양손으로 꼭 쥐고 말을 이었다.

"코끼리 이야기 다시 해줘요. 관심 없어 해도 꼭 다시 해줘요. 생각해봤는데…… 범고래가 나타나는 건 어때요? 까맣고 반짝거리는 범고래가 감옥 간수의 배를 뒤집는 거예요. 그리고 코끼리하고 여자아이가 무사히 도망쳐요. 그렇게 육지에 다다라서 행복하게 살았다고 언니 딸한테 꼭 이야기해줘요."

해성은 대답 대신 코끼리를 쥐고 있는 인우의 손을 잡았다. 그리고 말리에게 고개를 숙여 인사했다. 말리는 요한과 존에게 작별인사를 했을 때처럼 말없이 두 손을 합장하고 고개를 숙였다.

인우와 말리가 타려는 비행기가 지연되었다는 방송이 나왔다. 둘은 탑승 수속을 마친 뒤 게이트 앞 철제 의자에 앉았다. 복도 끝에 뾰족한 삼각형 모양의 붉은색 지붕에 금장이 칠해진 사원 모형이 보였다. 인우는 하늘색 귀를 가진 코끼리 인형을 끌어안고 눈을 감았다. 너무 피로했다.

말리가 태국어로 빠르게 말하는 목소리가 들렸다. 통화를 하는 듯했다. 인우는 눈을 감고서 말리의 태국어를 들었다. 비음이 섞여 있어 듣기 좋았고, 높낮이가 있어서 노래 같았다.

말리의 통화가 끝나자 인우는 눈을 뜨고 그녀를 보았다. 태국어가 듣기 좋다고 말하려던 참이었는데, 말리가 먼저 입을 열었다.

"조카랑 전화했어요. 며칠간 못 들어가니까 애들 잘 보라고."

"아, 그렇네요. 애들이 있죠. 갑자기 이렇게 돼서 어떡하죠……"

"괜찮아요. 조카가 자기 애도 잘 보고, 우리 아들 공부도 가르쳐줘요. 워낙 똑똑하거든요."

말리가 휴대폰으로 조카의 페이스북을 보여주었다.

"예쁘죠? 아기 얼굴에 벌써 엄마가 보여요."

인우는 말리의 조카가 올린 게시물을 보다가 교복을 입은 그녀의 모습이 얼마나 어려 보이는지 깨닫고 놀랐다.

"이제 다시 학교에 다녀요?"

"그만뒀어요. 공부 잘했는데…… 뭐, 임신했으니 어쩔 수 없죠."

말리는 스크롤을 아래로 내리며 말했다. 게시물 중에 남자친구로 보이는 아이가 조카의 볼에 입을 맞추는 사진이 있었다. 같은 학교 교복을 입고 있었다.

"혹시 이 사람이 아기 아빠인가요?"

"네, 그런데 지금은 헤어졌어요. 아기를 책임지지 않겠다고 해서."

"그래도 돼요? 가서 따져야 하는 거 아니에요? 법적 절차를 밟아서라도 같이 책임지게 해야죠."

인우의 목소리가 갈라져 나왔다.

"경찰 아들이라 소용없어요."

말리는 심상한 목소리로 대답하며 스크롤을 획획 내렸다. 말리의 휴대폰 화면 속에서 앳된 얼굴로 웃는 조카의 모습이 연이어 지나갔다.

"저…… 혹시 차논 페이스북을 볼 수 있을까요?"

말리가 친구 목록을 뒤지는 것만 지켜봤을 뿐 차논의 게시물을 살펴볼 여유가 없었다. 말리는 선뜻 차논의 계정을 찾아서 보여주었다. 미소 띤 통통한 얼굴이 화면에 떴다. 인우는 사진을 보는 것만으로도 반가워서 말리의 휴대폰에 얼굴을 가까이 들이댔다. 차논은 아이들의 사진을 많이 올려두었는데, 그중 계약서를 쓸 때 보았던 딸이 있었다. 조금 더 큰 남자아이와 이제 걸음마를 막 뗀 것처럼 보이는 아이도 자주 등장했다.

"조카들일까요? 딸 하나뿐이었거든요."

"가족사진 같지 않아요?"

말리가 차논과 남편, 그리고 세 아이가 함께 찍은 사진을 보여주면서 말했다.

"아이가 하나라고 했는데……"

"대리모를 하기에 그게 더 유리하니까 그렇게 말한 거겠죠. 다들 그래요."

말리가 아무렇지 않게 말해서 인우는 더 따져 묻지 못했다.

인우는 차논을 잘 안다고 생각했다. 고향과 학력, 가족관계,

병원 기록까지 모두 다 줄줄 외울 수 있을 정도였으니까. 물론 대리모 지원서에 적힌 것들에 대해서만은 아니었다. 둘은 수차례 만나서 대화를 나눴다. 언어가 통하지 않았지만 차논은 늘 단단한 눈빛으로 인우를 똑바로 보면서 말했다. 고압적인 브로커를 대동하고 나타난 의뢰인에게 주눅들지 않고, 양보 없이 언쟁을 벌이기도 했다. 그런 과정을 통해 인우는 차논을 잘 알게 되었다고 생각했다.

차논은 공덕을 쌓기 위해 대리모를 지원했다. 계약서에 없는 부당한 요구에 저항했으며, 유산 이후 인우가 건넨 돈을 거절하기까지 했다. 정직하고 당당한 사람이었다. 신뢰할 수 있는 사람. 그 어떤 상황에서도 거짓말을 하지 않는 사람.

그러나 페이스북 속의 차논은 인우가 알던, 안다고 믿었던 사람이 아니었다. 대리모 일을 하기 위해 남들처럼 아이가 셋이 아니라 하나라고 거짓말을 하는 차논. 의뢰인 앞에 그 아이를 데려와 하나뿐인 자식을 공부시키기 위해 대리모를 하는 거라고 천연덕스럽게 둘러대는 차논. 그 차논은 지금 인우의 전화를 받지 않으며 도망을 가 있다. 도망. 차논이 절대 도망 갔을 리 없다고, 확신하던 자신이 떠올랐다.

"차논한테 페이스북 메시지를 보내보는 게 어때요? 차논 남편한테는 이미 보냈다고 했죠?"

"둘 다한테 보냈어요."

말리가 페이스북 메신저 앱을 열어서 장문의 메시지를 보여주었다. 한 화면에 담기지 않을 정도로 긴 메시지였다. 말리가 한 줄 한 줄 짚으면서 번역해주었다.

......

그때 통역을 맡았던 말리입니다.

......

한국에서 의뢰인이 직접 와 있습니다. 우리는 지금 차논 씨를 만나러 캄보디아 시엠립에 갑니다. 페이스북에서 근황을 알았습니다.

......

의뢰인은 아기가 잘 있는 것만 확인하고 싶어합니다.

......

저와 둘이 있습니다. 정부나 병원에 알리지 않았습니다. 에이전시에서도 우리가 시엠립에 가는 걸 모릅니다. 차논 씨가 시엠립에 있다는 걸 누구에게도 말하지 않았습니다.

......

돈을 직접 주겠다고 합니다. 유산이 됐을 때도 돈을 챙겨줬던 거 기억하죠? 거짓말이 아닌 것으로 보입니다. 상황이 좋지 않은 것으로 압니다. 돈이 필요하지 않겠습니까?

......

태국에 돌아가는 것이 겁난다면 캄보디아 병원에서 출산을 해도 된다고 합니다. 아기만 받을 수 있다면 모든 걸 차논 씨의 선택에 맡긴다고 합니다.

......

"잠깐만요."

인우는 말리의 말을 끊었다.

"나는 캄보디아 병원에서 애를 낳아도 된다고 한 적 없어요. 차논 씨를 한국에 데려가려고 온 거예요."

"그렇게 말하면 나라도 도망갈 것 같네요."

말리가 고개를 절레절레 저었다.

"지금 처벌받을까봐 국경을 넘어서 도망간 사람한테 너를 잡아다가 한국에 데려가겠다고 하면 되겠어요?"

"한국은 안전해요."

"그건 인우씨 생각이고요. 차논은 한국어도 못하고, 남편에 애 셋이 여기 있는데 갑자기 한국에 가는 게 말이 돼요?"

"그럼 다 같이 가면……"

"남편하고 애 셋을 다 데리고 간다고요?"

"차논이 그러길 바란다면요."

"인우씨, 차논이 안 가겠다고 하면 어떻게 할 거예요? 캄보디아에 가족과 같이 있겠다고 한다면요."

"제가 잘 설득해봐야죠. 지금 사회적 분위기가 험악하니까 차논도 막연히 무서워하고 있을 게 뻔해요. 제가 만나서……"

"아니, 계속 설득했는데도 차논이 싫다고 하면 어떻게 할 거냐고 묻는 거예요."

"그래도 여기 있는 건 안 돼요. 시간이 얼마나 걸리든 설득을……"

"싫다는 사람 잡아서 끌고 가려고요?"

말투는 공격적이지 않았지만 말리의 얼굴에서 미소가 사라졌고, 그것은 인우를 겁먹게 하기 충분했다.

"절대 아니에요. 그런 뜻 아닌 거 잘 알잖아요."

인우는 속으로 외쳤다. 차논을 잡으러 가는 게 아니다. 차논을 보호하러 가는 것이다. 무서워하지 말라고 용기를 주려 가는 것이다. 군정부에서 어떻게 하지 못하게 내가 지켜주려는 것이다. 나는 차논을 잡아서 처벌하려는 군정부와 다르다. 차논을 범법자로 몰아서 감옥에 처넣으려는 경찰과 다르다.

말리는 한숨을 쉬었다.

"차논이든 남편이든, 우선 만나고 얘기해요. 우리를 안 만나주면 끝이니까. 메시지를 확인했는데 답이 없잖아요."

차논과 남편에게서는 인우와 말리가 시엠립 공항에 내려서 다시 휴대폰을 켰을 때까지도 답이 오지 않았다. 둘은 계획했던 대로 먼저 호텔로 향했다.

말리는 호텔 로비에서부터 감탄사를 연이어 내뱉었다. 주황색 물감을 흩뿌린 것처럼 얼룩덜룩한 무늬의 대리석 바닥을 살피고, 높은 천장에 매달린 샹들리에 조명을 올려다보고, 벽에 붙은 거대한 그림을 둘러보았다.

"이런 호텔엔 처음 와봐요."

인우는 괜히 미안한 마음이 들었다. 금장을 한 엘리베이터에 타서도 말리는 이렇게 화려한 엘리베이터는 처음이라고 했다.

"여기 온 김에 앙코르와트 구경할래요?"

호텔방에 짐을 내려놓으면서 말리가 밝게 말했다. 전혀 예상치 못했던 말이라 인우는 웃음을 터뜨렸다. 그리고 얼마 만에 웃은 건지 생각했다.

말리는 조카와 영상통화를 하면서 호텔 여기저기를 보여주었다. 화장실에서 들뜬 목소리로 떠들며 한참 머무르다 나와서는 왼쪽 침대에 앉아 있던 인우에게 불쑥 화면을 넘겼다.

"사와디카."

인우는 두 손을 모으고 어색하게 인사를 건넸다. 화면에는 말리의 아들과 조카, 그리고 그녀의 아기까지 세 명이 옹기종기 모여 있었다. 얼굴이 동그랗고 눈이 커다란 말리의 조카는 "안녕하세요? 만나서 반갑습니다"라고 답했다.

"한국어를 할 수 있어요?"

인우가 놀라자 조카가 수줍게 웃었다.

"조금 해요."

옆에서 말리가 조카딸이 한국 가수를 좋아한다고 끼어들었다. 말리가 화면을 향해 태국어로 말하자 조카는 소리를 지르며 아기를 안지 않은 손을 마구 휘저었다.

"노래를 시켰는데 안 하네요. 집에서는 매일 부르면서."

말리는 깔깔 웃었다. 인우는 말리에게 조카를 데리고 한국에 놀러오라고 말하려다 무책임한 약속처럼 들릴까봐 그만두었다. 그녀의 지난 의뢰인처럼 지키지 못할 약속을 하고 싶지 않았다.

그날 밤, 인우는 시끄러운 소리에 잠에서 깼다.

오른쪽 침대가 비어 있었고, 화장실에서 빛이 새어 나왔다. 소리 역시 그쪽에서 들렸다. 말리가 태국어로 말하는 듯했다. 인우는 상체를 일으켜 격양된 말리의 목소리를 들었다.

"괜찮아요?"

한참 후에 나온 말리에게 인우는 조심스레 물었다. 불이 켜진 화장실을 등지고 있어서 말리의 표정이 전혀 보이지 않았다.

"아, 깼어요? 미안해요."

"아니에요. 무슨 일 있어요?"

자정이 넘은 시간이었다. 인우는 침대 옆 전등을 켰다. 노란 조명에 잔뜩 인상을 쓴 말리의 얼굴이 드러났다.

"조카랑 통화했어요. 조카가 내 영향을 너무 많이 받는 것 같아요. 나는 걔가 나처럼 사는 거 싫은데……"

말리가 자기 침대에 털썩 누웠다.

"대리모를 하겠대요."

"네?"

"영상통화하면서 호텔 방을 보더니 눈이 뒤집힌 거죠. 공장 일을 그만두고 대리모를 하겠다고 우기네요. 자기가 임신은 잘하지 않냐면서."

"이제 열여섯이라면서요. 학교 다닐 나이잖아요. 학교로 돌아가야죠."

인우는 사진 속 교복을 입은 앳된 소녀를 떠올렸다. 만나서 반갑습니다. 서툰 한국어로 인사하며 수줍게 웃던 소녀가 대리모라니.

"나도 안 된다고는 했는데…… 자기 딴에는 다 계획을 세웠나보더라고요. 에이전시를 거치지 않고 인우씨 대리모를 직접 하겠다고까지 하더라고요. 에이전시에서 돈 떼먹는 건 어떻게 알고…… 내가 그랬잖아요. 학교 다닐 때 공부 잘했다고. 애가 머리가 좋아요."

순간 현기증이 일었다. 인우는 시트를 움켜쥐었다.

"인우씨가 대리모를 찾아서 한국에 데리고 가고 싶어한다고 했더니 조카가 그런 소리를 하는 거예요. 자기도 한국 가고 싶었는데 잘됐다고. 에이전시 없이 한국에 가서 직접 인우씨 대리모 하면 되지 않냐고. 듣고 보니 말이 되는 게, 그러면 태국 법이 어떻게 되든 상관없잖아요?"

"아뇨, 그런 문제가 아니에요. 제 대리모라니…… 그게 무슨……"

심장이 뛰고 숨이 찼다. 인우는 이불을 걷어치우고 몸을 돌려 바닥에 발을 내디뎠지만 일어나지 못하고 침대에 도로 쓰러지듯 앉았다.

"왜요? 인우씨가 그랬잖아요. 한국은 안전하다면서요. 조카가 너무 어려서 문제예요? 어리면 임신 더 잘 되고 좋은 거 아니에요?"

말리는 인우를 비꼬는 걸까? 인우는 고개를 돌려 말리의 표정을 살피려 했지만 그러지 못했다.

"그만 얘기해요. 그렇게 쉬운 문제가 아니에요. 알잖아요. 누구보다 말리 씨가 잘 알잖아요."

"잘 알죠. 대리모가 한국에서 어떤 취급을 받을지, 안 가봐도 알 수 있죠. 한국 회사 면접에서 씨받이 소리 들은 일 말했죠? 나중에 뜻을 찾아보고 얼마나 충격을 받았던지…… 우리 조카가 그런 취급을 받는다고 생각하면……"

"그만해요!"

인우의 몸이 앞으로 쏟아지며 침대 옆 바닥에 무릎을 꿇은 채 그대로 고꾸라졌다.

"내가 잘못했어요. 내가 다 잘못했어요."

아주 오래 울음을 참고 있었던 것처럼 인우는 크게 소리 내 울었다. 바닥의 카펫에 머리를 박고서 울었다.

"미안해요. 내가 미안해요. 다 내 잘못이에요."

말리는 인우를 내려다보고 있을 것이다. 정말 미안하다고 사과하는 요한을 바라봤을 때처럼 서늘하게.

말리가 하지 않은 말들이 귓가에 윙윙 울렸다.

그러지 말고 우리 조카 데려가요. 젊은 자궁이니까 당신이 좋아할 거 아니에요. 비행기 타고 대리모 잡으러 다니는 거 그만두고, 우리 조카 옆에 끼고 먹이면서 당신 아기 잘 길러봐요. 계약은 어떻게 할까요? 차논처럼 도망가는 일이 없게 계약서에 잘 써놔야겠죠? 조카의 몸은 당신 소유라고 써놓을까요? 당신의 바람을 분명히 적어놔야 서로 오해가 없잖아요. 대리모란 게 뭔지 조카도 확실히 알고 시작하는 게 좋으니까요. 그래도 조카를 위한 조항도 있었으면 해요. 조카 몸에 문제가 생기면 돈으로 두둑히 보상해줄 거죠? 차논한테도 그랬으니 그건 믿어도 되죠?

울음이 그치고 구역질이 올라왔다. 제대로 먹은 것도 없는데 신물이 올라와 인우는 몸을 곤추세웠다. 눈물과 콧물로 뒤범벅된 머리카락이 얼굴에 달라붙었다.

"차논 씨 찾는 거 그만둘게요."

말리는 아무 대답이 없었다. 인우는 여전히 말리를 돌아보지 못했다. 차논을 찾지 않을 것이고, 대리모를 더 구하지도 않을 거라는 말만 반복했다. 그 말이 차곡차곡 쌓이는 동안 눈물이 마르고, 구역질이 멈추었다. 인우는 머리카락을 가다듬고, 같은 말을 되풀이하며 침대에 올라와 누웠다. 그리고 고요한 잠에 빠져들었다.

3

다음날 오전, 인우는 속옷을 입고 습관처럼 쿠션을 집어들었다가 도로 내려놓았다. 전신거울 속 자신을 잠시 바라보다가 원피스를 걸쳤다. 쓰레기통에 들어가지 않는 쿠션을 그냥 위에 얹어두었다.

짐을 싸는 인우에게 말리가 앙코르와트에 가겠느냐고 다시물었다. 인우는 그제야 전날 말리의 제안이 농담이 아니었다는 걸 깨닫고 고개를 저었다.

"태국에서도 아무것도 안 봤잖아요."

"괜찮아요. 관광 온 게 아니니까요."

"그럼 가까운 사원이라도 가요. 여기까지 왔는데."

266

"말리 씨 다녀오세요. 저는 로비의 바에서 기다리고 있을게요. 천천히 다녀와도 돼요."

인우는 빨리 이곳을 뜨고 싶었다. 밤에 출발하는 인천행 항공권을 예약한 후였다.

"비행기 시간도 여유 있잖아요. 그러지 말고 같이 가요."

말리는 집요했다. 사람이 없는 사원을 알아놓았다며 호텔에 있는 것보다 나을 거라고 했다. 인우가 계속 망설이자 혼자 가고 싶지 않다고 졸랐다.

인우는 마지못해 말리를 따라나섰다. 툭툭에 오르자 뜨겁고 습한 바람에 머리와 옷자락이 흩날렸다. 검은색 리넨 원피스가 펄럭거리며 인우의 홀쭉한 배를 드러냈다. 그게 어색해 인우는 자꾸 옷자락을 끌어내렸다.

기사가 내려준 곳은 황량한 벌판이었다. 사람이 없는 이유를 알 것 같았다. 입구도 없이, 그저 돌무더기가 여기저기 쌓여 있었다. 말리를 따라 돌무더기 사이로 걸어들어가니 평평하고 네모난 돌이 바닥에 일정한 간격을 두고 깔려 있는 곳에 다다랐다. 너른 대지의 중앙에 위치해 있고, 유일하게 벽의 흔적이 남아 있는 것으로 보아 중앙 성소의 터로 보였다. 고요한 얼굴로 파괴와 재생을 행하는 여신이 조각되어 있었을 것이다. 가파른 계단을 오르고 몸을 구부려 낮은 문을 통과해 들어온 신도들은 경건한 마음으로 기도하며 신의 지혜를 구했을 것이다.

지금 그 자리는 형태를 알아볼 수 없는 폐허에 지나지 않았다. 부서지고 마모된 돌들만이 전부였다. 누구도 찾지 않는 버려진 돌무더기를 사원이라 부르는 이유는 아직 신이 머물고 있다고 믿기 때문일까.

날이 흐렸다. 곧 비가 올 것 같았다. 더이상 구경할 것도 없었으므로 호텔에 돌아가는 게 맞겠지만 인우는 말리를 따라 계속 걸었다. 건물이랄 게 남아 있지 않아서 그늘이 전혀 없었고, 땀이 쏟아졌다.

"여기는 사람이 많이 없어서 관광지 같지 않죠?"

말리가 땀으로 반짝이는 얼굴에 미소를 띠며 물었다. 인우는 데려와줘서 고맙다고 답했다. 말리가 자신을 신경쓰고 있다는 것을 알았다. 둘은 눈에 닿는 돌무더기를 한 바퀴 돌아보고 중앙 성소 터로 다시 돌아왔다.

"자, 이제 기도해요."

말리가 합장한 두 손에 이마를 갖다대고 눈을 감았다. 우기인데도 풀 한 포기 나지 않은 붉은 흙바닥에서 먼지가 날렸다. 인우는 말리가 기도하는 모습을 지켜보다가 다리에 힘이 풀려 뜨거운 돌바닥에 주저앉았다.

"이대로 차논 씨가 연락을 안 하면 어쩌죠? 어쩌면 차논 씨를 볼 수 있는 마지막 기회였는데…… 이렇게 그만두는 걸 후

회하면 어쩌죠?"

말리는 여전히 기도중인지 대답이 없었다. 인우는 천천히 중얼거리듯 말을 이었다.

"차논 씨가 원하지 않는 일을 억지로 할 수 없다는 걸 알아요. 차논 씨가 준비될 때까지 기다릴 거예요. 그런데 연락이 안 올 것 같다는 생각이 자꾸 들어요. 그럼 제 아이는……"

말리가 인우 옆으로 와 등을 맞대고 앉았다. 여전히 아무 말도 하지 않았다.

"오늘 아침에 호텔 침대에서 눈을 떴는데 몸을 일으킬 이유를 못 찾겠더라고요. 한국에는 나를 기다리는 사람이 없어요. 나를 미워하는 사람들만 있죠. 남편과의 관계도 파탄이 났고, 아이를 갖겠다고 일을 그만둔 지 육 년이 다 되어가요. 그 시간 동안 있지도 않은 아이만 바랐어요. 아이만 생기면 그 시간을 모두 보상받을 수 있을 거라고 생각했는데…… 저는 돌아갈 가정도, 직장도 없어요. 이제 뭘 해야 할까요? 뭘 바라며 살아야 하는 걸까요?"

말리는 천천히 대답했다.

"제가 다니는 절 스님이 그러는데, 부모와 자녀의 연은 영원히 지속된대요. 전생에서부터 후생까지 이어진다고 했어요. 내 뱃속의 아기는 지난 생에서 내 부모였을 수 있고, 다음 생에서 내 아이일 수도 있어요. 그러니 아기는 버릴 수 있는 게 아니에요. 아마 차논 씨는 아기를 잘 보살피고 있을 거예요. 자기 아이를 돌보듯이, 자기 부모를 모시듯이."

말리와 맞닿은 등이 축축했다. 인우가 흘리는 땀인지 말리가 흘리는 땀인지 알 수 없었다.

"차논 씨가 계속 인우씨를 모른 척하지는 않을 거예요. 자신이 가진 아이의 어머니니까. 그 아이는 인우씨의 몸에서 왔고, 지금은 차논 씨 몸에서 자라고 있으니까. 한 아이의 몸으로 연결되어 있는 인우씨와 차논 씨 역시 더 말할 것 없이 깊은 인연이죠. 그런 인연은 쉽게 끊어지지 않아요."

말리의 말에 심장이 툭 떨어졌다. 얼굴에서도 몸에서도 땀이 흐르는데 입안이 바싹 말랐다. 인우는 손을 뻗어서 마른 땅의 흙을 만졌다. 놀랍게도 습기가 느껴졌다. 손에서 흐른 땀 때문일까, 아니면 먼지 날리는 땅이 남몰래 물을 머금고 있는 걸까.

"연결……"

인우가 혼잣말처럼 작게 중얼거리자 말리가 "뭐라고요?" 물었다.

"그게……"

인우가 누구에게도 하지 않았던 이야기가 입안에서 맴돌았다. 자신도 잊으려고 했던 이야기. 인우는 그 이야기를 삼켜서 없애려는 듯이 침을 삼켰다. 그러자 이야기가 몸안으로 침투한 듯이 심장이 뛰었다. 이야기가 살아 날뛰며 온몸을 휘젓는 것만 같았다. 인우는 가슴에 손을 얹고 이야기를 밖으로 꺼냈다.

"이건 아무도 모르는 건데…… 남편에게도 말 안 했고, 저도 잊을 작정이었어요."

인우는 점점 더 빨리 뛰는 심장을 꾹 누르면서 말을 이었다.

"처음 유산을 하고 두번째 배아 이식을 하려는데 제 난자 채취가 어렵다고 했어요. 그래서 난자를 샀어요. 태국에 사는 중국인의 난자를요. 한국인의 난자를 찾기는 어려워서……"

인우는 자기 입에서 나온 말이 자기 뺨을 후려치는 것만 같았다.

"하지만 그 아기는 내 아이예요. 누가 뭐래도 내 아이예요. 나와 몸으로 연결되어 있지 않아도 마음으로 연결되어 있고, 한 번도 그걸 의심해본 적이 없어요."

"그거 알아요?"

말리의 목소리는 여전히 부드러웠고, 웃음이 실려 있는 것 같았다.

"태국어로 대리모는 공덕을 실어 나르는 사람이라는 뜻이에요. 누군가에게 생명을 주는 일은 어마어마한 공덕을 쌓는 일이니까요. 그래서 우리를 세상에 데려와준 부모에게 평생의 은혜를 진다고 이야기하는 거고요. 차논 씨가 가진 아이에게 누가 생명을 주었죠? 누가 그 아이를 세상에 데려왔나요?"

금방이라도 터질 듯이 뛰던 심장이 조금씩 가라앉았다. 말리의 말을 들으면서 인우는 차논의 대리모 지원 사유에 적혀 있던 단어를 기억해냈다.

공덕.

차논은 그렇게 썼었다.
"중요한 건 그 아기와 인우씨가 부모와 자녀의 연을 맺고 있다는 거예요. 그 아기를 세상에 초대한 인우씨가 그 아이의 어머니인 거죠. 당연한 이치예요. 인우씨는 그렇게 아기하고 차논 씨와 연결되어 있는 거예요."

*

한국으로 돌아가는 비행기 안, 인우는 말리의 조카 묵과 나란히 앉아서 창밖을 바라보았다. 태국과 한국 사이의 파란 바다를 보면서 파도 소리를 상상했다. 파도 소리와 함께 아기 심장 소리가 귀에 쿵쿵 울렸다. 창문 덮개를 내리며 언젠가 바다를 보아도, 파도 소리를 들어도 아기 심장 소리가 떠오르지 않는 날이 오기를 바랐다.
묵은 곤히 잠들어 있었다. 비행기에 탈 때까지만 해도 엄청나게 들떠서 쉴새없이 떠들었는데 기내식을 먹고는 바로 곯아 떨어지고 말았다. 인우는 그녀의 빛나는 갈색 피부와 동그란 코, 까맣고 짙은 속눈썹을 찬찬히 들여다보았다.

돌아갈 이유가 없으면 가지 말라고, 얼마든지 머물러도 된 다는 말리의 말에 염치 불고하고 따라갔을 때까지만 해도 이 렇게 되리라고 예상하지 못했다. 말리가 시장에서 물건을 파 는 아르바이트 자리를 두고 고민할 때 자신이 대신 묵의 딸 벌 리를 돌보겠다고 나선 것도 나중을 생각한 건 아니었다. 툭하 면 눈물이 쏟아지는 탓에 방에 처박혀 아무것도 하지 않는 날 이 길어지다보니 눈치가 보였을 뿐이었다. 모두 일을 나간 낮, 빈집에 벌리와 둘이 남겨진 인우는 조금씩 정신을 차렸다. 벌 리가 끊임없이 칭얼대는 통에 더이상 멍하니 차논의 연락만을 기다릴 수 없었다. 그렇게 통째로 사라진 줄 알았던 삶이 조금 씩 돌아왔다.

말리가 인우를 초대했고, 벌리가 인우를 세상에 묶어놓았다. 그리고 지금 인우는 묵과 벌리를 데리고 한국에 가고 있었다.

공항에 해성과 딸이 함께 나온다고 했다. 서아에게 묵을 너 의 태국 언니라고 소개해야겠다고 생각했다. 인우는 눈을 감 았다. 이제 곧 착륙한다는 방송이 들려왔다.

에필로그

이모는 묵에게 옷을 내주면서도 걱정하는 기색을 감추지 않는다. 학부모총회 별거 아니라고, 자신이 대신 가줄 수도 있다고 한다. 별거 아닌 일에 왜 그렇게 걱정을 하는지 모를 일이다. 묵은 트위드 정장을 받아들고 주방으로 향한다. 이모가 따라와 한번 입어보라고 재촉한다. 묵은 알겠다고 대답하면서 냉장고에서 주스를 꺼내 잔에 따라 마신다.

"무슨 일 있으면 바로 전화하고."

팔 년째 들어온 말이다. 묵의 답은 늘 정해져 있다. 그러겠다고, 걱정 말라고.

이모는 걱정이 많다. 묵이 한국 고등학교에 편입했을 때 따돌림이나 학교폭력을 당할까봐 교문 뒤에 숨어서 묵이 하교하

274

는 걸 지켜보기도 했고, 묵의 친구를 따로 불러내 묵을 괴롭히는 애들은 없는지 묻기도 했다. 물론 묵은 한국어가 서툴러 놀림을 받기도 했고, 이모에게는 차마 전할 수 없는 욕설을 듣기도 했다. 이모에게 들킬까봐 이불을 뒤집어쓰고 운 적도 많았다. 그래도 학교를 빠지지 않았고, 큰 사고 없이 고등학교를 졸업했다. 졸업식 때 이모는 자신의 몸집보다 더 큰 꽃다발을 들고서 울었는데, 묵은 창피하게 왜 그러냐고 타박하다가 함께 울음이 터지고 말았다.

묵이 대학에 들어간 후로 이모의 걱정이 조금 줄어드나 했는데, 그 걱정은 점점 벌리에게로 옮겨가고 있었다.

벌리는 스트로베리의 베리를 태국 억양으로 발음한 이름이다. 묵이 지어준 그 이름을 듣자마자 이모는 "딸기라니!" 외치며 벌리를 귀하게 여겼다. 어렸을 때 이모의 할머니가 이모를 딸기 귀신이라고 불렀다는 거다. 벌리는 태국에서 흔한 이름이었지만 이모가 하도 좋아하니 특별하다고 오해하도록 내버려두었다. 그러나 이모가 벌리에게서 한시도 눈을 못 떼고 따라다닐 때면 묵은 벌리가 전혀 특별하지 않은 이름이란 걸 알렸어야 했다고 후회했다.

처음 한국에 와서 아직 음식에 적응이 안 됐던지 벌리가 한동안 밥을 거부하던 때가 있었는데, 묵이 스스로 먹을 때까지 굶기라고 해도 이모는 숟가락을 들고 따라다니며 한입만 먹

으로라고 사정을 했다. 유치원 시절에도 벌리가 적응을 잘하는
지 매일같이 질문을 퍼붓는가 하면, 몸에 작은 상처라도 생기
면 팔다리가 부러진 것처럼 유난을 떨었다. 초등학교에 들어
갈 즈음엔 무시받으면 안 된다고 묵과 벌리를 양쪽에 대동하
고 백화점에 가서 손에 잡히는 대로 옷을 사들이고도 입학식
전날 잠을 한숨도 못 잤다.

벌리가 초등학교 1학년 첫 학기에 그린 그림이 냉장고에 붙
어 있다. 묵은 주스 병을 넣고 냉장고 문을 닫으면서 그림을
흘긋 본다. 빨간색 동그라미에 실선 여러 개가 붙은 해 아래
꽃밭을 배경으로 이모와 묵, 벌리가 손을 잡고 있다. 셋 다 웃
는 얼굴인데 이모는 살색 크레파스로 칠한 반면, 묵과 벌리는
갈색 크레파스로 칠했다. "이렇게까지 정직할 일이야?" 묵은
볼멘소리를 했지만 이모는 벌리가 그림에 소질이 있다고 호들
갑을 떨었다. 이모가 그림을 냉장고 문에 붙이자 벌리는 "잠
깐!"이라고 외치더니 크레파스를 가져와 셋의 발 아래 하트를
하나씩 그려주었다. 그렇게 셋은 해가 쨍쨍한 꽃밭에서 하트
를 밟고 선 모양이 되었다.

그림 옆에는 태국에서 말리 이모, 이모부와 함께 찍은 사진,
해성 이모, 서아와 함께 놀이공원에서 머리띠를 맞춰 쓰고 찍
은 사진, 인우 이모와 묵과 벌리가 얼굴을 맞대고 찍은 사진
이 어지럽게 붙어 있다. 묵은 사진들을 조금씩 움직여 열을 맞

춘다.

　"이모, 걱정 마세요. 다 괜찮을 거예요."

　둘은 가지런히 붙은 가족사진 앞에서 잠시 서로의 눈을 본다. 서로를 걱정하고 아끼는 눈을.

작가의 말

사 년 전의 일이다. 퀴어문학 출판사에서 단편 청탁을 받았다. 취재를 위해 동성애자 교민을 찾는 과정에서 멜버른에 사는 한국 게이를 알게 되었다. 그는 내게 대리모를 통해 아이를 가졌다는 사실을 말해주었다.

"내 이야기를 소설로 쓰세요."

그의 한마디에 나는 멜버른으로 건너가 그와 남편, 아이를 만났다. 그리고 며칠간 머물며 그들의 이야기를 들었다. 그렇게 2014년 태국과 호주에서 벌어진 사건을 접했다. 내가 놀라자 그는 어떻게 그 사건을 모를 수 있느냐고 물었다.

그로부터 시작해 자신의 이야기를 들려준 수많은 사람들이 있었다. 이름을 거론하기 어렵지만 진심으로 감사의 마음을 전한다.

그들의 이야기가 꼭 쓰여져야 한다고 생각했다. 그렇게 책을 시작했고, 무수한 고비를 맞을 때마다 그 생각을 붙들었다. 그렇게 이 책이 나왔다. 그들의 이야기가 부디 많이 읽히기를 바란다.

이제 불법이 되어 인도와 태국의 대리모 산업을 직접 취재하기 어려웠는데 아래의 책들이 큰 도움이 되었다.

Amrita Pande, *Wombs in Labor: Transnational Commercial Surrogacy in India*, Columbia University Press, 2014.

Andrea Whittaker, *International Surrogacy as Disruptive Industry in Southeast Asia*, Rutgers University Press, 2018.

Elly Teman, *Birthing a Mother: The Surrogate Body and the Pregnant Self*, University of California Press, 2010.

3부의 언론 보도에 대한 내용은 아래 기사들에서 도움을 얻었다.

민수미, 「호주인 부부, 태국 대리모에게 다운증후군 아이 버려 '충격'」, 쿠키뉴스, 2014. 8. 4. https://www.kukinews.com/

article/view/kuk201408040162

서울경제 디지털미디어부, 「대리모에게 장애아 태어나자, 아이 버린 비정한 부부」, 서울경제, 2014. 8. 1. https://www.sedaily.com/NewsView/1HUZP01PBG

이승선, 「'태국 대리모 사건'으로 부각된 세계 '아이 공장'」, 프레시안, 2014. 8. 4. https://www.pressian.com/pages/articles/119221

최고운, 「〔취재파일〕 태국에서 촉발된 대리모 논란…생명윤리 위반 vs 난임 부부의 희망」, SBS 뉴스, 2014. 8. 10. https://news.sbs.co.kr/news/endPage.do?news_id=N1002528826

최영경, 「소아성애자, 아동에게 접근하기 위해 이런 짓까지」, 국민일보, 2014. 9. 2. https://www.kmib.co.kr/article/view.asp?arcid=0008641864

하금철, 「불량품 취급 받는 대리모 산업 속의 '장애아'」, 비마이너, 2014. 8. 6. https://www.beminor.com/news/articleView.html?idxno=7189

SBS 뉴스 뉴미디어부, 「대리모 1명 출산에 960만 원… 태국 대리모 출산 현황」, SBS 뉴스, 2014. 8. 7. https://news.sbs.co.kr/news/endPage.do?news_id=N1002526238

5부에서 해성이 아이에게 들려주는 코끼리 이야기는 나의

시아버지가 손주를 위해 지어낸 이야기다. 시조카 브래들리는 그 이야기를 어떤 책보다 좋아했다.

책의 구상 단계부터 함께 해준 정은진 팀장님, 고맙습니다.

각국의 대리모 정책까지 알아봐줄 정도로 마음을 써준 방원경 편집자님, 고맙습니다.

꼼꼼히 읽어준 임고운 편집자님, 같이 애써준 편집팀, 모두 감사합니다.

법률적인 조언을 해준 채우리 변호사, 학술적인 조언을 해준 김선혜 교수님, 감사합니다.

추천사를 써준 장강명 작가님과 정한아 작가님, 감사합니다.

2025년 봄

서수진

문학동네 장편소설
엄마가 아니어도
ⓒ 서수진 2025

초판 인쇄 2025년 4월 30일
초판 발행 2025년 5월 19일

지은이 서수진
책임편집 방원경 | 편집 임고운 정은진
디자인 김현아 이원경 | 저작권 박지영 형소진 오서영
마케팅 정민호 서지화 한민아 이민경 왕지경 정유진 정경주 김수인 김혜원 김예진
　　　나현후 이서진
브랜딩 함유지 박민재 이송이 김희숙 박다솔 조다현 김하연 이준희
제작 강신은 김동욱 이순호 | 제작처 천광인쇄사

펴낸곳 (주)문학동네 | 펴낸이 김소영
출판등록 1993년 10월 22일 제2003-000045호
주소 10881 경기도 파주시 회동길 210
전자우편 editor@munhak.com | 대표전화 031) 955-8888 | 팩스 031) 955-8855
문학동네카페 http://cafe.naver.com/mhdn
인스타그램 @munhakdongne | 트위터 @munhakdongne
북클럽문학동네 http://bookclubmunhak.com

ISBN 979-11-416-0204-8 03810

＊이 책은 서울특별시, 서울문화재단 '2025년 창작집 발간지원 사업'의 지원을 받아 발간되
　었습니다.
＊이 책의 판권은 지은이와 문학동네에 있습니다.
　이 책 내용의 전부 또는 일부를 재사용하려면 반드시 양측의 서면 동의를 받아야 합니다.

잘못된 책은 구입하신 서점에서 교환해드립니다.
기타 교환 문의 031) 955-2661, 3580

www.munhak.com